文春文庫

# 墜落

真山仁

# 目次

## 主要登場人物

【那覇地検】
冨永真一……那覇地検三席検事。
比嘉忠……冨永の立会事務官。
高遠……検事正。那覇地検の責任者。
田辺……次席検事。

【金城家】
金城華……夫の一を殺害した容疑で現行犯逮捕されている。
金城一……華の夫、大物軍用地主の御曹司。「ガジュマルの会」の一員。
金城歩美……華と一の娘。
金城來未……歩美の異父妹。
金城昇一……一の父。ゴールデン・キャッスルグループのオーナー。

【金城事件関係者】
新垣マリア……フローレンスこども園の副園長。
島袋一葉……那覇警察署生活安全課少年係の刑事。
玉城愛海……金城華の弁護士。
赤嶺芳春……「はいさいタクシー」会長。はいさいオジーと呼ばれている。

【航空自衛隊沖縄基地】
我那覇瞬……沖縄基地のエースパイロット。「ガジュマルの会」の一員。
荒井涼子……我那覇の相棒。
津本朋一……沖縄基地第九航空団司令。

【防衛省】
山本幸輔……防衛省沖縄防衛局企画部長。
信濃一臣……沖縄防衛局長。
有田佐武朗……防衛省大臣官房審議官。
水田悠平……防衛大臣。
楢原隼人……元航空自衛隊空将補。

【暁光新聞関係者】
神林裕太……暁光新聞クロスボーダー部記者。
東條謙介……神林の上司。伝説の特ダネ記者で通称〝闘犬〟。
七海……神林の恋人。

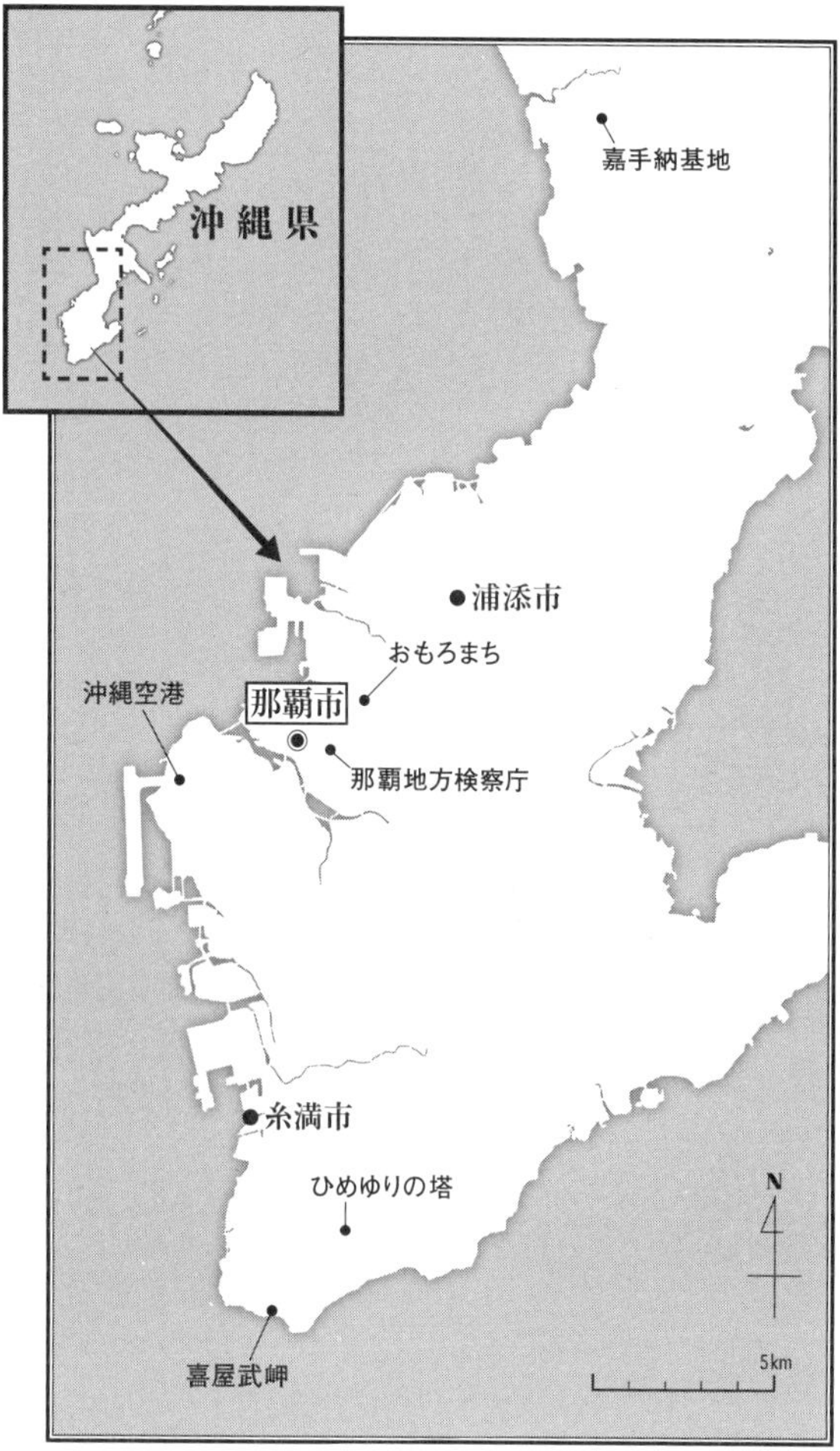


『墜落』現場周辺図

# 墜落

# プロローグ

一九八七年一〇月二三日、アメリカ・カリフォルニア州エドワーズ空軍基地――。

航空自衛隊航空開発実験集団所属のテストパイロット楢原隼人《ならはらはやと》三佐は、Ｆ－16の複座で荒っぽい操縦に耐えていた。

いや、この振動や不快感は、パイロットの腕によるものだけではない。明らかに、機体から放たれる違和感だ。

元々、Ｆ－16は、世界最強にして最速と言われながら高価すぎたＦ－15の反省を踏まえ、ＬＣＦ＝低価格戦闘機《ロー・コスト・ファイター》というコンセプトで設計製造された。

エンジンにしても、プラット・アンド・ホイットニー社のＦ１００ターボファンエンジンを二基搭載しているＦ－15と異なり、Ｆ－16は、シングルエンジンだ。装備も軽装で、威圧力がない。

軽佻浮薄《けいちょうふはく》という言葉がぴったりで、ＬＣＦは、低性能戦闘機《ロー・ケイパビリティ・ファイター》という意味じゃないのか、という陰口を聞いたこともあった。

前評判通り、低コストなりの乗り心地だ。こんなボロ戦闘機をベースに、「俺たちの戦闘機」を開発しなければならないのか。だが、メーカーも技本（防衛庁技術研究本部）も、「原型が分からなくなるほどのスーパー戦闘機をつくる！」とやる気満々なのだ。

彼らの情熱のためにも、俺はこのクソ原型機の長所と欠点を洗い出さなければならない。

〝ヘイ、ハヤト、そろそろ帰還するが、何かリクエストはあるか〟

操縦桿を握る米軍のテストパイロットの声がヘルメットに内蔵されたイヤホンを通じて響いた。

あと数十分もこんな下手くそパイロットの後ろに乗るなんて、地獄そのものじゃないか。

早く地上に帰してくれ！　と言いたいところだが、まだ、確認しておきたい点が残っている。

「きりもみ《spin》で急降下した後、急上昇してほしい」

〝任せとけ！〟

機体はいきなり先端を下方に向け、急降下に入った。さすがにヤンキーは荒いな。楢原は、こんな強引な操縦は絶対にしない。文句の一つも言いたいところを堪《こら》え、奥歯を食いしばって加速度《G》に耐えた。

フリーフォール状態で数回スピンする中、機体の状態を分析する。

想像以上に安定性が悪い。

そのまま失速して墜落するのではと感じた時、ようやく機体が向きを変えた。無理な方向転換のせいで、全身にかかるGは、強烈だった。

機体にかかる負担も相当なもので、悲鳴のような振動が始まる。

全身で強烈な重力加速度《G》に耐えた後、不意に機体は青い空に向けて急上昇に切り替わった。

着陸後のフィードバックが終わるのを待ちかねたように、同行している技本の技官が近づいてきた。

「先ほど、本局から連絡があったのですが、次期支援戦闘機《FSX》は、日米共同開発に決定したという通達が、官邸から防衛局長に下されたそうです」

八五年九月、技本は「FSXの国内開発は、エンジンを除いて日本単独で充分可能」という答申を政府に出す。それは、技本が「零戦《ぜろせん》復活を目指す」という狼煙《のろし》と言えた。

全て自前で開発する「純国産戦闘機」の実現が、航空自衛隊にとって、いや日本国にとっての悲願だった。

ところが、開発が緒に就いた矢先に、アメリカから、「純国産はまかりならない」という横槍が入った。

基幹開発業者である大亜《だいあ》重工や技本からは、悲嘆の声が上がるが、すぐに「アメリカの既存機をベースにしさえすればいいのであれば、徹底的に改造すればいい」と発想転換を行う。

防衛庁は粘り強く交渉を重ね、なんとかF-16を独自に改造することの内諾を取る。それがFSX開発計画だった。そこで楢原はベースとなるF-16の性能を調査するために、エドワーズ空軍基地で、性能確認と分析作業を続けていたのだ。

なのに、いきなり官邸から一方的な通告が来るとは。

「局長は、それを受け容れたのか」

「らしいです」

一週間前、わざわざエドワーズ空軍基地まで出向いて、「ハードネゴシエーションは必至だが、俺を信じてくれ」と楢原に胸を叩いた男の約束とは、その程度か。

「空幕長は、なんと？」

「抗議したそうですが、官邸の決定は絶対だと一蹴《いっしゅう》されたそうです」

官邸の決定ではなく、アメリカの命令だろう。

「悪い、ちょっとタバコを吸ってくる」

ひとり建屋《たてや》を出た楢原は、見渡す限り砂漠しか見えない場所まで歩いて、腹の底から大声を上げた。

怒りなのか、悲しみなのかも分からない大きな感情の塊が一気に噴き出した。

俺たちは、何一つ自分たちで決めさせてもらえないのか。

そんなことで、自分の国をどうやって守るんだ！

声を張り上げたせいか、涙が溢《あふ》れ出た。

もう一度、声を張り上げた時、耳をつんざくような音が轟《とどろ》き、上空をＦ－16二機編隊が通過した。

＊

二〇二一年一一月二三日、沖縄県那覇市――。

フローレンスこども園恒例の「サンクスギビング・フェスティバル」は、新型コロナが小康状態となったお陰で、無事に開催された。

副園長の新垣《あらがき》マリアは、歓声を上げて芝生広場を駆け回る子どもたちを眺めていた。

普段、関係者以外の立ち入りを制限している養護施設だが、この日は、支援者や自治体の社会福祉関係者、そして地元の子どもたちも自由に出入りできる。園のスタッフやサポーターらが用意した飲食物や園児が三ヶ月前から準備した工芸品などを販売するテントが、何張りも軒を連ねるように芝生広場を囲んでいた。

新型コロナウイルス感染症対策の自粛期間が解け、子どもたちは元気いっぱいで、ゴムまりのように弾けている。いつも見慣れていた風景に、こんなにも歓《よろこ》びを覚えるとは。マリアは胸が熱くなった。

いつも園を手伝ってくれているＯＧの金城華《きんじょうはな》が、今日は三人の子どもを連れて、得意のたこ焼きを焼いている。

「美味しい、たこ焼きどうですかあ！」

エメラルドグリーンの園のトレーナーにミニスカート姿の少女が、ひときわ大きな声で叫んでいた。

華の次女、來未《くみ》だ。一一歳には見えない大人びた雰囲気で、やたらと目を惹く。母の華は、大人しい性格だが、來未は陽気で社交的だった。

沖縄では、ローティーンになると家出を繰り返し、夜の街を彷徨《さまよ》う少女が多い。だが、今のところ真面目に学校に通っている。

一方、長女の歩美《あゆみ》は、母親に似て大人しい。彼女は金城家の跡取りでもある弟の雄一《ゆういち》を母親に代わって世話している。

幼い頃に園に保護された華は、祖母も母も、シングルマザーで、肉親の愛や情操教育とは無縁の世界で生きていた。

園に来ても長い間、子どもらしい感情表現ができなくて、世話をするマリアの方が不安になるほどだった。

「今年も盛況で、よかったね」

恰幅《かっぷく》の良い老人が、マリアに声をかけてきた。

「あっ、オジー！　いらっしゃい」

「はいさーい（こんにちは）！　コロナでどうなるかと思ったけど、マリアちゃんの日頃の行いがいいおかげで、全部うまくいったね。おまけにこの天気で、言うことなしよ」

赤嶺芳春《あかみねよしはる》は、糸満《いとまん》市でタクシー会社を営む会長だが、「はいさいオジー」の名で知られている。

徘徊する少年少女を、自身が運転するタクシーで連れて帰り、かつて社宅だった建物に泊めてやるのだ。

そんな活動を彼は、ほぼ毎晩、もう二〇年近く続けている。

「たまには、いいこともないとね。華ちゃんのたこ焼き食べました？　あの子のつくるたこ焼きは、本当においしいから」

「これから、行くね。ところで、最近、また、夜にうろつく子たちが増えてっからさ。あの子たちが、コロナに感染しないか心配なんだ。なんか、いい方法あったらいいんだけど」

沖縄県は、既に何度か新型コロナウイルスの爆発的な大感染に見舞われている。

「知り合いの保健師さんや看護師さん、お医者さんの有志で、対策を考える会を立ち上げたんですが、今のところ、効果的な方法がなくて」

「アメリカさんが、積極的でないと意味ないさぁ。修道院長さんは、キャンプ・フォスター司令官の奥さんと仲良しだろ。一度、話してもらったら、いいんだけどねぇ」

フローレンスこども園は、聖ナイチンゲール女子修道院の付属施設だった。修道院長は日本人だが、米軍幹部の夫人たちから慕《した》われていて、現在の司令官夫人とは昵懇《じっこん》だった。

こういう頼み事を修道院長は好まないのだが、今回は少年少女の命がかかっているのだから、やってもらうしかない。

はいさいオジーは、「じゃあ、よろしくね」と言うと、たこ焼きのテントの方に歩いて行った。

＊

我那覇瞬《がなはしゅん》は、フローレンスこども園の「サンクスギビング・フェスティバル」で、一部の軍用地主で作ったNPO法人「ガジュマルの会」が出店しているフレッシュ・ジュースの屋台を妻たちに任せて、もう一つの屋台に移動した。

そちらでは、自衛隊沖縄基地が自衛隊グッズと基地食堂名物の唐揚げ、通称「空あげ」を販売している。軍用地主であると同時に自衛隊の戦闘機パイロットである我那覇は、フローレンスこども園のフェスティバルに制服で来ていた。

「あっ、瞬さん！　皆さん、お待ちかねですよ」

女性パイロット荒井涼子《あらいりょうこ》が、敬礼しながら声をかけてきた。

屋台には、十数人の子どもや女性が並んでいる。

「何を待っているんだ？」

「忘れたんですか。団司令から、F－77の写真パネルを立てるから、その前で市民の皆さんと記念写真を撮れと言われたじゃないですか」

列に並んでいた女性から「我那覇さ～ん」という声がかかった。思わずそちらを向くと、すかさずスマホが数台こちらに向けられる。

曲芸飛行で知られるブルーインパルスのパイロットじゃないのに、なぜか、我那覇は沖縄の戦闘機フリークから人気があった。

そこで、所属する航空自衛隊第九航空団司令から、自衛隊のPRのために、記念撮影会を行うよう命じられていたのだ。

「俺じゃなくてもいいだろう。おまえが代われ」

「それは、命令違反です。みなさん、瞬さんと記念写真を撮りたいんですから、観念して下さい」

そう言うと、荒井は列の一番前の少年から、スマホを受け取った。瞬は無駄な抵抗をやめて少年の隣に立った。

「じゃあ、そこの戦闘機のパネルの前に立って。よし、せっかくだから撮影する一瞬だけ、マスクを外そうか」

立て続けに記念撮影をして、ようやく行列が途切れた時、娘の翠《みどり》が男と話しているのが見えた。男の顔は見えなかったが、どうやら顔見知りのようだ。

その時、男がしゃがみ込み、翠の頭に手を伸ばすとやさしく髪に触れた。そして、スマホを彼女に向けた。

「悪い、ちょっとだけ外す。すぐ戻るから」

娘の方に駆け寄ろうとした時、娘が急にマスクを外した。

「翠ちゃん、また、きれいになったねぇ。じゃあ、はいチーズ」

男の声が聞こえて、我那覇は男の肩を摑んだ。

「なんだ、一《はじめ》ちゃんか」

振り向いたのは同じ「ガジュマルの会」のメンバーである金城一だった。

「シュンちゃん、びっくりさせるなよ。久しぶりに会ったから、記念写真を撮ろうとしただけだよ。せっかくだ、ツーショットを頼む」

金城にスマホを押しつけられ、我那覇は気まずさもあって、言われるままに金城と娘の写真を撮った。

「サンキュー。翠ちゃん、もうちょっとお姉ちゃんになったら、僕とデートしようね」

金城に言われると、翠は「考えとくわ」と言って、友達のいる方へ駆けていった。

めた。

＊

二〇二二年二月一七日、東京・霞ヶ関――。

東京地検特捜部の検事、冨永真一《とみながしんいち》は、「捜査打ち切り」を告げる副部長を黙って見つめた。

アメリカ大使館の二等書記官が、コロナ禍で申請が難しい渡航ビザの便宜を図ると持ちかけて、総額で約一〇〇〇万円の仲介料を騙し取っていると告発があった。冨永を主任検事とした班が、ただちに捜査に着手。二〇二〇年のコロナ感染拡大以降、米国への渡航が困難だった時期に、「米国大使館の特別なルートで渡航可能」と話を持ちかけ、少なくとも二〇人以上からカネを騙し取っていた事実を摑んだ。また、この二等書記官の共犯として、国会議員の複数の子女が関わっていることも判明した。

犯人グループは、被害者を信用させるために、架空の申請書を作成し、アメリカ大使館の公印がある領収書まで発行していた。ところが、実際にはビザは発給されず、それを「本国の手続き上の問題」と言い逃れをしていたらしい。それら偽造文書も押収済みだった。

全てを整えた上で、副部長に強制捜査の具申をしたのが、三日前だった。

副部長は、前のめりだった。

ところが、この体たらくだ。

米国大使館からの圧力か、あるいは共犯者の子女の親への配慮か。いずれにしても、権力者に屈したと思われる。

「なんだ、黙《だんま》りで睨《にら》んだら、俺が謝るとでも、思っているのか」

「打ち切りの理由を、教えて戴《いただ》けたらと思いまして」

「おまえが目をつけた二等書記官が、どういう出自か知っているのか」

「二等書記官のティモシー・コナーズの父親は、軍産ファンドの役員。母親は、イェール大学の教授です」

「アメリカ大使館は、本日付で、コナーズ殿を横田基地から強制帰国させたよ」

羽田や成田空港ではなく、横田基地を使うのが姑息《こそく》だった。

「だから、捜査は打ち切りなんですか」

「事件は、存在しなかった。それが、日米間の着地点だ」

「被害者が、メディアに話すかもしれませんよ」

「被害者ではなく、君が、ではないのかね？　君は、暁光《ぎょうこう》新聞の闘犬と呼ばれている厄介な男と親しいそうじゃないか」

東條謙介《とうじょうけんすけ》という事件記者のことを指しているのだろう。

「私の交友関係に、ジャーナリストはいません」

「そうか。とにかく、事件は存在しなかった、以上だ」

「では、共犯者だけでも逮捕すべきでは？」

「冨永、何度言わせるんだ。事件は、存在しなかったんだ」

＊

二〇二二年六月二九日、那覇市おもろまちのマンションの一室――。

華は、リビングの床にくの字に体を折り曲げて横たわっている夫を見下ろしていた。

夫はもう息絶えているはずなのに、血はじわじわと溢れ出て、フローリングに池をつくっている。何度も刺したから、体中の血が流れ出たのだろうか。

華は、その場にへたり込み、夫の頬を抓《つね》った。

だが、夫は反応しない。

本当に死んでるんだ。

「ママ？」

振り向くと、來未がリビングの戸口に立っている。

「入っちゃダメだってば！　準備、したの？」

來未が頷いた。

「アユは？」

「ユウ君を見ている。……ママ」

來未がリビングに足を踏み入れた。

「入るなって言ってるでしょ！　それより、準備！」

「それは、全部、終わった」

「じゃあ、部屋で待ってて」

「でも」

「まだ、髪が濡れてるよ。ちゃんと拭いて」

タクシーを呼ぶと、七分で来るという。

待つ間に、洗面所で血を吸って重くなったTシャツとレギンスを洗った。液体石けんのポンプをバカみたいに押したので、泡だらけになった。手が震えて、満足に汚れが落ちない。流れる水の色が赤に染まって、排水口に渦を巻いて吸い込まれていった。

華は、鏡に映る自分を見た。

しっかりして、華。大丈夫、あなたは、ちゃんとやれる。

子ども部屋に入ると華は、二人の娘を強く抱きしめた。

「何も心配することはないからね。すぐに迎えに行くから。マリア先生の言うことをちゃんと聞いて、しばらく三人で仲良くね」

歩美は、大きく一つ頷くと、雄一を抱き上げた。來未の方は、まだ何か言いたげだったが、結局小さく頷くだけだった。

エレベーターで一階まで降りて玄関を出たら、既にタクシーが待っていた。

華は、財布を來未に渡し、運転手に行き先を告げた。
タクシーが見えなくなるまで見送ると、華は大きなため息をついて、部屋に戻った。

# 第一章　那覇

## 1

その夜、スクランブルに備えて二四時間体制でアラート五分待機に就いていた航空自衛隊第九航空団４０４飛行隊の我那覇瞬一等空尉（一尉）は、F－77に関する国内外の情報を調べていた。操縦していて気になる箇所があり、原因が知りたかった。

アメリカの軍用機メーカー、サンダーボルト社の最新鋭機であるF－77は、自衛隊が共同開発に参加しなかったこともあって、未だに、機体の全容を把握し切れていない。

違和感を抱く都度、サンダーボルト社に確認をするのだが、回答には納得出来なかった。F－77には墜落事故が多い、というイメージがある。他の機種と比べても、発生率は一・五倍近く高い。尤《もっと》もアメリカ国防総省《ペンタゴン》は、パイロットのスキル不足で、F－77のハイテクを使いこなせないからだと言うばかりだ。

海外のリポートなどを読んでいると、似たような違和感を訴えるパイロットが複数人いるのが分かった。だが、不具合に対する彼らの所感も、曖昧《あいまい》な記述が多い。個人で調べるのはこのあたりが限界か。しかし、こういう違和感は、見過ごしてはならない。早期発見、早期対策こそが無事故の要諦だった。

だが、確認方法を思いつかない。

我那覇は諦めて、椅子の背もたれに体を預けて伸びをした。

その時、管制塔との直通電話が鳴り、受電した曹長が「タイガー01、スクランブル発令！」と言った。

タイガー01は我那覇の編隊のコールサインだ。

我那覇が格納庫に走ると、相棒の荒井涼子三尉も続く。

最新鋭機F－77に乗るパイロットの中で、唯一の女性だ。防衛大学校をトップで卒業したエリートで、パイロットとしての腕も群を抜いている。

「リラックスだぞ！」

コックピットに乗り込む我那覇の脇を走り抜けていく彼女に叫んだ。

優秀すぎる人物にありがちな悪い癖が、荒井にはある。腕に自信があるせいか、無茶を気にせず突き進むのだ。

航空自衛隊のモットーは、「勇猛果敢・支離滅裂」だと言われている。だが、優秀なパイロットほど、慎重で臆病なものだ。それが荒井には欠けている。

「準備万端です！　天気悪いので、ご用心を」

我那覇の担当整備士が声を掛けてきた。

「了解」と返してハシゴ《ラダー》を駆け上がり、ヘルメットを被る。エンジンをスタートさせると、空気を切り裂くような高音が、響き渡る。

管制塔から、無線が入る。

「方向は南西だ」

このところ、南西ばかりが続いている。領空侵犯を冒そうとするのは、中国の戦闘機がほとんどだからな。

「タイガー01、レディ・フォー・ディパーチャー（ready for departure）」

荒井のタイガー02は、背後にぴったりとついて来る。

スクランブル発令から離陸まで、三分二三秒。

滑走路の両脇のランプだけが明滅する真っ暗闇の中、我那覇は離陸した。


機首を南西に向けた時、目標位置と、彼我不明機《アンノウン》の情報が入った。

それを聞いて、我那覇は管制に聞き直した。

「一機？　まさか」

「レーダーには一機しか映っていない」

だとすれば、民間人のばか者が、飛行プランも出さずに飛んでいるだけじゃないのか。

「とにかく向かう」と返してから、「クーリー、続け」と呼びかけた。

クーリーは荒井のタックネーム（パイロットのニックネーム）だ。飛行中は互いにタックネームで呼び合う。

「了解」

我那覇は一気に加速すると、防空識別圏に入った。

「ターゲット発見！」

荒井の声は落ち着いている。

「クーリー、見えているのか」

「何となくですが」

我那覇の眼には空以外何も映っていない。

おまえ、どんな視力なんだ⁉

刹那、上空を彼我不明機《アンノウン》が通過した。

あと数秒で領空に侵入される。

急旋回。凄《すさま》じい〝G〟に全身が潰されそうになりながら、追尾の態勢を取り、ターゲットに警告を発した。

「貴機は、日本の防空識別圏に侵入しています。貴機の国籍を告げよ。直ちに、撤退せよ。繰り返す」

「シュン、どう見ても、ターゲットは、二機ですが……」

荒井の言うとおりだった。

だが、レーダーは、一機しか捉えていない。

「もっと接近します」

荒井は、アフターバーナーで加速して、ターゲットとの距離を詰めた。我那覇も加速した時、前方の二機が急旋回した。

そして、猛スピードでこちらに向かってくる。

「クーリー。高度を下げよ」そう言いながら、我那覇はニアミス覚悟で突き進み、相手の機種を確認した。

アンノウンは異なる機種で編隊を組んでいた。

そして、一方の戦闘機は、今までに見たこともないシルエットだった。

あれは何だ……。

2

楢原隼人が、防衛大学校での講義を終えて教授室に戻ると、来客が待っていた。

銀髪の体格の良い白人が、マスクもせずに満面の笑みで両手を広げて近づいてきた。

「トムじゃないか！　いつ、日本に来たんだ？」

答える代りに力強いハグをするのは、トーマス・マーチン、七一歳。アメリカ空軍伝説の〝戦闘機乗り〟だ。

楢原が航空自衛隊の現役パイロットだった頃、何度か一緒に訓練をした。パイロットとしての腕前だけでなく、人生の先輩として尊敬していた。

今では軍務からは完全に引退し、フロリダで悠々自適の生活を送っている。

尋ねたいことがあって、一週間ほど前にメールをしたのだが、〝調べてみるから、少し時間をくれ〟と返信が来たきりだった。

今日あたり催促してみようと思っていたら、本人が目の前に現れた。

「今朝早くに着いた。時差ぼけが酷《ひど》くて、ホテルで昼寝してたんだ」

「ケイトは?」

「今日は一人だよ。ハヤトからメールをもらったら、急に会いたくなったんだ」

思い立ったら、すぐ行動! というのが、トムのポリシーだった。だからといって、七一歳にもなって、そんな軽いフットワークは無謀と同義語だ。しかも、このコロナ禍だ。海外渡航の手続きが煩雑な時に、即行動なんて誰にでもできるもんじゃない。何かある——と、引っかかった。

「ハヤトはまだ、仕事が残っているのかい?」

「いや、今日は終りだ」

「よし、じゃあ、まずはビールからだ」

二人が向かったのは、トムが投宿している横浜のホテルニューグランドのレストラン、

「ル・ノルマンディ」だ。

時刻が早かったこともあって、ちょうど山下公園が見下ろせる窓際の席が空いていた。生ビールのジョッキで乾杯し、前菜《オードブル》をつまんでいる。

「トム、一つ聞いていいか」

何でも聞いてくれと言わんばかりにトムは、両手を広げた。

橘原は「F－77の不具合」についての意見を求めた。それが、彼にメールで尋ねたことだ。

「空軍の主力を張っているF－22に比べると、77を性能的には落ちるように言う奴が多いのは確かだ。だが、知っての通り、22と77では、最初から設計思想が違う」

世界最強にして最高の戦闘機と謳《うた》われるF－22は、「発達型戦術戦闘機」と呼ばれている。しかも異例なことに、計画段階からアメリカは「輸出厳禁」を貫いている。秘中の秘である技術を、仮想敵国だけでなく同盟国にすら知られたくないらしい。

そのため、一機あたりの単価はバカ高い。

それに引き換えF－77は、空、海両軍と海兵隊の戦闘機を、この一機に統合した多用途戦闘機で、冷戦後に一気に進んだ防衛予算削減のニーズに応え、世界中に輸出している。

トムの指摘通り、22と77は、同じ戦闘機ではあっても、思想も目的もまったく違っている。

「だが、実際にF－77に搭乗している空自の現役パイロットの話では、急降下したり、強いGをかけた時に、操縦に妙な引っかかりを感じるというんだ」

「それについて、うちのパイロットに、尋ねてみた。彼は、それは不具合ではなく、技倆《ぎりょう》不足だろうという意見だった」

楢原に相談を寄越した我那覇瞬一尉は、現役指折りのエースパイロットだ。彼が技倆不足なら、日本のパイロットは全員使いものにならない。

「まっ、ちょっと厳しい言い方をしたかも知れない。77は今までにない万能機なので、慣れるのに時間を要するが、慣れたら一気に操縦性の良さを実感できるそうだ」

そういうものか。

戦闘機の技術は日進月歩で、新しい機を導入する際、従来の技能や知識だけでは対応できなくなる。そのため、製造国に赴《おもむ》き、新機種での訓練を経た上で、日本での実戦配備となる。

我那覇はF－77が日本に配備された直後、機種転換のために渡米して、既に長時間、77で飛行している。トムの言う通りなら、操縦性の良さを感じているはずだが。

いきなり、スマートフォンで、トムが自慢の孫たちの写真を見せてきた。楢原も負けじと、初孫の写真を見せた。

お互い、年を取った。

かつて、ドッグファイトの試演で高度なバトルを繰り広げて、米軍基地の連中を驚かせたエースパイロットも、今やすっかりジジバカだ。

二軒目の鮨屋を出て、トムをホテルまでタクシーで送り届けた時だった。一度車を降りたのに、トムが思い出したように話しかけてきた。

「F－77の話だけど、あまり、深掘りするなよ」

「どうして？」

「年寄りの冷や水だからさ。いやあ、今日は本当に楽しかったな、兄弟。今度は、フロリダで会おう」

### 3

「沖縄に帰省しようと思うんだけど、裕ちゃん、一緒に行かない？」

神林裕太《かんばやしゆうた》の隣で寝ていた七海《なみ》が、唐突に囁いた。

「帰省って、七海、沖縄出身だったの？」

「そうだよ。何度も言ったでしょ」

つきあい始めて間もないカノジョの出身地など、神林は何度聞いても覚えられない。

そういえば、沖縄本島の金持ちの娘だと言ってたな。港区のタワマンで一人暮らししているのだから富裕層には違いない。

美大卒だが、今は「俳優業」だと自称している。あるバーで知り合うまで、そんな名前の女優の存在すら知らなかった。

聞けば、彼女はストレート・プレイにこだわっていて、テレビドラマやバラエティのリポーターのオファーを断っているから、世間の認知度は低いらしい。尤も舞台といっても三ヶ月に一度、下北沢の小劇場に出演しているに過ぎない。

「まさか、両親に会ってくれとか」

「会いたければ、そうするけど」

「ごめん、冗談」

頭をはたかれた。

暁光新聞社クロスボーダー部で、それなりの結果を出してエース記者と言われるようになった神林だが、未だ身を固めるつもりはなかった。

長野の実家の母は、毎月のように早く孫の顔が見たいと嫌みなＬＩＮＥを送ってくる。だが、そんなほのぼのした暮らしなんて、まったく想像できなかった。

「実家は、ホテルも経営しているの。帰省すると言っても、そのホテルに泊まるつもりだから、安心して」

「沖縄かあ。ちょっと考えてみるよ」

そういえば、中学時代の友人が、今年の四月から沖縄科学技術大学院大学《OIST》で客員教授をしていると聞いたばかりだった。

久しぶりに自堕落《じだらく》なリゾート休暇もいいかもしれないな。

問題は、面倒な上司からどうやって休暇を取るかだ。

4

朝の礼拝を終えて聖堂を出ると、フローレンスこども園事務局長の、稲嶺聡子《いなみねさとこ》が待っていた。

「マリア先生、警察の方が見えています」

用件は、察した。

「教会の応接室にご案内して下さい。それと稲嶺さんも同席して戴けますか」

梅雨明けはしたが、茹《う》だるような湿気と暑さは厳しかった。新垣マリアは、日差しを避けるように渡り廊下を歩いて、応接室に向かった。

警察の用件は、二日前に夫を殺害した容疑で逮捕された金城華のことだろう。

二六歳の華は二年ほど前まで、マリアが勤務する養護施設フローレンスこども園で、暮らしていた。

最初に保護されたのは、華が三歳の時だ。シングルマザーの母親が育児放棄をし、飲まず食わずで衰弱している華を、民生委員が発見し、園に運び込んだ。

その時は、三ヶ月ほどで退園したが、その後、半年から一年に一度ぐらいのペースで保護され、園に戻って数ヶ月滞在しては帰宅するような生活を繰り返した。

そのつど園長や児童相談所員が、母親や祖母に育児指導をするのだが、彼女らに改める様子はなかった。にもかかわらず、華は「やっぱり、ママのところがいい。帰る」と強く訴えるので、園としても家に帰さないわけにはいかなかった。ところがようやく家庭に落ち着いたかと思われた三年後、一三歳の時に朝キャバで補導され、生まれたばかりの赤児を連れて、園に戻ってきたのだ。なんと、出産したのだという。

ちょうどマリアが、保育士として働き始めた頃で、華の担当を命じられた。

子どもの父親であるらしい金城一は、子どもが生まれる前に、「留学」のために渡米したので、華は働きに出なければならず、園を頼ってきた。

一の「留学」については、華は何も知らなかった。一を調べたところ、実家は、沖縄県内有数の軍用地主で、事業も成功している富裕層であることが判明。マリアが実家を訪ねると、応対した弁護士に、金城家としては華を息子の嫁と認めず、娘の歩美を認知するつもりもないと通告されてしまった。

一は、沖縄にはありがちな放蕩三昧《ほうとうざんまい》を繰り返す御曹司《おんぞうし》で、華が妊娠した時点で、一の父親が無理矢理「留学」させたというのが真相のようだった。

それを華に伝えると、さほど気落ちした様子もなく、「じゃあ私は、ここにいてもいいの?」と尋ねた。

マリアは、一の実家に責任を取らせるべきだと考えたが、園長から「他人の家庭問題に踏み込まないように」と一蹴されてしまう。

園に戻った華は、しばらくは子育てに専念していたのだが、ある日突然、娘を置いて、姿を消す。

そして、半年後、妊娠四ヶ月の身重で、舞い戻ってきた。妊娠が判明すると、同棲相手が家に帰らなくなったのだという。もちろん長女の父親とは別の男だ。

來未を出産後、華は園で働き始めた。

——私、マリア先生みたいになりたい。だから、ずっと居ていい？

そう華が口にするようになったのは、子育てが一段落した二年前。華二四歳、歩美が一一歳になった頃だ。

そんな折、突然、歩美の父親である金城一が園に現れた。

今は実家の事業を手伝っていると一は言った。それで生活の目処もついたので、華と改めて家庭を持ちたいという。

マリアは呆れたが華は大喜びだった。そして、マリアの反対を振り切り、娘二人を連れて、さっさと園を出て行った。

以来、本人からは音信不通だったが、きちんと一と入籍して、幸せに暮らしているらしいと風の便りで知った。間もなく、三人目の子どもも生まれたと。

それが、半年前のことだ。ふたたび、華がやってきた。

——もう一度ここで働かせてもらえませんか。

ゼロ歳児の雄一を抱きながら、華は頭を下げた。

また、夫が出ていったのかと直感した。だが、そうではないという。

家にいても退屈だし、ママ友とかできそうにない。だから、昼間、こづかい稼ぎにお手伝いをさせて欲しい、というのだ。

保育士が二人立て続けに退職した時期だったので、華の申し出を了承した。

次の日から、華は午前一〇時から午後四時まで、雄一を連れて毎日通うようになった。

やがて、二人の娘たちも学校帰りに立ち寄る機会が増えた。

なのに……。

二日前の深夜、華からマリアの携帯電話に連絡があった。

——一君を殺しちゃったの。

とんでもないことを告白されて、さすがのマリアもパニックになった。すぐにそちらに行くと言うと、「それは、ダメ！　今、子どもたちをタクシーに乗せた。先生、歩美たちを、お願い」と、華は泣きながら訴えて電話は切れた。

それ以来、三人の子どもを預かっている。


マリアが応接室で待っていると、小柄な中年男性と長身の若い女性が、稲嶺に連れられて姿を現した。

「那覇警察署の知念《ちねん》といいます。少年係の島袋《しまぶくろ》はご存じですよね」

中年刑事が名刺を差し出した。

知念実《みのる》那覇警察署刑事課第一係長とある。

島袋一葉《かずは》は、生活安全課少年係の刑事で、面識もある。

「島袋さん、すっかりご無沙汰《ぶさた》しちゃって」

「先生と私が会わないのは、街が平和ってことですから、いいんです」

「早速ですが、金城華の子どもたちから話を聞けませんか」

知念が雑談を止めた。

「それは無理です。医師の診断書を提出しています」

マリアは一歩も譲《ゆず》る気はなかった。歩美と來未は精神的ショックが大きく、医者の許可なしでの取り調べは認めない、と診断された。最低でも一週間は面会禁止とも書き添えてある。

「事情は、分かるのですが。だったらせめて二人の様子を見せて戴きたい」

「今のところ、私と医師、看護師以外は誰とも接触しておりませんので、ご理解下さい」

「では、代わりに新垣さんにお話を伺いましょうかね」

「私に？」

知念は引き下がるつもりはなさそうだ。

マリアはこれ見よがしのため息をつきながら、「分かる範囲であれば」と返した。

「三人のお子さんは、なぜ、こちらに来たのでしょうか」

「華ちゃんが以前、ここで暮らしていたのはご存じですか」

「島袋から聞きました。事件当日の様子を改めて教えて下さい」

「午後一一時半頃に華ちゃんから突然電話があって、夫を殺してしまった、子どもたちを園に送るので、暫く預かって欲しいと言われたんですよ」

「午後一一時半頃で間違いありませんか」

マリアは、スマートフォンの着信履歴を見せた。

〝午後一一時三七分　華〟とあった。

「ありがとうございます。タクシーに乗っていたのは、お子さん三人だけでしたか」

「ええ。一番上の歩美ちゃんは、もう一三歳ですから」

「それ以外に金城は、何か言っていませんでしたか」

「私に、園で子どもたちを預かって欲しいとだけ言って、彼女は電話を切りました。それきりです」

切羽詰まった華の声が、耳の奥にこびりついて離れない。

「ご主人の一さんについては?」

「何度かお会いしたくらいです」

「彼が、ゴールデン・キャッスルグループのオーナー金城昇一《しょういち》氏のご長男であることは?」

「金城印のアグー豚の、ですよね。一応、承知していますが」

ゴールデン・キャッスル社を知らない沖縄生《ウチナーンチュ》まれはいないだろう。養豚業で成功し、現在は、沖縄県内に数ヶ所の直営レストランがあり、大人気だ。

それが、どうしたというのだ、と言いかけてマリアは気づいた。

一が富裕層の長男だから、警察は気を遣っているのか。

沖縄は〝長男第一主義〟だ。つまり一は何をやっても咎《とが》められない。

「こういう場合、子どもを預けるなら夫の実家でしょう」

妻が夫を殺したのに⁉

「三人の子どもをあなたに託《たく》すぐらいなんだから、よほどの信頼関係だ。何か、一言くらいあったんじゃないですか。例えば殺人の動機とか」

酷い質問すぎて、答える気になれない。

「くどいようですが、歩美さんだけで良いので、話を聞けませんか」

「医師の診断書には、二人に対して、同様に一週間の面会禁止と書かれています」

知念は何度か頷き、そのまま黙り込んだ。

「二人は、お母さんが父親を殺害するのを見ていたのでしょうか」

代わって島袋が尋ねた。もし、そうだとしたら、全員、生き地獄だ。娘はもちろん、華自身もトラウマに苦しむことになる。

「分かりません。ここに来てから、事件については一言も話しません」

「こちらに到着した時、子どもたちの着衣に血痕などは？」

「いえ、きれいでした」

その衣類は、と問われたので「洗濯しましたが、必要ですか」と返した。

「今のところは結構です。一さんのご家族から、お子さんについての問い合わせはありましたか」

「いえ、園の方にはまだ」

「そうですか。何しろご長男が亡くなられたんで、悲しみが大きすぎるんでしょう……」

大切な跡継《あとつ》ぎを、嫁が殺したとはいえ、孫の安否は気にならないのだろうか。

5

〝皆様、当機は最終の着陸態勢に入りました。まもなく沖縄国際空港に到着致します〟

キャビンアテンダントのアナウンスを聞いて冨永は、仕事の手を止め、ｉＰａｄを閉じた。

上空から見る海は明るいグリーンに輝き、日本の海とは思えなかった。

海や山のリゾート地に興味のない冨永には、初めての沖縄だった。そもそも沖縄には基地の街という印象の方が強い。

七月一日付けで那覇地検に異動になった。検事は、通常、二年で異動を命じられる。冨永は特捜部に二年三ヶ月在籍した。

異動は当然だが、まさか沖縄とは思わなかった。

妻と子どもたちは、一緒に行きたがったが、今回は、単身赴任することにした。

一年前に法務省大臣官房に出向したかつての上司、羽瀬《はせ》には挨拶に行った。

根っからの現場派の検事は、現在のポストが不満そうだったが、久しぶりに冨永の顔を見ると、歓迎してくれ、昼食を共にした。

食事中はずっと現職の愚痴を聞かされたが、別れ際に不意に話題が変わった。

「特捜から外れたとはいっても、検事はどこにいても、独自捜査はできるんだ。知事の首でも取ってこい！」という無茶ぶりは健在だった。

## 6

その日、我那覇が出勤すると、ただちに飛行隊長の村越《むらこし》に呼び出された。

「副司令官がお見えになっている。おまえと荒井に話があるそうだ」

聞き間違えたのかと思った。

副司令官とは、我那覇が所属する航空自衛隊第九航空団404飛行隊を統括する南西航空方面隊のナンバー2だ。第九航空団司令を飛びこえて、南西航空方面隊のナンバー2が面談を求めてくるなど通常ではありえない。しかも、副司令官は、沖縄基地に籍を置いている。現場のパイロットに用があるなら、こちらの方から出向くのが筋だ。副司令官が嘉手納《かでな》まで出張ってくるとは——。

「何事ですか」

「俺も、よく知らない。だが、別にお叱りを受けるわけではないらしい」

二人の上官に続いて廊下を歩く荒井が、緊張している。

「もしかしたら、俺たちのアラート対応が素晴らしいと褒めてくれるのかも知れないぞ」

我那覇が冗談めかして言うと、「そんなわけないと思います！」とこわばった笑みが返ってきた。

「村越二佐以下、三名入ります！」

応接室には、副司令官の福平《ふくひら》空将補以外に、もう一人自衛官がいた。

在日米軍嘉手納基地で、連絡調整員を務める内海翔平《うつみしょうへい》一等空尉だ。

「朝早くから呼び出して申し訳ない。先日、君らが目撃したという中国の未確認機について、お隣がヒアリングをしたいそうなんだ」

「お隣」とはつまり、米空軍だ。だから、わざわざ副司令官が嘉手納まで足を運び、内海も同席しているわけか。

404飛行隊は、航空自衛隊沖縄基地ではなく、在日米軍嘉手納基地を拠点にしている。沖縄空港と滑走路を共有する沖縄基地には、F－77が配備できないからだ。

アメリカが誇る最新鋭ステルス戦闘機F－77は、軍事上の機密技術がふんだんに搭載されている。そのため、整備に関しても、ペンタゴンから厳秘を求められており、民間空港と施設を共有している基地での配備を禁じているのだ。

近年、中国機とみられる彼我不明機《アンノウン》の防空識別圏への侵入が急増しており、沖縄基地からのスクランブル出動は、年間一〇〇〇回に迫る勢いで急増していた。

しかも、中国の戦闘機は、年々性能を高めているため、防衛省としても最新鋭戦闘機で対抗する必要に迫られた。

そこで、米空軍と交渉して、嘉手納基地を間借りし、F－77配備が実現したのだ。

内海は防衛大学校の同期で、日米両軍の調整役のエキスパートとしてキャリアを積んでいる。

我那覇と荒井は先日のスクランブルで、レーダーにまったく探知されず、目視でも、日米が確認している中国戦闘機の何《いず》れとも異なる機と遭遇《そうぐう》した。我那覇は、未確認機として報告書を隊長に上げていた。

直後に、第九航空団司令から呼び出されて、聴取を受けた。その情報が、米国側にも伝わったらしい。

嘉手納基地は総面積約二〇平方キロで、三七〇〇メートルの二本の滑走路がある。

第一八航空団を中心に、第三五三特殊戦航空群、第七三三航空輸送隊、第八二偵察隊、第三九〇情報隊が嘉手納基地を拠点にしており、チーム・カデナという総称を持っている。

中でも第一八航空団は、在日米空軍の主力部隊で、F－15やF－77を有する二個飛行隊四八機が配備されていた。

我那覇たち自衛隊第九航空団404飛行隊は、米空軍の格納庫群《ハンガー》の外れにある建屋に拠点を構えている。

四人は隣接する管理棟に徒歩で移動し、米空軍の中尉に迎えられた。

「ようこそ。連絡調整員のマシュー・ジョンソンです」

福平だけが握手をかわし、我那覇らは敬礼した。

複雑に入り組んだ廊下を進み、特別作戦室に案内されると、大佐と中尉が待っていた。いずれも金髪の白人だった。

「情報官のスチーブンス大佐と副官のスミス中尉です」

ジョンソンは英語で紹介した。空自のパイロットや幹部は皆、英語が堪能なので、通訳は不在だ。

「君の報告書を読んだ」

左胸の記章《リボン・バー》で歴戦の武勇を窺わせるスチーブンス大佐が挨拶もなく、我那覇に話しかけてきた。

大佐は、未確認機のイラストを目で示している。我那覇が報告書に添付したものだ。

「君の描いたこの絵は、どれぐらい正確なんだ」

まるで尋問だな、と思いつつ我那覇は答えた。

「微細なところは正確ではありませんが、特徴は間違ってないと思います」

それは、現在の中国の主力戦闘機J－20とも、その後継機とも言われているJ－31ともシルエットが異なっている。

「探知出来なかったと聞いたが、レーダーが故障していたのではないのか」

「故障ではありません。それに貴国のレーダーでも一機しか探知出来なかったのでは？」

福平の反論は、スルーされた。

突然、遮光カーテンが閉まり、大きなスクリーンが天井から下りてきた。そこに映し出されたのは、機上から撮影したと思しき映像だった。空の一角に小さな点に見えたものが、みるみる迫ってきて、戦闘機の形を成した。

次は、粒子の粗《あら》い映像で、戦闘機が離陸する瞬間が映し出された。その次は、ハンガーからタキシングする戦闘機の映像だった。

「これらは、いずれも同じ戦闘機を撮影したものだと、我々は考えています。我那覇大尉がご覧になったのと同じ型でしょうか」

大尉《キャプテン》と呼ばれたことに引っかかったが、米空軍に一尉と呼ぶ文化がないのは知っていたので、訂正しなかった。

「同じだと思います」

「根拠は？」

「機体のシルエット、尾翼、さらに真っ正面から通過する時の様子が酷似《こくじ》しています」

暗闇の中に沈黙が漂った。

「大佐《カーネル》、ご存じかと思いますが、我那覇は航空自衛隊切ってのエースパイロットです。しかも、遭遇する彼我不明機《アンノウン》の特徴を、瞬時に見分けられる能力にも長《た》けています」

福平が、補足する。

「知っているよ。キャプテン・シュンが、以前ここの基地のフェスティバルで、我が方のエースと模擬ドッグファイトを繰り広げたのをこの目で見ている。また、過去に何度か、こちらが伝える前にシュンがJ－20のマイナーチェンジを発見したのも知っている。だから、君らを呼んだんだ」

今、自分は褒められているのだろうな。そう思いながら、我那覇は黙って話の続きを待った。

「映像の機体は、我々のエージェントたちが入手した中国第六世代の戦闘機だと考えられる。それが、実戦配備されたようだ。機体と実際にすれ違った時の印象を聞かせて欲しい」

「加速性能が抜群だった気がします。伴走していた僚機が大きく遅れをとっていましたから。それから、従来より小型化した気もします。操縦性も良いかと」

「従来の中国機とは、明らかにタイプが異なる思想で設計されているというのが、我が方の分析なのだが」

「印象としては、そうです」

あの機について、既に米空軍が分析しているのに驚いた。一方、新型戦闘機の脅威にまず最初に晒《さら》される我が国は、掘り下げて検証している気配はない。

「過去に似たようなタイプの戦闘機を見た気がするんだが」

「そうでしょうか。不勉強なので、私には初めてのタイプに見えますが」

大佐が、厳しい眼差しを向けている。

おまえは、ウソをついているな、と言いたげだ。

その通りだった。あのシルエットには、見覚えがある。

日本の空自が独自に開発を進めている初の国産戦闘機「風神《ふうじん》」と酷似していた。

## 7

那覇地検への初登庁の朝、冨永は首里《しゅり》にある自宅を午前八時前に出た。

自宅から、那覇地検のある那覇市樋川の那覇第一地方合同庁舎まで、冨永は那覇バスで通勤することにした。沖縄は車社会で那覇市内の公共交通機関は限られている。ゆいレールという市内を走るモノレールは、ルートが遠回りな上に、最寄り駅からの徒歩の時間が長いし、それ以外は市バスしかない。

那覇地検の勤務経験がある同僚から「不便だから、自家用車通勤を勧める」とアドバイスされていた。だからといって、単身赴任の身では、マイカーをわざわざ持参するわけにはいかない。

那覇地検の総務課に相談すると、他県に異動する検事が、車を処分したがっているという。それを譲ってもらう手はずを整えた。

ところが、その車が事故で大破した。冨永は当分の間、公共交通機関に頼るしかなかった。

バスに揺られながら、車窓を眺める。南国独特の植生と強い日差しは、日本というよりアジアの一画という趣がある。

沖縄と言えば米軍基地しか思い浮かばない冨永には、新しい発見でもあった。

那覇高校前で下車し、南へ五分ほど歩くと、まず那覇地方裁判所が見えた。その先に砂色の建物がある。それが、那覇第一地方合同庁舎だ。那覇地検は、東棟の一階から五階までを占めている。

受付で、「本日から那覇地検に赴任した検事の冨永です」と告げて、三階に向かう。エレベーターを降りたところで、腕時計は午前八時四七分を指していた。

初登庁のこの日、午前九時に次席検事室に出頭するように命じられていた。

気温だけでなく湿度も高いせいで、既にじっとりと汗ばんでいた。手洗いで顔を洗い、次席検事室のドアをノックした。

白地のかりゆしウェアを着た次席検事の田辺《たなべ》に迎えられた。

「おはようございます。さすがにエースと呼ばれるだけはありますね。約束の時刻より早く来てくれました」

その程度で褒められるのが不可解だった。

「では、参りますか」

那覇地検の責任者、高遠《たかとお》検事正に挨拶に向かうのだ。

検事正室に入るなり、かりゆしウェアを着た高遠が自ら近づいてきて握手を求めた。田辺がしなやかな柳のような印象なのと対照的な、豪放磊落《ごうほうらいらく》を体現している気がした。

「冨永君は、『反米検事』とか、『菓子屋』と呼ばれているそうだね」

「いずれも存じ上げません」

「反米検事」とは、冨永が東京地検特捜部で初めて手がけた事件にちなんだあだ名らしい。冨永自身がアメリカに対して批判的な発言をしたことは一度もなかった。もちろん、反米感情もない。

後者のあだ名は、冨永の実家の家業に由来していた。

京都で、江戸時代から続く和菓子屋を営む実家は、宮内庁御用達《ごようたし》の称号を戴いていた。今でも、御菓子司《おかしつかさ》「冨永」と言えば、京都でも指折りの老舗《しにせ》として知られている。

「いずれにしても、ここでは、何事も穏便に進めてくれたまえよ」

穏便の意味が分からなかったが、「心得ました」と返した。

それから冨永は、再び次席室に連れ込まれた。

「立会《たちあい》を紹介しましょう。彼が取調室（検事の個室）に案内します。そこに前任者から引き継いでもらう事件のファイルを用意してありますので、早速取りかかって下さい」

秘書が電話で立会を呼び出したが、繋がらなかったようだ。

「席を外しているようだ」

「部屋を教えて戴ければ」

秘書が、案内するというのも断って、冨永は部屋を出ようとした。

その時、いきなり扉が開き、巨漢と鉢合わせしそうになった。

「ああ、失礼しました。立会の比嘉《ひが》です」

男の息は、やけに酒臭かった。

## 8

何度来ても、留置場は、息苦しくて頭痛がする。

新垣マリアは、こめかみを揉《も》んでみたが、たいして効かなかった。

面談者との間を隔てるアクリル板の向こうに、警察官と一緒に金城華が現れた。

逮捕から一〇日目、初めての面談だった。

入室してきた華は、枯れ枝のように見えた。その上、一気に二〇歳ほど老けてしまったように見える。顔立ちが整っているので、昔からよくタレント事務所にスカウトされていた。そんな輝きも、すっかり消え失せていた。

「華、ちゃんとご飯食べてる？」

大きな目が落ちくぼみ、隈《くま》もできている。

それを見ただけで、マリアは胸が締め付けられた。

「食欲なくて……子どもたちは？」

「皆、元気よ。だから、あなたも元気でいてくれないと」

「会いたいよ」

「次は連れてくるつもりだけど、そんなにやつれてたら、アユたちが心配するよ。だから、ちゃんとご飯食べるって約束して」

マリアは、右手の小指を立てた。

華も指を立てて、アクリル板越しに互いの指先を合わせた。

「指切りげんまん、ウソついたらアバサー（ハリセンボン）飲～ます」

小声ではあったが、華も合わせてくれた。

「それで？　何があったの？」

「余りよく覚えていない。でも、私が一君を殺したのは、間違いない」

「あなたが、誰かに暴力を振るうなんて、想像できないよ」

「分からない。でも、私が殺したの」

良く言えば、華は誰に対しても優しい。たとえ殴られても、すぐに許すのだ。いや、忘れてしまう。男にいいように扱われても、一人ぼっちよりは幸せで、どんな惨めな状況でも男と過ごす方が安心するという。ところが、今回の事件で華は、一を包丁で十数回も刺した。犯行の様子を警察から聞いた時、マリアはにわかに信じられなかった。

島袋の話では、取り調べに対し華は具体的な犯行の状況も動機も一切話さず、夫のDVが酷かったから「殺してやる！」と思って刺した、とだけ断言している。

「殺してやりたいと思ったんでしょ。何をされたの？」

「マリア先生、華のことはいいから。子どもをお願い」

「それは任して。その代わり、あなたは愛海《まなみ》先生に会わなきゃダメだよ」

「愛海先生って？」

「とぼけないで。弁護士さんだよ。玉城《たましろ》愛海先生」

玉城は、少年事件や家庭内暴力に詳しい弁護士で、マリアとは長い付き合いだった。

「私のことは、いいんだって。それより、子どもを」

「華、三人に会いたいなら、愛海先生と会って」

華は辛《つら》そうに唇をきつく結んでいる。

「あの人、苦手」

愛海はタフが取り得の肝っ玉弁護士だ。そのパワーにマリアも圧倒される時がある。

華は、そういうタイプが苦手だ。

「華、アユたちに会えるように、愛海先生が警察と交渉してくれるのよ」

「分かった。先生に任せるよ」

そう言って、華は話を切り上げた。

マリアには、話したいことが山ほどあったが、それは次回に回そう。


那覇署のロビーで、女性が近づいてきた。相川《あいかわ》めぐりというフリージャーナリストだった。元は全国紙の記者だったが、沖縄を拠点にして、「本土が知ったつもりでいる沖縄の真実」をテーマに掲げた執筆活動を続けている。嫌な相手なので逃げようとしたが、遅かった。

「マリア先生！　ちょうど良かった。私、さっきから金城華さんに面会を求めているんですが、ここの石頭の署員が認めないんです」

「私も、あなたには面会して欲しくないんですけど」

「どうしてですか！　彼女は、沖縄の貧困と絶望が生んだＤＶの犠牲者ですよ！」

そんな発言を大声でする場所ではない、という認識さえこの女にはないのだろう。

相川は思い込みが激しく、米軍基地を徹底的に非難し、一方で沖縄の貧困を感情的に煽る。

その上、「可哀想な沖縄の女子」の具体例として、マリアが支援している一〇代の少女たちを過剰に脚色して紹介するため、彼女らが転職や転居を余儀なくされる事態も起きていた。

相手にせず署を出たマリアを、相川が追いかけてきた。

「マリア先生、華さんの様子は、いかがでした」

いきなりＩＣレコーダーが突きつけられた。

マリアは、レコーダーの先を手で押さえて答えた。

「ノーコメント。相川さん、くれぐれもノーコメントですよ。勝手に談話をつくらないで下さいよ」

「私がいつ、そんな酷いことをしたんです?」

「毎回、やってるじゃないですか。いずれにしても、華はあなたに会わせない。私からも那覇署にそう伝えておきます」

「それって、取材妨害ですよ」

無視して車に乗り込もうとしたら、肩を摑まれた。

「フローレンスこども園は、華さんのお子さんを預かっているんでしょ。独占取材させて下さい。私、みなさんのお力になりたいんです」

こちらの嫌悪などまったく気にしていない。それもまた才能か。

「子どもたちの声を社会に伝えましょう。華さんの子どもも、父親から暴力を振るわれたに違いないんです。そして、我が子を守ろうとして凶行に及んだ母。華さんを救うためにも、子どもたちの証言が」

「児童福祉法違反と人権蹂躙《じゅうりん》で訴えましょうか」

思いもよらない反応だったらしく、相川が固まっている。

その隙に車に乗り込みドアを閉めようとしたら、今度はドアを摑まれた。

エンジンをかけ、サイドブレーキを解除すると、マリアはアクセルを軽く踏んだ。車が動いたので、相川は慌ててドアから手を離した。

ドアを閉め、マリアはハンドルを切った。

9

三席の取調室に入ると、改めて比嘉に挨拶された。

「比嘉忠《ただし》です。『反米検事』の担当になるなんてついてないですが、どうぞお手柔らかに」

黄色のかりゆしウェアを着ているが、腹周りにみっしり肉がついて、見るからに暑苦しい。キツいくせ毛の髪は伸び放題で、ツメも汚れている。汗臭いし、酒臭い。

検事の仕事の成否は、立会事務官で決まるという同僚もいる。富永は、その考えに全面的には与《くみ》しないが、今回ばかりははずれを引いた気がした。

これは、検事正が自分に仕事をさせたくないという意思表示か。

「明日の歓迎会、沖縄料理の高級店を予約したんですが、お好きな物があれば仰《おっしゃ》って下さい」

「特にありません。お任せします」

「あの、さっきのジョークで、怒ってらっしゃいますか」

「ジョークとは？」

「『反米検事』と言ったでしょ。あれ、ジョークですよ。ちょっとブラック過ぎましたっけね」

「私は、冗談が苦手です。なので、できれば高等なジョークはやめて下さい」

「高等だなんて、検事もなかなか辛辣《しんらつ》ですな」

「それよりも引き継ぎの事件ですが」

デスクにはファイルがうずたかく積み上がっている。

「期日の早いものから順に積んであります。特捜部じゃないんで、せこい事件ばかりです。否認事件も皆無ですから。流れ作業で署名だけしてもらえばいいですよ。それより」

饒舌《じょうぜつ》な事務官を無視して、ファイルの山の頂上にある一冊を開いてみた。

「殺人事件ですか……。これ、一〇日目の勾留期限まであと二日ですが」

「延長は不要ですよ。DVに耐えかねた妻が、夫を滅多《めった》刺しにした事件ですが、自白してます」

「延長の有無は、私が決めます。明日、被疑者を呼んで下さい」

「おっと、検事も隅に置けませんなあ」

比嘉がひやかすように言った。

「どういう意味です？」

「被疑者が、運が良ければアムロちゃんみたいになれたチョー美人だと、ご存じなんでしょ」

ファイルをめくると、被疑者の顔写真があった。比嘉の言う通り、美貌だ。

「明日、午後一時に、呼んで下さい」

「やるだけ無駄では。前任の検事が取り調べを終了して、既に起訴状も残されているんですよ」

確かに、起訴状も入っていた。

罪名及び罰条は、「殺人　刑法一九九条」――。

「刺傷が一四ヶ所あり、そのうちの三ヶ所が致命傷になったとありますが、この憎悪の理由が記されていませんね」

「あれ、そうですか。確か激情の末だったかと？」

なんだ、「激情の末」とは。

「正当防衛ではないんですか」

「そんな事実はないかと」

「明日、午後一時、被疑者を聴取します、それと、担当刑事を今日中に呼んで下さい」

「まじっすか」

「刑事を呼んだら不都合な理由があるんですか」

嫌みのようなため息をつかれた。

「検事、前任者が取り組んでいた事件をご存じで？」

「この事件ではなくて、という意味ですか」

比嘉が席につくと、椅子ごとにじり寄ってきた。

「前任者は、沖縄県警の大がかりな汚職《サンズイ》事件を内偵していました」

詳細は知らないが、沖縄県警と揉めていたとは聞いている。

「具体的には、どんな汚職ですか」

「いわゆる、ヤクザの上前をはね、押収したブツを横領して売りさばく、という類《たぐ》いですな。あと、議員の盗聴なんてのもやってました」

「捜査対象は、一人や二人ではないということですか」

「仰るとおり」

「その記録は？」

ファイルの背表紙に、それぞれの事件名がラベリングされているが、そんな事件名は見当たらない。

「ありません。検事正が取り上げました」

「取り上げたというのは、どういう意味です？」

「県警本部長から抗議がありましてね。その上、まあ、前任の三席の自宅やらに脅迫まがいなことが続き、それが検事正宅にも飛び火したようで」

脅迫に屈したのか。

「そういう事情ですから、寝た子は眠らせたままにしましょう。検事は新しい事件に目を向けて下さい」

「汚職の件は分かりましたが、寝た子というのは、この捜査自体に何か問題があったんですか」

「いやいや、そんな深い意味に取らないで下さい。言葉の綾瀬はるかです。ああ、失礼。ジョークはお嫌いでしたな。とにかく、このヤマは一件落着していますよ」

冨永は、固定電話の受話器を取り上げて外線に繋いだ。

〝那覇警察署です〟

「お疲れ様です。那覇地検三席の冨永と申します。刑事課の知念係長をお願いします」

## 10

那覇署の係長が、午後五時半に冨永の部屋まで来るという。

冨永はそれまでに事件の関係書類を読むことにした。

よくある事件――記録を読めば、誰もがそう思うだろう。殺害後、被疑者が自ら一一〇番し、警官が訪れた時も、包丁を持って遺体の傍らに立っていた。妻が、夫の暴力に耐えかねて犯行に及んだと記してある。

被疑者は、「夫のＤＶが酷くて、必死で刺した。夢中だったので、その時のことはよく覚えていない」と言ったきり完黙しており、何を尋ねても一切答えていない。

夫の暴力について、被疑者は具体的に供述していなかった。

「比嘉さんは、この事件の立会を務めたんですよね。殺された夫の被疑者への暴力とは、具体的にどんなものだったのか、供述書にはありませんが」

「あれ？　そうでしたっけ？」

比嘉が慌てて、パソコンを立ち上げた。文書を探しているようだ。

「あっ、ホントだ。とにかく何もしゃべらんのです。夫のＤＶが酷くて、殺したと繰り返すばかりでしたから」

刺し傷は全身にわたり、一四ヶ所にも及び、骨が見えている箇所もあった。ためらい傷が皆無の一方で、深い傷は三ヶ所ある。よほど、激しい憎悪があったと考えられる……。

また、被疑者が、負傷したという記述がない。だとすると、大の男が抵抗もせずに、おとなしく刺され続けたのだろうか……。

「逮捕された時、被疑者の傷はどの程度だったんでしょうか」

「傷かあ。聞いた気がしませんね」

「医者には診せてないんですか」

「それは、警察に聞いてもらえますか」

こいつらは、ちゃんと仕事をしたのか。

事件当時、家にいたはずの一三歳と一二歳の娘からも事情聴取していない。

さらに、一一〇番通報を受け、現場に急行した那覇署の警官二人の証言にもひっかかるところがある。

「おもろまち、というのは、ここから遠いんですか」

「三キロ余りですから、車だと一〇分ぐらいですかね」

冨永は、ファイルを鞄に入れると立ち上がった。

「大至急、金城家の捜索差押え令状を取って下さい。現場に行きます」


米軍住宅だった約二〇〇ヘクタールの地区が一九八七年、全面返還され誕生したおもろまちは、那覇新都心と銘打って再開発が行われた。

「総事業費一一〇〇億円も突っ込んでおいて、できたのは中途半端なショッピングセンターと駅前の巨大な免税店街に、タワマンというイミフのエリアが、おもろまちです。地元民には、まったくおもろくない街ですわ」

乱暴なハンドルさばきをしながら、比嘉が街の概要を説明した。

「もう一つおもろくないのが、これから向かうタワマンの住人です。働きもせずにカネをわんさか持っているセレブ連中のガキばかりですわ」

金城一家が住んでいたのは、県内随一の高さ、地上約一一〇メートルを誇る「チュラリア　おもろまち」だった。ガラス張りの建物は強い陽射しを受けて青色に輝き、周囲を圧倒して聳《そび》えていた。

公用車のカローラから降りると、制服姿の男が出てきた。

比嘉が言うには「コンシェルジュとかいう奴」らしい。

「那覇地検です。これから、検事が現場検証を行うので、暫くここに車を置かせてもらうよ」

コンシェルジュが何か言う前に、比嘉は令状を掲げてまくしたてた。

「大変申し訳ないのですが、来客用駐車場に移動致します」

背後から男が追いかけてくる。

「我々がここに戻ったら、車、持ってきてね」

比嘉は相手が頷くのを確認してから、車のキーを投げ渡した。

高級ホテルと見まごうような豪華なロビーだ。冨永は、スマホで館内を撮影し、〝事件当時、ロビーに人はいなかったのか〟とメモした。

フロントサービスらしき女性に声をかけた。

「那覇地検です。検事が、三〇〇九号室の現場検証に来ました。鍵を貸してもらえませんか」

「鍵は、すべて警察の方で管理されておりまして、私たちの手元には一本もございません」

「緊急事態対応のマスターキーがあるでしょうが。検事の捜査妨害をするのは、賢明な人のやることじゃないなあ」

職権濫用《らんよう》まがいの比嘉のはったりに、フロントサービスは渋々、マスターキーを渡した。

エレベーターホールに続くオートロックの入口を抜け、高層階用のエレベーターに乗ったところで、比嘉に話しかけた。

「所轄が押収した監視カメラの録画データは、車寄せのカメラだけでした。ロビーに二つ監視カメラがありました。おそらく他にも出入口があると思います。それらの監視カメラのデータも、借りて下さい」

「ガッテン承知の助左衛門！　それにしても検事、何か現場で気になることがあるんですか」

冨永はそれに答えず、華の調書を鞄から取り出した。

エレベーターを降りると、比嘉が現場保存のための黄色いテープを乱暴に外して、鍵を開けた。

ドアを開いた瞬間、室内に籠もっていた熱気が溢れ出た。異臭もする。

「午後一〇時五七分、金城華は、長男の雄一と、マンションに着いた。雄一が高熱を出し、時間外外来で診察を受けた帰りだった」

冨永は、調書を読み上げながら、供述された動きをなぞる。

華は、帰宅時刻を「覚えていない」と言ったため、所轄が車寄せの録画データを押収し、それによって帰宅時刻を割り出している。

「ここまで約四分です。つまり、午後一一時頃、自宅に帰った」

靴下カバーとラテックスの手袋を装着すると、冨永は灯りを点け、室内の見取り図を見ながら、廊下を進んだ。壁にはいくつもドアが並んでいる。

突き当たりに、二四畳のリビングルームがある。犯行現場だった。

「廊下の壁には血痕はなし。リビングに続くガラスのドアのノブやガラスに、数ヶ所の血痕を拭き取った跡」

現場写真と比べながら、室内の灯りを灯した。比嘉は窓際に進んで、レースのカーテンを開けた。沖縄の強い太陽光線が射し込み、室内がまぶしいほど明るくなった。

「遺体が発見されたのは、部屋の中央にある四人がけのソファ前の床」

テーブルの下に敷いた正方形の絨毯《じゅうたん》の一部が、凝固した血痕で汚れていた。周囲のフローリングにも、到る所に血痕が付着している。

「比嘉さん、幼児を病院から連れて帰ると、まず、どうしますか」

「ベビーベッドに寝かせるでしょうな」

冨永は廊下を戻って、華の寝室のドアを開けた。

シングルベッドとベビーベッドが置かれてあり、子どもの洗濯物が、籠《かご》に放り込まれて山になっていた。

「寝室が夫婦で別だったのは、夫婦仲に問題があったんですか？」

「聞いていません」

夫との夫婦関係や、夫の子どもたちとの接し方についての供述は見当たらなかった。

そこは保留して、冨永は部屋を出る。

「午後一一時頃に帰宅して、一一〇番通報するまでに約一時間半しかありません。その間に被疑者は、夫からＤＶを受け、暴力から逃れるため夫を一四回も刺す。その後、子どもたちに身仕度をさせ、タクシーを呼び、子どもたちを送り出している。手際が良すぎます。

普通に考えれば、二六歳の一般女性が、凶行直後に、こんなにてきぱきと立ち回れるわけがない」

「検事、事実は小説より奇なりって言うじゃないですか。実際にそれが起きたんですから、しょうが内藤やす子」

「その裏付けは、金城華の証言しかありません。実際は、他のことが起きたかもしれません。

また、一一〇番通報を受けて、駆けつけた警官の証言にも違和感があります」

比嘉が、冨永の手からファイルを受け取り、那覇署の外勤課の巡査の調書を声をあげて読んだ。

「現場に到着すると、被疑者がリビングの中央付近で、右手に包丁を握って立っていた。顔も、両腕も着ていた服も血塗《ちまみ》れだった。これのどこに違和感があるんですか」

「なぜ、包丁を持って警官を待っていたんでしょう」

「それは、自分の犯した罪で動揺して、ずっと握りしめたままだったからでは？」

「じゃあ、包丁を持って一一〇番したことになりますよ。しかも、一一〇番通報する前に、華は三人の子どもたちをタクシーに乗せているんですよ。その時も血だらけの包丁を持ったままだったと思いますか」

## 11

犯行現場に三時間以上滞在し、新たに必要な証拠物件を多数押収し、地検に戻ってきたのは、午後五時前だった。所轄の刑事との約束まで、一時間もない。

冨永が、急ぎ疑問点をピックアップしていると、比嘉が帰り仕度をしている。

「あのぉ、検事。今晩は、模合《もあい》の日でして。午後五時半きっかりには、退庁致したいと思います」

「モアイ？――ってなんですか」

「模試の模に合格の合と書いてモアイと読みますね。沖縄独特の互助会のような集まりでして、毎月一度皆で集まって、様々な意見交換をするんです。これは、沖縄では最重要集会と位置づけられておりまして」

最重要とは大ゲサな。

「模合という集まりは、これから那覇署の知念係長と私の摺《す》り合わせに立ち会うより重要なんですか？」

「もちろんですよ！　とはいえ、知念係長をお迎えするまではいるようにしますが、そこから先は萬屋錦之介ってことで」

よろしくと言いたいのだろうか。無理のある駄洒落だな。

その時、来客の知らせが入った。

那覇署から来たのは二人だった。小柄で小太りの中年男と、長身瘦軀《そうく》の三〇代の女性だ。

二人にお茶を出すやいなや、比嘉はそそくさと帰って行った。

「立会の方は同席されないのですか」

島袋巡査部長が比嘉の後ろ姿を見送りながら尋ねた。彼女は少年係の捜査員だ。

「ええ。何でも模合だそうで」

そう答えると、二人は納得したように頷いた。

「検事は、金城一殺人事件について、お聞きになりたいんですよね」

知念が本題に入った。

「被疑者本人の供述書の内容が乏しいように思えます。補足戴けたらと思いまして」

「事件については、夫のＤＶが酷かったので、自分が殺した——それ以外、何もしゃべっていませんからなあ」

「致命傷となる深傷が三ヶ所、それ以外にも一一ヶ所も刺したというのは、強い殺意があったからだと考えられます。華は、具体的にはどんな虐待を受けていたのでしょうか」

「本人は、もう殺すしかないと思ったの一点張りで、暴力の内容については、一言も話していません」

「逮捕された時、華の怪我の状態は？」

知念が、虚を突かれたような顔になった。

「殺害する直前にも激しい暴力を振るわれていたと考えられます。だとすると、華の体に痣《あざ》なり傷なりが残っていると思うんですが、提出された証拠には、そういう記述も写真もありませんでした」

「そうでした……。確かにそれは聞いていていないなあ」

島袋が割り込んだ。

「私が、知念係長に同行したのは、華ちゃんを少女時代から知っているからです。また、あの夜は当直で、現場に出動しました。そして、臨場した警察官と一緒に華ちゃんを所轄まで連行しました」

少女時代から知っているとはいえ、殺人の容疑者を「ちゃん」付けで呼ぶのには違和感がある。

「現場で立ちつくす華ちゃんは、顔も両手両足も血塗れ、着ていた服にもべっとりと血がついていました。病院に行くのを拒否したので、所轄に医師を呼び、診察しましたが、怪我はありませんでした」

日常的にＤＶを受けていたならば、生傷が絶えなかったと思われるが、その痕跡もなかったと島袋は付け足した。だから正当防衛は問題にならなかったという。

「それが事実なら、彼女の供述と矛盾が生じますね」

「鉄拳だけがＤＶではありません。精神的苦痛を与えるような例もあります」

「仰るとおりですね。だから、本人から、どのようなＤＶを受けたのかを聞く必要があります」

「失礼ですが、検事さんも、金城華が本ボシではないと疑ってらっしゃるんですか」

「知念さん、それは、どういう意味ですか」

白髪交じりの頭を撫でながら、知念が話し始めた。

「私も同様の違和感があります。沖縄では、ＤＶが日常茶飯事だと言われています。ですが、それが原因で女房や子どもが夫や親を殺したという事件は、寡聞にして聞いたことがありません。これは沖縄独特の文化だと思うのですが、ここで起きるＤＶは、ただ腹が立ったから、身近にいる弱者を痛めつける――それだけなんです」

「それは、全国共通でしょう？　何も沖縄だけとは限らない」

「質的な差があるんです。本土では、妻子に対する執着心があるから暴力がエスカレートしていくのです。でも、沖縄のＤＶは違う。ただ腹が立ったから暴力をふるうけど、瞬間的なものです」

意味が分からなかった。

「また、男が女を、親が子どもを殴るのに疑問を持たない傾向があるので、やられた側も根に持ちません。だから、殺人の動機がＤＶだというのに、違和感があるんです」

「その違和感は、前任の検事には？」

「もちろん、報告しました。でも、前の検事さんは、我々の主張など聞く耳をお持ちではなかった。なんで警察が、被疑者の自白を疑うのかと言われてしまいまして」

自白を検証しないなんて、検事失格だな。現場の意見を無視するのは、傲慢が過ぎる。

「島袋さんも、知念係長と同じご意見ですか」

「係長ほど理論的ではありませんが、昔、あの子を補導した時の印象からすると、たとえ衝動的でも人を殺害するような攻撃的な子には思えなくて」

「補導した時の様子を教えて下さい」

# 12

島袋が、初めて華を補導したのは、今から一三年前、華が一三歳の時だった。那覇署の少年係に異動してきたばかりの島袋は、市内で未成年を働かせている「朝キャバ」――未明から営業しているキャバクラのガサ入れに参加した。

女性接客員の大半が未成年者だという通報があり、踏み込んだところ、華が働いていた。

「氏名と年齢と住所を教えて」

華は、島袋を見つめるだけで、黙っている。

「聞いてる？　名前と年齢、それから住所」

「子どもがいるんで、帰っていいですか」

「何言ってんの！」

「まだ、九ヶ月なんで。ママに預けてるけど、もう時間」

「帰りたかったら、こちらの質問に答えなさい」

「平良《たいら》華、一九歳」

「ウソついちゃダメだよ！」

どう見ても、そんな年齢には見えない。

「ねえ、華ちゃん、早く帰りたいんでしょ。正直に言いなさい」

うつむいていた顔を上げると、大きなため息をついた。

「平良華、一三歳。那覇市……」

「一三歳って、中一ってこと？」

「学校は行ってない」

「どうして？」

「子ども、いるし。学校キライ」

「一回くらいは行ったことあるでしょ、どこの学校？」

「知らないよ。全然行ってないもん」

仕方なく、本人が述べた住所の校区を調べて、連絡を入れた。すると、平良華という生徒は在籍しているが、一日も登校していないと言われた。

担任と話したいと言ったが、「授業中です」と返され、代わりに校長が電話口に出た。

校長は、「入学式すら来なかったので、どういう子かよく分かりません」と平然と言い放った。

保護者の連絡先を尋ねて、電話をかけた。華はずっと携帯電話をいじっている。刑事を前にして、中一の少女が取る態度ではない。

二〇回以上鳴らし続けて、ようやく相手が電話に出た。

〝なに！〟

高圧的でヒステリックな声が聞こえた。

「平良あきさんの電話ですか」

〝そうだよ。だから、何⁉〟

「那覇警察署少年係の島袋と言います」

そこで電話が切れた。

かけ直したが、いくら呼び出しても応答がない。

「華ちゃん、ママに電話してくれない？」

だが、華は反応しない。

「華ちゃん。お母さんに電話して、今、警察にいるって伝えて」

島袋が辛抱強く繰り返してようやく華は従い、母親に連絡を入れた。

「ママ？　華。今、警察。刑事さんと話してくれる」

受話口から怒鳴り声が響いた。

〝どうして逮捕ですか。華は未成年です。すぐに帰してよ〟

「逮捕はしていません。お母さんが、お迎えに来られたら、お引き渡しします」

〝私は仕事だから。華は一人で帰るから、大丈夫〟

そこで、華が手を伸ばしてきた。代われという意味だろう。

「ママ、ごめんね。アユと一緒に、ケーサツ来てよ。でないと、帰してくれないんだって」

しばらくもめていたが、なんとか話がついたらしい。電話を切ると華が言った。

「ママが迎えに来ます。それで、いいでしょ」

「アユって、あなたの子？」

「そうよ。平良歩美ちゃん」

「歩美ちゃんのパパは？」

「アメリカ。だから、私が働くの」

このまま帰宅させたところで、華がまた生活費を稼ぐために風俗で働くのは目に見えていた。島袋は、地元の児童相談所と相談し、華と歩美を、華が以前入所していたフローレンスこども園に預ける手配をした。

だが、華は三ヶ月後に子どもを置いて園を抜け出した。

半年後、島袋は華と再会した。今度は暴力団が経営するいわゆる「ぼったくりクラブ」の摘発時に補導されたのだ。彼女は妊娠四ヶ月だった。

相手の男は華の妊娠が分かると、どこかに消えてしまったという。歩美の父とは別の男だ。

華は島袋のことを覚えていなかった。

「お母さんを呼ぶわよ」

「呼ぶなら、マリア先生を呼んで」と華が言った。

「マリアって、誰？」

「フローレンスこども園の新垣マリア先生」

華を入所させた養護施設のスタッフだった。

深夜だったにもかかわらず、マリアは三〇分ほどでやってきた。

マリアが姿を見せると、華はワッと泣きながら抱きついた。こんな華を島袋は初めて見た。

## 13

「その後、華ちゃんはフローレンスこども園で暮らすようになりました。次女の來未ちゃんも園で生んだと聞いています。

非行少女の傾向は二つに分かれるように思います。一つは、暴力的になり周囲と常に問題を起こすタイプ、もう一つは、男への依存性が高く、状況に流されやすく、最後は身を滅ぼしていくタイプです。

あの子は、どちらかといえば後者で、ＤＶタイプの男に惹かれがちです。ただし、男や我が子に対する愛情はとても細やかです。だから激情に駆られて男を殺すなんて、私には腑《ふ》に落ちませんでした」

「島袋さんが華を補導したのは、一〇年以上前の話ですよね。彼女の性格も変わったのでは？」

「確かに、彼女は変わりました。でも、その変化は、検事さんが考えているのとは正反対です。私は、仕事柄、フローレンスこども園に時々お邪魔します。その時は、華ちゃんにも近況を尋ねます。彼女は、園での生活を楽しんでいるようでした。

彼女のような生い立ちの子は、みんな愛情に飢えています。だから、どれだけ酷い仕打ちを受けても依存できる相手から離れない」

新垣マリアからも、知念は調書を取っていた。

それによると、「華が、激情に駆られて行動する姿など見たことがありません。また、夫を十数回も刺すのも想像できません。何より、三人の子どもがいる家で、そんな残酷な犯行に及ぶなんて、絶対にあり得ません」と供述している。

「新垣先生からお話を聞きたいと思います。被疑者は、長期にわたってフローレンスこども園で暮らしていたようですし、事件直後に頼ったのも肉親でなく新垣さんだったのですから、よほど信頼を置いていたと思われます。繋いで戴けますか」

「すぐ手配します」

「先方さえ良ければ、今からでも結構です。明日、被疑者を聴取する前に、お話を伺っておきたいですから」

島袋はすぐに連絡を取ってくれた。

「知念さん、もう一つ、確認したいことがあります。警官二人が現場に到着した時、華の顔も手も、白いポロシャツも血塗れだった。そして、右手で包丁を握りしめていた。

これに間違いはありませんか」

「はい。その通りです。それが何か？」

「彼女は、包丁を握りしめて一一〇番通報したんでしょうか。それとも、警官が来るのに合わせて、包丁を握り直したのでしょうか」

「確かに、おかしいですな」

おそらくは、絵に描いたような現行犯逮捕現場に遭遇し、捜査陣の思考が停止したのだろう。

「また、一一〇番通報する前に、タクシーを呼び、一緒に一階の車寄せまで行って、子どもたちを送り出しています。この時に、包丁を持っていたとは考えられない。また、血塗れの顔も洗ったのでは？　なのに、逮捕時には包丁を持ち、顔も手も血塗れだった……」

知念が考え込んでしまった時、島袋が電話を終えた。

「新垣さんが、今からお会いすると仰っています」

## 14

検事との面談室を確保するために、マリアは、隣接する聖ナイチンゲール女子修道院に向かった。

島袋の話では、検事が交代して、事件に疑問を抱いているという。

マリアが、いくら「華ちゃんが、殺人なんてありえない」と訴えても、彼らは相手にしてくれなかったのに。

奇特な人がいるもんだな。

マリアは、沖縄本島の裕福な家庭の娘だ。東京出身の父は、石垣島の診療所で働いた後、琉球大学医学部に移籍する。そこで医師の母と職場結婚する。医学部長も務めた後、母の実家である那覇市内の総合病院の院長となった。

何不自由ない一人娘として育ったマリアは、両親同様医者になるつもりだった。

ところが、高校時代に、子どもの貧困を支援するNPOに参加して、人生観が一変する。

知らなかったとはいえ、自分が暮らす同じ街に、風俗で働くローティーンや、独りで子どもを生み社会から見捨てられている同世代がいる。その事実に打ちのめされた。

支援活動に没頭したものの、所詮は「金持ちのお嬢さんのお遊び」のように扱われ、少女たちも心を開いてくれなかった。

そんな時に、フローレンスこども園のシスター、大嶺洋子《おおみねようこ》と出会う。

当時二〇代だった洋子は、毎晩のように夜の繁華街を巡回し、行き場がない少年少女たちと話をし、必要だと思えば、園で保護した。時々、巡回に同行したマリアは、洋子の姿勢に目を見はった。

彼女を慕う子もいたが、露骨に拒絶する者もいた。時に暴力を振るう子がいても、洋子は抵抗しない。また、諭したり、叱ったことも一度もなかった。

「なぜ、もっと彼らに今の生き方を改めよと言わないんですか」とマリアが尋ねたことがあった。

「自分で変えようとしない限り、あの子たちは同じことを繰り返すからよ。私の役目は、やり直すぞって決意した時に、セーフティネットになってあげること」と洋子は言った。

そして、「あの子たちを可哀想とか、自分が救わないと、なんて考えないことね」とも言った。

洋子自身が、貧困に喘《あえ》ぎ、這い上がってきたから言える真理だった。

マリアは、医学部志望の進路を変え、琉球大学の貧困問題を研究している教授のゼミに身を置いた。経験不足を知識で埋め合わせようと考えたのだ。

だが、洋子の教えとは正反対の、貧困に喘ぐ子どもたちを科学者のように観察する授業ばかりで、早々に嫌気がさした。

「途中で投げ出さないで、しっかり四年間、教授の下で学びなさい」

大学在籍中も通っていたこども園で洋子に愚痴った時、そう返された。

「今あなたが学んでいるのが、世間がこの島の貧困を見る姿勢なんだよ。まずそれを知らなければ、沖縄で何が起きているのかを伝える方法は見つけられない。あなたには、現実と学問の間を結ぶ人になってほしい。あなたなら、できる」

そしてマリアが、大学四年の秋、洋子は非行少女に刺されて命を落とした。

犯人は洋子に懐いていた一四歳の少女だった。

警察は、少女の「昔からウザかった」という供述を真に受けて、まともな捜査もせずに、彼女を家裁に送致した。

家裁での審判が終わり、少女が少年院送りになってから、別の殺人事件で逮捕された一六歳の少年が、洋子の殺害を自白した。少年が、少女に身代わりを命じたら、彼女は素直に従ったのだという。

警察がもっとしっかり捜査をしていれば、少年の犯行は自明だった。

「別に誤認逮捕したわけじゃない。本人が自白して、凶器も持っていたんだから。支援者の努力を無にする酷いガキは、いっぱいいるんだ」

少女を逮捕した刑事の言葉が、しばらくして地元紙に載った。

考えたら、あの事件と華の事件は似ている気がする。

「沖縄の貧困の敵は、無関心、偏見、諦観《ていかん》」というのが洋子の口癖だった。

マリアも日々それを感じながら、見えない壁を破れずにいる。

検事に会ったら、本当に華の犯行なのか、もっとしっかり捜査すべきじゃないのかと訴えてみよう。

修道院の廊下で待っていると、長身の島袋とスーツ姿の男性が近づいてきた。

「マリア先生、夜遅くにごめんね」

島袋は頭を下げ、同行の男性を紹介した。

「那覇地検の冨永です。金城華さんの事件についていくつか知りたいことがあり、無理をお願いしました。華さんは、夫を十数回にもわたって刺すという凶行に及んでいます。少女だった頃から彼女を知る島袋さんは、とても信じ難いと仰っていますが、新垣さんは、いかがですか」

「同感です。華は、そういうタイプじゃないんです。検事さん、私には華が、人を殺すとは思えないんです」

「何か事件が起きた時、周囲の者はよくそう言います。しかし、生まれながらの犯罪者がいないように、誰もが犯罪に手を染める可能性があるのが、現実です。華さんは現行犯で逮捕され自白もしていますので、簡単には犯行を否定できません」

「では、何をお知りになりたいんですか」

マリアは人数分のカモミールティーを用意しながら尋ねた。

「華さんが、夫を殺害する動機です」

「すぐには思いつきません」

検事が、カップに口をつけた。

「では、質問を変えましょう。華さんが一番大事にしているものは何ですか」

「三人の子どもたちです。でも、それは当然ですよ。歩美ちゃんたちのためなら、華は何でもするでしょうが、だからと言って、殺人は飛躍しすぎです。あの子は、家族の絆を大切にしたいと、よく口にしていましたから」

「絆、ですか」

「養育放棄《ネグレクト》児童だった華は、ここで暮らして、愛情を知りました。自分は、祖母《バアバ》やママのような親にはならない。子どもを大事にしたい、と考えています」

「島袋さんの話では、そういう心持ちになったのは、新垣さんと出会ったからだそうですね。華さんは、あなたを実の母親以上に信頼しているとか?」

そんな立派じゃないと思うが、島袋と目が合って、謙遜している場合ではないと気づいた。

「そうかも知れません。本人からも、何度も言われました」

「なのに、なぜ、金城一さんの元に帰ったのでしょうか」

「一さんは、歩美ちゃんの父親ですから。彼女は、家族の絆を大切にしたいと願っていた。彼に一緒に暮らそうと言われたら、断る理由はないでしょ」

## 15

「おまえ、明日から沖縄に行くそうやな」

神林の上司である東條謙介は、伝説の特ダネ記者で、かつて現職の総理を退陣に追いやったこともある。

記者として凄腕なのは神林も否定しないが、とにかくあらゆる規範が「昭和」で止まっている。働き方改革とか、有給休暇とかいう意識は、東條には存在しないのだ。

――記者は、寝てる間も、記者じゃ、ボケ！　休みたいとか抜かす奴は、辞表と引き換えや！

熱血漢などというレベルではない。そもそも、このおっさんは、人間ではない。記者の惑星から来た異星人で、部下にも同じ生き方を命ずる。

彼の下でしごかれて心や体を病んだ記者は数えきれない。

なのに鈍感な俺は、このおっさんの下でも、生きている。

「ええなあ。俺なんか、祝日でも休んだことないねんけどな」

それは労基法違反です。

「それでやな、うまい具合におまえに沖縄に行って調べて欲しいと思ってる案件があるねん」

神林の脳内で、アラームが鳴った。

「東條さん、勘弁して下さいよ。私は休暇で沖縄に行くんです。仕事はしません」

「これ、お餞別《せんべつ》」

分厚いファイルがデスクに置かれた。

「なんですか、これは」

「君、軍用地主ってご存じ？」

「存じません！」

「せやろ。優しい私は、資料もきちんと揃えてあげたんやで」

「ですから、私は休暇で沖縄に」

「知ってるって。だから休暇の後でええし、ちょっと沖縄に残って調べて欲しいだけや。実はな、俺にたれ込みの情報を送ってきた奴がおるねん。そいつに会《お》うてきてくれ」

「夏休みの間は、何もしなくていいんですね」

「まあ、別に構わないけどさあ」

「東條さん、不気味な標準語やめて下さい。いいですよね。休暇明けの出張扱いで」

「君が、その資料を読んで、本当にそれでいいと思うなら、それでいいんだよ」

嫌みな言い方だ。

だが、そんなことは気にするものか。俺はこの資料を、夏休みが終わるまで一ページも開かない。

「ちなみに、出張期間は何日ぐらい頂戴できますか」

「そこやねんけどな。俺に情報を提供してくれていた奴が音信不通なんや。そいつを見つけるのに、何日かかるか。それ次第やな」

「畏《かしこ》まりました。では、行って参ります」

「そういや、君の仲良しが二人も、那覇にいるんやってなあ」

「仲良しが、二人？　いえ、知人は一人だけです」

「一人は、幼なじみの白石望君《しらいしのぞむ》やろ。で、もう一人はおまえのネタ元、冨永真一くんや」

「えっ！　冨永検事が、那覇に？」

「おまえ、ちゃんとネタ元の動きぐらいフォローせんかいな。今月一日付けで、冨永真一検事は、那覇地検勤務になったぞ」

# 第二章　基地

## 1

金城華の取調べが始まった。

那覇署からは、知念が同行している。検事の取調べ中は警察官は同席できないので、知念は取調室の前の廊下で待機している。

華はよれよれの黒のジャージを身につけて、見るからにみすぼらしい。にもかかわらず目を引くのは、整った目鼻だちと沖縄の子にしては珍しい色白だからか。

「ほとんど食事を摂っていないようですが、体調が悪いんですか」

無反応──。

「金城さん、私の質問には必ず答えて下さい。それとも、黙秘しますか」

「……前の人は？」

「定期異動で交代しました。これからあなたの事件を担当する冨永です、よろしく。食事はしっかりと摂っていますか」

「おなかがすいたら食べてる。それより、今さら、どうして？　私は全部お話ししたよ」

「いくつかお尋ねしたいことがあるからです。あなたは、ご主人のＤＶが酷く、それに耐えられなかったので犯行に及んだと供述しています。事件の日も、あなたは一さんから暴力を振るわれたんですか」

「はい。いつも、顔やおなかをグーで殴られる。痛くて嫌い」

冨永は、逮捕直後に署で撮影された華の写真を提示した。

「署の留置管理課の話では、この日は体や足にも目立った痣は確認できなかったということですが」

「でも、殴られたよ。それで、カッとして殺しました」

「金城さん、ご主人を殺したいと思った理由を教えて下さい」

「一君は、すぐに私をぶつんです。毎日、何回も。そして、私をバカにする。それが嫌だった」

「毎日のように殴られていたのに、あの夜だけは、許せなくなったと？」

「急に腹が立ったんです。大嫌いになったの」

「一一〇番通報で警察官が駆けつけた時、あなたは血塗れの格好でリビングに立っていたそうですね。お子さんをタクシーに乗せる時も血塗れだったんですか」

華の視線がわずかに泳いだ。

「忘れました。上から何か羽織ったかも……」

「あなたの犯行時、お子さんたちは、どこにいたんですか」

「子どもたちは、何も知らないってば！」

華はいきなり机を叩いて、怒鳴った。

「お子さんたちは、どこにいましたか」

「子ども部屋にいたし、ドアも閉まってたから、知らないの！」

「お二人が争う声や、ご主人の悲鳴は聞こえたでしょう」

「うちの夫婦喧嘩はいつも激しいから」

大人が殺される時の絶叫は、さすがにいつものＤＶとは違う。人が一人死ぬ異常事態を無視できるわけがない。

「あなたの話には矛盾があって、まったく信じられません。一四回も刺したというのに、あなたには手負いの傷一つないのはおかしいし、血塗れのまま人目のあるマンションのエントランスに降りていくのも変だ」

それでも華は頑なだった。

「では、お子さんたちに話を聞きます」

「ダメ！　絶対にやめて。私が殺しました。それで終わったはずでしょ。今さら何がおかしいの、どうして疑うのよ」

冨永は、そこで聴取を打ち切った。

そして、地裁に対して、勾留延長を求めた。

## 2

通常勤務を終えた我那覇は、午後五時ちょうどに基地を出た。

今夜は大事な「模合」がある。気は進まないが、欠席するわけにはいかない。

五〇年落ちのスカイラインで、制限速度を守って第二ゲートまで進んだ。

４０４飛行隊は米軍基地内に間借りしているが、自衛官は身分証明書《ID》の提示だけで入場できるし、退出時はフリーパスで、自衛隊基地よりもチェックが甘い。

第二ゲートを出ると、コザ・ゲート通りが一直線に続いている。

わずか六〇〇メートル余りだが嘉手納の観光スポットでもあるストリートの両側には、米兵向けの飲み屋やタトゥーショップ、仕立屋などが並ぶ。

そこを一気に抜けて、コザ・ミュージックタウンの交差点で国道三三〇号に入ると、既に渋滞が始まっていた。

フロントに装着したスマートフォンでグーグルマップを立ち上げた。

我那覇が気に入っている〝裏道C〟なら、到着予定が一五分ほど早くなりそうだ。

カーステレオから流れる「トップガン」のサウンドトラックを聴きながら、北中城村《きたなかぐすくそん》島袋の住宅地を抜け、何度も右左折を繰り返す。その度に、ミッションのギアを細かくシフトチェンジする。月に一度はエンジン周りを整備する愛車は、我那覇の要求通り反応し、沖縄環状線に入った。

泡瀬《あわせ》の交差点手前の脇道に目的地「寿司割烹《かっぽう》さやま」の看板が見えた。

駐車場はほぼ満車で、我那覇は最後のスペースにスカイラインを停めた。

「さやま」の入口には、いつもの暖簾《のれん》の代わりに〝本日貸切！〟という張り紙があった。

引き戸を開けると、「いらっしゃい！」という威勢の良い声に迎え入れられる。我那覇が敬礼すると、ごま塩頭にねじり鉢巻をしたこの店の親父が嬉しそうに苦笑いした。

親父は三年前に退官するまで沖縄基地で戦闘機の整備隊空曹長を務めており、我那覇が沖縄基地でF－15Jに搭乗していた時に世話になった。

防衛大学校卒の我那覇の方が階級は上だったが、早くに父親を亡くした我那覇にとって、父親代わりの存在だった。今は、実家の寿司屋を継いで、店の大将におさまっている。

我那覇は手土産に持ってきた梅酒の瓶を差し出した。和歌山出身の妻の実家で採れた梅を、妻が漬けたお手製の梅酒だ。

「おっ、嬉しいなあ。こいつを呑《の》むと、疲れが吹っ飛ぶんだよ」

「そう言ってもらえれば、千秋《ちあき》も喜びます」

「皆さん、待ってるよ」

親父は、顎で座敷の方を指し示した。

我那覇が「失礼します、我那覇です」と声をかけて障子を開けると、六人の〝模合〟仲間が揃っていた。

「おお、お疲れ様です！」

追いかけるように、女将が生ビールを出し、刺身の舟盛りが並んだ。

乾杯し、各人が刺身に箸をつけたところで、浦添《うらそえ》市役所市民課長の友利《ともり》が口を開いた。

「一君のことはショックが大きすぎて、まだ信じられない。でも俺たちの計画は前に進めるべきだ。それが一君の供養《くよう》にもなると思う」

金城一も、この模合のメンバーだった。

「俺たちの計画」とは、基地の地代の一部を、沖縄の低所得者層の子どもたちを救う基金にしようという運動だった。

「さやま」に集まっているのは、全員軍用地主――つまり、米軍基地として使われている土地の所有者だった。みな三代目か四代目の若手ばかりで、一言で「軍用地主」と言っても、年間三〇〇万円から三億円まで、それぞれの地代収入には大きな差がある。

我那覇たちは普天間基地移転問題などについて、明確な主張があるわけではないが、基地から得る収入の一部を、もっと沖縄のために役立てたいという思いを抱いている。

そして、つい先月、深刻な貧困に喘ぐ子どもたちを支援する「ガジュマル子ども基金」を立ち上げたばかりだった。

その矢先だ。軍用地主の中でも桁はずれの賃料を得ている金城一が、殺害された。

金城の実父は存命だが、近い将来、一が事業と共に地主の地位も継承することが決まっていた。沖縄では、長男の存在は、とても重要だ。跡取り息子として、親戚一同から大切に育てられる。着る物、食べる物も長男だけは特別だし、成績の優劣関係なく、長男は大学にも進学できた。

我那覇の父は、二人の兄弟を平等に遇した。お陰で、我那覇は長子でもないのに防衛大学校に進学できたのだ。

金城一は長男坊の典型に見えた。

高級外車を乗り回し、着る物は高級ブランドばかり。仕事を真面目にしているようには見えないが、社会的に目立つことは嫌いじゃない。特に、アメリカ留学から帰ってからは、やたら慈善事業に注力している。

今回の基金もその類いで、さすが金城さんとこの長男は違うと、世間から褒《ほ》められたいだけだろうと、我那覇は感じていた。

それでも、年間三億円もの賃料を受け、アグー豚のレストラン経営で知名度もある金城家の御曹司が、このプロジェクトにいるのは意味がある。

「けど、一がいなくなると、基金の積み立て額が、大幅に減ってしまうじゃないか。それは、どうするんだ」

会計係の中尾《なかお》の懸念が、今夜の議題だった。

「支援金の額が当初の予定より減るのはしかたないよ。むしろせっかく立ち上げた基金の活動を本格化させることが重要じゃないんだろうか」

我那覇の意見に、友利が頷いた。

NPO法人である「ガジュマルの会」は、友利と我那覇で立ち上げた。メンバー最年長者の友利が、代表を務めている。友利は、我那覇の意見を尊重してくれ、何か問題が起こるたび、二人で相談してきた。

「子どもたちを助けていこう」と我那覇が言うと、他のメンバーも次々に、賛意を表明したので、中尾も納得した。

「とりあえず今夜は、一を偲《しの》んで呑もう！」

友利が、女将に酒と料理の追加を頼んだ。

そのムードに押されて、我那覇は軍用地主協会の大物から、少し前にやんわりと諫《いさ》められたことをメンバーに言いそびれてしまった。

――あんたらは、いいことをやっているつもりだろうが、そんなことで目立つと、またぞろ、基地反対派の餌食になる。小さな親切、大きなトラブルは厳禁だからね。

我那覇自身が得ている賃料は、年間で約五〇〇万円。元々は、長男だった兄が引き継いだのだが、結婚もしないまま五年前に三一歳で早世、突然、我那覇に軍用地主の権利が降ってきた。

自衛官としての給与もあるので、賃料の大半は、退官後の資金として貯蓄することにした。さらに妻と相談して、毎年一〇〇万円分を、フローレンスこども園に寄付している。

自分たちが受け取っている賃料を、貧困に喘ぐ子どものために役立てたいだけだったが、軍用地主の中にはとにかく目立ちたくない、という考えの者が多かった。

沖縄は、本土に比べてあらゆる面で劣っていると嘆く県民が未だに少なくない。そのコンプレックスを打破するためには、行動するしかないと我那覇は考えている。だから、友利と一緒に、この基金プロジェクトを進めてきた。

誰かを非難しているわけでも、軍用地主に寄付を強要しているわけでもない。なのに、こんなハレーションが起きるのは、理解できなかった。

我那覇が浮かない顔つきなのに、目ざとい友利が、気づいた。

「どうしたんだ?」

「いや、いよいよ始まるんだなあと思うと、しみじみ嬉しくて」

外野の声など気にしない——それでいいじゃないか。

## 3

部屋の中が一気に明るくなって、神林は目を覚ました。ざーっという波音と共に海風が流れ込んできた。

「朝だぞ、起きろ。新聞記者!」

「新聞記者は、朝は寝てるもんなんだ」

今度は、デジタル時計を突きつけられた。

「もう、一一時だよ。勿体《もったい》ないよ」

「元気だなあ、七海は！」

「青い空とエメラルドグリーンの海が、私たちを呼んでるんだよ。元気にもなるっしょ」

神林は渋々起き上がって、シャワーを浴びた。すぐに七海がじゃれてくる。それをやり過ごすと、バスローブ姿でベランダに出た。沖縄の香りは、アジアのそれに似ている。海、風、土、緑、湿度、そして強烈な太陽光線から生まれる、力強くて骨太で底抜けに明るい開放感。それが旅で訪れる者には最高に心地良い。

二人は沖縄屈指のリゾート地である恩納《おんな》村《そん》の人気ホテルのスイートルームにいた。本来なら、予約するだけでも一苦労だし、そもそも記者の給料では、到底払えない。七海の父親がホテルのオーナーだったので、こんな贅沢《ぜいたく》が出来ている。

「おなかすいたね。ブランチして、ビーチ行こ」

運動神経は悪くないが、神林は水泳だけは苦手だ。息継ぎができない。

七海がブランチに選んだテラス席は、予約至難の特別席だという。背後にガジュマルの大木があり、枝がテーブル席まで伸びていて、木陰と涼風を提供していた。

まさに至れり尽くせりの休日だった。さらに、七海がオーダーした「ルイナール ブラン・ド・ブラン」の黄金の泡が、気分を最高に盛り上げてくれる。

「あー、お昼から飲む泡ってサイコー。東京での日々なんて、全部忘れちゃうね。やっぱ、沖縄では贅沢にすごさないと」

黒のビキニの上に、白いヨットパーカーを羽織っただけの七海は、喉を鳴らして、ルイナールを飲み干している。

「でも、ここに落ち着く気はないんだろ?」

「当然でしょ。沖縄には、何のチャンスもない。毎日変わらない生活があるだけ。こんなところで暮らしてたら、気が変になる」

カネに困らないお嬢様育ちの典型と言ってしまえばそれまでだが、資産家の家に生まれただけが理由ではない、何か別の怒りの塊を抱えている気がした。

「沖縄はね、県民全員が、自己否定の塊なの。それで傷を舐め合って、その実、互いに潰し合ってる。何かを頑張ろうとするとダサいってバカにするし、そういう奴ははじかれちゃうんだよ」

「だから、都会でドロップアウトして逃げ込んできた者には心地いいのかも知れないね」

「誰も競争しないし、みんな呑んで歌って、楽しくやろうっていうのが、一見、楽園に思えるんだよね」

「勝ち負けのない社会ってことだろ。理想郷じゃん」

「ウソばっかり、裕ちゃんなんか半年も暮らせば発狂するよ」

まあ、そうなるかな。

「七海、女優やめて舌鋒鋭いコラムニストとかやれば、売れるぜ」

「私は自分のこと以外に興味ないの。どうしても女優やめろって言うなら裕ちゃん、結婚してよ」

シャンパンが気道に入ってむせた。

「あらあら。嫌なわけ？」

「嫌じゃないけど。俺も自分のこと以外に興味ないからなあ」

そう言うと、頰をつねられた。

そこにウエイターが近づいてきて、「神林様に、お電話です」とコードレスフォンを差し出した。

「ちょっと、無粋ね！　取り継がないでよ」

七海が、ムッとして睨んでいる。

「用件をお尋ねしたのですが、緊急だから繫げと仰るばかりで」

大体、察しが付いた。

〝はいさ〜い、神林ちゃん、ご機嫌いかが？〟

やっぱり、おっさんか。

「お疲れ様です、東條さん。私は、只今休暇中ですが」

〝昨晩送ったメールを読んでくれたか〟

「いえ」

〝おまえみたいな真面目で優秀な記者から連絡がないんで、何かあったんやないかと、心配で心配で〟

「おかげさまで、休暇を満喫しております。それより、なぜ、ここが？」

会社には、宿泊先などの情報を一切提出していない。

〝それは愚問やな。それよりな、例の軍用地主のタレ込みをくれた人物やけど、どうも殺されたみたいやねん〟

だから、俺は今、休暇中だって！

〝大至急、調べてくれ。名前は金城〟

神林は、そこで電話を切った。

4

ロッカールームに向かう途中で、荒井涼子は我那覇に呼び止められた。

「今晩、予定入ってるか」

「いえ、特には」

アラート待機の日は、神経が昂《たかぶ》っていることもあって、まっすぐ家に帰って速攻で寝る。それは、我那覇も同様のはずで、こんな誘いは珍しい。

「二時間ほど飯、付き合え」

「了解です」

上官の誘いを断るという選択肢はない。

このところ、我那覇はよく考えごとをしている。その相談だろうか。思い当たるのはF－77が、今ひとつ馴染まないとぼやいていたことだ。

精緻《せいち》性に欠けるのだと我那覇は言っていた。もっとも涼子は、我那覇の機に付いていくのに精一杯で、そんなところまで気が回らない。

だが、空自屈指のエースパイロットの我那覇がF－77に違和感を抱いているとしたら、事は重大だった。

大急ぎでシャワーを浴びてロビーに行くと、既に我那覇は待っていた。

「お待たせして済みません」

「『さむらい』だけど、車で行くか」

朝九時までやっている、地元では有名な居酒屋だった。沖縄基地に赴任して、まだ一年半だが、何度か行ったことがある。

「シュンさんは？」

「俺は車で行って、帰りは代行」

「じゃあ、私のは基地に置いていきます。明日は休みなんで、ランニングがてら取りに来ます。便乗させて戴いてよろしいですか」

「いいよ」

駐車場でひときわ異彩を放つ五〇年落ちのスカイラインが、我那覇の愛車だ。通称「ケンメリ」と呼ばれ、日本のスポーツカーとして一世を風靡《ふうび》した名車だと、我那覇が自慢していた。

初代オーナーは我那覇の祖父で、その後父、兄へと引き継がれ、丁寧にメンテナンスとオーバーホールを繰り返して現在に至っている。

我那覇の伯父が自動車工場を経営していて、排ガス規制などに対応した改良を施し、現在も車検に合格しているらしい。

助手席に乗り込むと、我那覇が、イグニッションキーをひねった。独特のエンジン音が響き、車に振動が伝わった。

カーステレオから聞き覚えのある曲が流れた。

「これって、『トップガン』?」

「Take My Breath Away」

世界じゅうの戦闘機乗りのオールタイム・ベストのバラードだ。

「あの、自分、また何かミスしましたか」

曲に合わせて鼻歌を口ずさむ我那覇に尋ねてみた。

「何の話だ？」

「急な晩ご飯のお誘いだったので、また、お叱りを受けるのかと思って」

「もう俺がクーリーに叱ることなんて何もないよ。おまえは、立派な77乗りだ。今日、誘ったのは会わせたい人がいるからだよ」

たとえ冗談でも、我那覇に言われると、嬉しかった。

「ケンメリ」は、グラウンド通りを走っている。まもなく店に着く。

「あの、ひとつ伺ってよろしいですか」

「遠慮なく」

「77でシュンさんが感じてらっしゃる違和感の件です。自分にはまだ摑めないんですが、どのような状態の時に感じるんですか」

答えは返ってこなかった。会話が途切れたきり、車は居酒屋「さむらい」の駐車場に滑り込んだ。サムライという言葉とは正反対の派手な店構えで、毒々しい赤色のネオンが点っていた。

エンジンを切ってから、我那覇が涼子の方を向いた。

「一番は、減速する時かな。操縦桿《スティック》が一瞬効かなくなる気がする。おまえ、感じたことないか？」

「いえ」

涼子にはまだ微妙な違和感を察知するほどの余裕がない。

「仲間《なかま》さんは、何て仰ってるんですか」

仲間は整備担当の空士長で、我那覇の良き相棒でもある。

「特におかしなところはないと言っている。俺の気のせいかも知れない」

我那覇が、ドアを開けた。話は以上、という意味だ。

店に入ると、「さむらい」はいつも通りに賑やかだった。

「シュンちゃん、いらっしゃい！　お連れ様、もう来てるよ！」

店主にそう言われて、二人は急いで二階に上がった。障子が並ぶ廊下を進み、突き当たりの部屋の前で、我那覇が声をかけた。

「失礼します。我那覇、入ります！」

障子を開けると、シルバーグレーの短髪の男性が座っている。

〝空自の神〟と呼ばれた楢原隼人元空将補だった。涼子にとっては、我那覇と並ぶ憧れの人でもあった。

「よお、急に呼び出して悪かったね」

「とんでもないです。今日は相棒を連れてきました」

緊張が解けないまま涼子は、敬礼した。

「荒井涼子三尉であります！　防大では、お世話になりました」

我那覇に続いて座敷に入り、障子を閉めた。

「午後に、楢原さんから電話があって、沖縄にいるので、今晩どうだとお誘いがあった。

それで、おまえが楢原さんのファンだと言ったら、ぜひ連れてこいと仰ったんだ」

「いや、あのファンだなんて、そんな、私にとっては、神であります」

「おいおいまだ殺さんでくれよ。防大時代から、君は注目の的だったから、私もよく覚えているけど、すっかり精悍《せいかん》な戦闘機乗りの顔になったね」

舞い上がりそうになるのを堪えて「光栄であります」と返した。

生ビールで乾杯し、料理を注文した頃に、涼子はようやく落ち着いた。

「楢原さん、今回はどんな御用で？」

突き出しの海ぶどうをうまそうにつまんでいる楢原が、箸を置いた。

「津本《つもと》君が、来月で退官するだろ。それで退官祝いをかねて存分に飲み明かそうと思って」

我那覇たちが所属する、第九航空団司令の津本朋一《ともかず》も、かつては戦闘機パイロットだった。

「そんな時に、わざわざお声を掛けて戴き、光栄です。なあ、荒井」

「我那覇一尉はともかく、私のような者にまでお声掛け戴いて恐縮です」

「シュンと組むと大変だろ？」

「えっと、いえ、そんなことはありません」

「正直なのはいいことだな。顔に、イエスと書いてあるぞ。安心しろ、こいつと組んで楽勝と答えた者はいないから」

我那覇は笑っているだけだ。

「ところで、シュン。まだ、違和感を感じるか」

「はい。どうやらメカニックの問題ではなく、ブラックボックスが原因かと」

「じゃあ、簡単には手が出せんなあ」

「特にF－77は、ブラックボックスの領域が広いので……」

いくら自衛隊が使用するものであっても、米国製の軍用機内には米国のメーカーでしか解析できないブラックボックスが存在する。最先端の軍事技術《ミリテク》を守るためだ。

それでも日本のメーカーがロイヤリティーを払って生産を代行するライセンス生産の場合は、ブラックボックス化されている技術の比率が低く、製造が長期間に及べば、やがて機密が解除される場合もある。ところが、輸入するしかないものは、ブラックボックスの比率が高く、中でも、最新鋭機のF－77は、ブラックボックスだけでなく、メカニックの部分にも制限がある。米国メーカーから派遣された整備士しか手が出せない箇所が多数あり、たとえ防衛大臣でも見ることができない。

「正式に上に話を通した方が良くないか」

楢原の意見は尤もではある。だが、現場のパイロットの違和感程度で、米国政府に、機密解除を求めるというのは、難しい気がした。

「今のところ、違和感を感じているのは、自分だけなんです」

楢原の視線が、涼子に向けられた。

「すみません。私は、まだ未熟なので、分かりません」

「操縦のクセで、差が出るのかも知れません。荒井の操縦は、一直線に突破するタイプです。私は、基本だらだらと飛んで、スイッチが入った瞬間、トップギアに上げます。なので、Gのかけ方やブレーキも、負荷が強い」

なるほど、我那覇はそういう分析をしているのか。

「明日、津本にさりげなく話してみるよ。あいつも、戦闘機乗りだ。おまえの違和感の重要性を理解してくれるだろう」

楢原元空将補が沖縄に来たのは、本当はこの問題を聞くためではないのか、と涼子は思った。

最前線で闘うパイロットにしか分からない違和感を無視してはならない。OBとして、伝説のパイロットとして、捨てておけなかったのではないのだろうか。

頃合いを見計らったかのように、料理が運ばれてきた。

涼子の腹が大きく鳴った。

## 5

フローレンスこども園内にあるプールで子どもたちのはしゃぐ声が聞こえたのだろう。華の二人の娘が、離れのベランダから園庭の方を見ている。

「あなたたちも、どう?」

マリアが声をかけると、姉妹は顔を見合わせた。

父親は違うのだが、歩美と來未はよく似ている。面差《おもざ》しも背丈《せたけ》も双子のようだ。

「水着持ってないし」

答えたのは、妹の來未の方だ。二人に話しかけると、もっぱら來未一人が答える。

「じゃあ、下着で入っちゃえばいいじゃん」

「それは嫌だよねえ、アユ」

歩美は、弟の雄一を小声であやすばかりで返事もしない。見た目はそっくりだが、性格は正反対だ。

「ビニールプールを出してあげるから、雄ちゃんを水遊びさせてあげる?」

「それはいいかも、ねえ?」

來未が言うと、歩美も小さく頷いた。

マリアは來未を連れて、ビニールプールを取りに倉庫に向かった。

「ちょっとは、落ち着いた?」

「うん。私はだいじょうぶ。でも、アユはまだ、怖い夢を見るみたい」

「お医者さんに診てもらった方がいいんだけどなあ」

「やめてよ。別に頭おかしいわけじゃないんだから」

「來未ちゃんは、本当に大丈夫なの?」

「私は、へっちゃら。なんなら、園のお手伝いとかするよ」

「そう？　じゃあ、今晩の晩ご飯から手伝ってもらおうかな」

「オッケー。それより、先生……」

倉庫に入る手前で、來未は立ち止まった。

「ママは、どうなるの？」

マリアは答えに詰まった。

「人を殺すのはダメだけど、一君みたいなカスは人間じゃないよ」

「どんな相手でも殺したら、罪になるよ」

「イエス様は許さないかも知れないけど、私とアユは許すよ」

思わず、來未を抱きしめてしまった。すると、彼女は泣き出した。

「我慢しなくていいんだよ。強がって、平気なフリもしなくていい」

マリアが何を言っても泣くばかりだった。そして、ひとしきり泣いた後、來未は笑顔になって倉庫の中に入っていった。


ビニールプールの準備が出来たところで、マリアは園長から呼び出された。

園長室に向かうと、客がいる。

既に気温が三〇度を超えているのに、ネクタイを締め、スーツを着こんでいる男と、白いカットソーとジーパン姿の女性だった。

「こちらは、弁護士の上原《うえはら》さんと仰います。金城家の代理人としていらっしゃいました。そして、保育士の仲村《なかむら》さんです」

マリアにとって園長は、母親のような存在だ。最近は、持病の神経痛が酷いので引退したい、ひいてはマリアに跡を継いで欲しいと、冗談とも本気とも取れるような発言をする。

「金城一さんのご長男である雄一さんを、お迎えに参りました」

「上原さん、どういう意味ですか」

「雄一さんは、金城家の跡取りです。そこで、金城家の当主である昇一様が、亡くなった一様の代わりに、責任を持って育てなければならないとお考えになり、仲村さんを乳母にご指名された上で、金城家で引き取ることになった次第です。今後は、仲村さんが雄一さんのお世話をします」

## 6

その日、二度目のスクランブルが発令されたのは、午前四時一九分だった。うたた寝をしていた涼子は、すぐに飛び起きて、格納庫に向かった。

「雨が強くなってきました！　上空は風も荒れています」

整備の仲間空士長が叫んでいる。涼子は、親指を突き立てて了解と答えると、風防《キャノピー》を閉めた。

雨が激しく打ち付けているが、ヘルメットを装着すれば、雑音はほとんど聞こえない。

管制塔は南西に向かえという。

我那覇が搭乗するタイガー01が離陸する。涼子もそれに続いた。

前方で、タイガー01がきりもみ状になって急上昇している。こんな天候の時は、その方が抵抗が少ないらしい。だが、涼子は真っ直ぐ上昇する。

龍が昇るようにループを描きながら上昇する我那覇と、常に一直線の涼子。これが、二人の飛行の違いかも知れない。

強い横風を感じたが、操縦桿を必死で抑え込み、涼子は耐えた。

領空を越えた辺りで、より正確な彼我不明機《アンノウン》の位置が、無線で伝わる。

まだ、防空識別圏の外側にいる。

今度もレーダーには、一機しか映っていない。

「シュン、もしかして、例の新型機ですか？」

「かもな。とにかく、できるだけ接近する」

タイガー01が加速して、涼子の02と距離を開けていく。はぐれないよう、涼子がアフターバーナーに入れたところで、管制が「アンノウンは、旋回して、領空から離れていく。帰投せよ」と指示が入った。

「少し追ってみます」

我那覇が告げたが、管制は「ダメだ、悪天候だ。今夜は戻れ」と許可しない。

「しかし、中国の新型ステルス機の可能性があります。米国からも、情報収集しろと言われていますから」

その時、いきなり米国管制が参入してきた。

「タイガー01、帰投せよ。ここからは我々に任せろ」

えっ、どういうこと？

まさか、アメリカの戦闘機もスクランブルをかけているの？

涼子が迷っている間に、我那覇と米国管制の間で通信が交わされ、最後は我那覇が引き下がった。

「了解、帰投する」


数分後――。

「メーデー！　メーデー！　メーデー！　こちらはタイガー01、タイガー01、タイガー01！　何かおかしい。空間識失調《バーティゴ》に近い状態になっている気がする」という我那覇の声が響いた。

バーティゴに近い⁉　なにそれ⁉

さっきまで涼子の前方にいたタイガー01が視界から消えていた。

空間識失調とはパイロットが平衡感覚を喪失した状態をいう。これを引き起こしたパイロットは、時に天地が逆さまになっているのに気づかず飛行して、最悪の場合はそのまま一直線に地上に向けて突っ込んでしまう。どんなに訓練を重ねたパイロットでも陥るアクシデントで、しかもこれはパイロット本人には自覚できない最悪の事態なのだ。

その時、真っ暗闇の地上で、炎が上がった。

# 第三章　炎上

## 1

凄まじい轟音《ごうおん》と地鳴りが神林を襲った。隣で寝ていた七海も悲鳴と共に飛び起きた。

「地震？」

爆発音は続いているが、揺れはない。一体、何事だ……。

七海と共に、ベッドから下りて、カーテンを開く。真っ暗な海の近くにオレンジ色の炎が見えた。ベランダに踏み出した時、再び大きな爆音が轟いた。

爆発現場は、一キロも離れていないだろう。

一昨日、恩納村のリゾートホテルを後にした二人は、七海の友人が保有する糸満市喜《き》屋武岬《やんみさき》の別荘《ヴィラ》に移動していた。

沖縄本島のほぼ南端に位置する喜屋武岬は、西に東シナ海、東に太平洋が広がっている。

夜明け前の漆黒の空をオレンジ色の炎で焦がしているのは、岬の突端の辺りだ。海風が、強いガソリン臭を運んでくる。

「昨日、散歩したところだよ。なんで、あんな何もないところで爆発が起きるんだろ」

そうだ。確か平和の塔というオブジェがあった。周辺には一〇台ほどの駐車場、そして四阿《あずまや》があるぐらいだ。

「宇宙船でも墜落したかな?」

「もしかして米軍機じゃない?」

沖縄では、何度も米軍機が墜落し、大きな政治問題になっている。

俺はやっぱり休暇を楽しませてもらえないってことか。

一眼レフをビデオモードにして岬を撮影してから、出掛ける準備をした。

「車、貸してくれるか」

「まさか、あそこに行くつもり?」

七海は目を見開いた。

「俺、新聞記者だからさ。無視できないっしょ」

服を着替えると、パソコンバッグを背負い、車の鍵を貸してくれと七海に頼んだ。

「私も行く!」

「いや、危険だし」

「何言ってんの。こんなの一人でいる方が怖いよ。それに、運転手がいた方が、何かと便利だよ」

好奇心と勝ち気で生き抜く、女優の本領か。

止めても言うことをきかないだろう。

「じゃあすぐ着替えて」

「まかしとき」

いつもなら、出かけるまでに三〇分以上かかる七海が、あっという間に服を着替えて準備を終えた。

七海はＢＭＷ－Ｚ４ sDrive 35is、ロードスターのエンジンを始動すると、ただちにアクセルを踏み込んだ。

彼女の運転技術は確かだが、同時にスピード狂だった。神林は、「安全運転で頼むよ」と叫んだものの、排気量三〇〇〇ccのエンジン音にかき消された。

岬に向かうカーブを一気に走り切ると、炎が見えた。

間近に見る炎は想像以上に大きい。

車が停まると、神林は立て続けに写真を撮った。七海まで車から降りてきて、スマホで撮影している。

前に進むと、熱風が頬に当たる。

岬の突端が、大きく抉《えぐ》れている。斧のような太い刃物が地面を切り裂いたようだ。その裂け目から機体の一部が見える。

あれは……戦闘機じゃないか。

戦闘機の胴体の先端部は、ワンボックスカーと見られる塊に頭から突っ込んでいる。レモンイエローのボディと、「はいさいタクシー」というロゴが、かろうじて見えた。

「タクシーに、突っ込んだのか」

腕時計を見ると、午前五時二分だった。

そして、ヒトが焼ける臭いが充満している。

東條に知らせなければ。

神林はスマホで手当たり次第に写真を撮り、すぐに東條宛に送信した。

パイロットは、どうしたんだろう。墜落前に脱出したのだろうか。こんな時刻に、こんな場所で、戦闘機とタクシーという組み合わせが妙だった。

電話の呼び出し音が鳴った。早速、おっさんが食いついてきた。

「まだ、起きてらっしゃったんですか」

〝ちょうど、起きるとこやった〟

午前五時一二分だ。さすが年寄りは、早起きだな……。

〝で、おまえは、こんな早朝に、何ちゅうもんを送ってくるねん？〟

「見ての通りです。戦闘機が墜落したようで。しかも、タクシーが大破してます」

〝敏腕記者の引き寄せの法則やな。おまえ天才や〟

「全力で、否定します」

〝もしかして、そこにいるのは、おまえだけか〟

「一番乗りです、で、どうしましょう？」

〝戦闘機の国籍は？〟

「機体に日の丸が見えたような。でも、まだ燃えてますし、近づくのは危険です」

〝パイロットは？〟

「分かりません。たぶん、緊急脱出しているんじゃないですかね」

〝タクシーは？　運ちゃんはおらんのか？〟

「そっちも不明です。〝焼き鳥〟の臭いがしますけど」

焼死体の隠語だ。

その時、上空を戦闘機が通過した。いや、今まで気づかなかっただけで、ずっと旋回していたのかも知れない。

「付近で、戦闘機が飛んでいます」

〝国籍は？〟

「あの、まだ、日の出前なんです。分かりません」

〝墜ちた戦闘機にもっと近づけ〟

ほら、来た。信じられない無茶ぶりだ。

「これ以上は無理です。さっきから、何度も爆発を繰り返してますよ？」

〝新聞記者とは、危険を顧みずに突き進む人のことって、辞書にもあるやん〟

それは、アナタの辞書の話だ。令和の労働基準法に、そんな文言はない。

何かに足が引っかかってつまずきそうになった。

炎に照らされているのは、ヒトの腕だった。

## 2

「電話、鳴ってるわよ」

妻に体を揺さぶられて、山本幸輔《やまもとこうすけ》はのろのろとスマホを取った。ベッドサイドのデジタル時計は、午前五時二五分を示していた。

〝有田《ありた》だ〟

「あっ！　審議官、お疲れ様です！」

自他共に認める史上最強のトラブルシューターである有田佐武朗《さぶろう》は、市ヶ谷の防衛省大臣官房で、事故や災害が発生した時の統括を担当する審議官だ。

東京大学空手部主将で、キャリア採用で防衛庁に入庁しながら、最前線を好んだ。出世争いなど一向に執着せず、ＰＫＯや国内外の災害救助、墜落事故調査などの責任者を務め、制服組からも厚い信頼を得ていた。

現在、沖縄防衛局企画部長を務める山本は、防衛政策局に在籍中、有田の部下だった。その縁で、今も何かと目を掛けられている。

〝嘉手納の404飛行隊所属の戦闘機がレーダーロストした。どうやら墜落したらしい〟

耳に飛び込んで来た情報が深刻すぎて、すぐに反応できなかった。

〝まだ、おまえの所には情報が届いていないんだな〟

「申し訳ありません、知りませんでした」

山本は、沖縄で発生する様々な問題を処理する責任者である。

〝レーダーロストしたのが、午前四時四九分だ〟

スクランブル発進した戦闘機のレーダー航跡が消えるや否や、沖縄基地管制は、統合幕僚監部総合オペレーションに、連絡する。

そこから順に、航空幕僚長（空幕長）、統合幕僚長と情報が上がり、防衛大臣に至る。

もちろん、官邸にも情報が届いているはずだ。

沖縄にいる山本より有田が墜落の情報を先に知っていたのは、当たり前ではある。これは、事故発生現場との距離ではなく、指揮系統の距離の差だ。

「墜落も確認されたんですか」

心拍数が明らかに上がっている。二日酔いだったが、それも吹き飛んだ。

〝スクランブル発進した僚機のパイロットから、墜落の報告があった。沖縄本島の南端にある喜屋武岬付近だそうだ〟

脳内で沖縄本島の地図を広げ、場所をイメージした。沖縄戦の激戦地だ。岬の近くには、「ひめゆりの塔」もある。

「墜落地点の詳細は、分からないんですね」

〝現状では。いずれにしても、修羅場になるぞ。とにかく、まず被害状況を知りたい〟

問題は、民間人を巻き添えにしていないか、どうかだ。

海に墜落したのであれば、確率は低いだろう。だが、陸上だと、可能性は一気に強まる。

「現場に向かいます」

〝そうしてくれ。責任ある立場の者が、現場にいた方がいいだろう。どれぐらいかかる？〟

「車を飛ばせば、一時間ほどで着くかと」

〝もっと早いほうがいいな。さっき、木下《きのした》さんに、ヘリを一機回して欲しいと頼んだ〟

木下は、沖縄基地の総帥である南西航空方面隊司令官で、山本も面識はあった。即断即決がモットーで、何事にも柔軟な印象を受けた。

今、山本にかかってきている電話もそうだが、有田は非公式なネットワークを活用している。

防衛省は、指揮系統が明確で、連絡は瞬時に正規ルートを駆け巡る。だが、実際の対応は、それだけでは不十分だ。

有田のように個人的ネットワークで、様々な情報を集約し、数手先を読んで手を打つのだ。即座にヘリを手配できるのも、木下との個人的な繋がりからだろう。

「助かります。では、局で待機します」

〝一応言っておくと、暁光新聞に、事故が察知されている〟

「えっ！　地元紙じゃなくて、暁光!?　なぜですか」

〝分からん。だが、暁光の厄介《やっかい》な男から、さっき電話があった。場所も知っていたし、事故の状況にも詳しかった〟

あり得ない偶然だが、記者が現場に居合せたのだろうか。あるいは誰かが、暁光新聞に通報したか。

手が震えてワイシャツのボタンを留められなかった。

どうやら、思ったよりも動揺しているようだ。

〝嘉手納担当の連絡調整員に、星条旗の動きを見張れと伝えてくれ。墜ちたのは、アメリカ様《さま》の最新鋭機なんだ。内政干渉なんてお構いなしで、乗り込んでくるかも知れない〟

まさか、とは思うが否定もできない。

電話を切ると、パジャマ姿の妻が、心配そうに立っていた。

「深刻そうね。大丈夫？」

妻の声を聞いて、動揺が収まった。

「まあね。すぐ、でかける」

3

人体の切れ端など初めて見る神林は、吐き気をこらえて、写真を撮った。さすがに七海は車に逃げ込んでいる。

レンズ越しに腕を見るうちにパイロットウォッチをはめているのに気づいた。午前四時五一分で止まっている。

消防車のサイレンの音が聞こえてきた。いくつもの赤色灯も見える。

そろそろ、潮時か。

神林が、ＢＭＷまで戻ったところでスマホが鳴った。さっきから、何度も東條がかけてきていたが、無視していた。

〝やっと出た。墜落したんは、自衛隊機や。しかも、最新鋭機のＦ－77やぞ〟

そういうのをすぐに特定できるところが、このおっさんのすごいところだな。

「パイロットウォッチを装着した腕を見つけました。パイロットも亡くなっている可能性が高いです」

〝戦闘機好きのタクシー運転手かも知れんぞ。で、腕の写真は？〟

「撮りましたけど」

〝あと、動画は？〟

「一応、デジカメで。それから今、消防が到着しました」

〝消火活動の写真なんか、欲しないねん。それより、動画もろもろ今すぐちょうだい〟

次々と消防車が駐車場内に入ってくる。そして、パトカーも二台続いた。

やがて糸満市消防本部の大型消防車も続々と到着した。消防士らが飛び下りてきて、すぐさま消火活動が始まった。

「あなたが、通報者ですか」

警官に声をかけられた。

「いや、私じゃありません。私は、暁光新聞の神林と申します」

「新聞社？　記者さんが、どうしてこんなところに⁉」

「休暇で、近くに泊まってたんですよ。墜落したのは、自衛隊機って話だけど」

「我々に聞かれても、分かりません。とにかく、危険だから、離れて下さい！」

それ以上は問答無用と言いたげに、神林は警官に胸を押された。

今度は消防指令車から降りてきた消防局の幹部に近づいた。

「ご苦労様です、暁光新聞です。自衛隊の戦闘機が墜落した場合、消火活動には、自衛隊の許可がいるんですか」

「やけに到着が早いんだね。墜落するのが分かっていて、待ち伏せしたのか」

神林の挨拶など無視して、消防司令が嫌味を言った。

「まさか。偶然ですよ。で、司令、許可の件ですが」

「そんなもん、いるわけないだろう。我々は燃えているものを消すのが仕事だ」

「確かに。じゃ、あと、一つだけ。戦闘機が墜落した時って、こんな風に燃えるんですか」

「知るか。あんた、邪魔なんだよ。危ないから下がっていてくれないか」

仕方なく仁王立ちしている司令から離れて、東條を呼び出した。

〝何や？〟

「消火活動が始まりました。警察は、まだ外回りの警邏《けいら》が来たところです。暫く、まともに取材が出来る相手は来ない気がします」

〝もうすぐ、沖縄基地から救難隊の飛行機とヘリが来るから、彼らの動き、しっかりウォッチや。けどな、クライマックスは、その先やで。いずれ、防衛省の背広組の責任者がやって来る。事故対応をするにあたって、まずは現場の様子を把握したいやろうからな。防衛省の責任者とは、しっかり名刺交換しとけ〟

「ちなみに、那覇支局からの応援は？」

〝サツ回りが二人、そっちに向かってる。おまえの好きに使え〟

「つまり、私の休暇は終わりなんですね」

〝気の毒やけどなあ。けど、事件を呼んだんは君自身やからなあ。ところで、タクシーの車両ナンバーは、分かるか〟

ヘリコプターのローター音が降ってきた。

「無茶言わないで下さい。タクシーだって丸焦げですから、ナンバープレートなんて、見えません！」

〝会社名は〟

車体の側面に見えた社名を告げた。

駐車場一帯が明るくなり、自衛隊のヘリコプターが着陸した。

## 4

沖縄防衛局と米軍嘉手納基地は、嘉手納町の海沿いを走る国道五八号線を挟むように位置している。山本が防衛局に到着した時には、六階建ての庁舎のほぼ全室に灯りが点っていた。

三階の企画部に上がると、局長が呼んでいるという。急いで階段を駆け上がったが、それだけで山本は息が切れた。
二、三度深呼吸して、局長室に入ると、人で溢れ返っていた。
局長の信濃一臣《しなのかずおみ》と、目が合った。

「遅くなりました。先ほど、有田審議官から連絡を戴きました」

「僕の所にもありましたよ」

年次では、山本の五つ上の信濃は、部下に対しても丁寧な言葉遣いをする。

米国シラキュース大学で政治学の修士号を取得した防衛省の変わり種だが、面倒な在日米軍とのハードネゴシエーションを全面的に委ねられるので、山本としては助かっている。

その代わり、日本的な根回しが必要な交渉事については、山本が責任を持つ。

「有田さんと相談したんですが、ひとまず私は現場に行ってきます」

「では、井村《いむら》君と樋上《ひかみ》さんを連れて行ってくれませんか」

総合調整官の井村は、自衛隊から派遣されている三等空佐で、樋上は地元採用した広報室員だった。

タイミングよく、ヘリが到着したと、井村が報告した。

山本は「すぐに行きます」と返すと、信濃に小声で耳打ちした。

「パイロットの生存は？」

局長は辛そうに首を横に振った。

「搭乗していたのは、誰です？」

「我那覇一尉です」

「なんですって！」

空自切ってのエースパイロットじゃないか！

「それで、民間人への被害はあるんですか」

「未確認です。先ほど救難ヘリが、現着したと報告がありました。墜落機は海上ではなく、喜屋武岬の突端に突っ込んだとか。厄介なことに、平和の塔を跡形もなく破壊したそうです」

平和の塔も何も、沖縄で、自衛隊の戦闘機が墜落すること自体が、とてつもない厄介事だった。

「局長、実は事故の件を既に、暁光新聞が摑んでいるそうです」

「えっ⁉ どういうことですか⁉」

「おそらく、墜落場所に記者がいたんじゃないかと」

「記者を見つけたら、一言お願いします。書くなとは言わないが、本土のノリで記事にされたら、目も当てられない」

「鋭意、努力します」

信濃の言う通りなのだが、相手が暁光じゃ、そんなお願いは通らないだろうな。

「有田審議官のご指示は、墜落機は、色々曰く付きの機種なので、アメリカの動きを注視せよということです。局長も、警戒して下さい」

信濃が大きなため息をついた。

「悪夢ですね。墜落事故は起きるものだと、常日頃から覚悟はしているんですけどね。いざ起きると、甘かったと気づく。今日はずっと夜が明けないで欲しいですよ」

信濃にしては、珍しい弱音だった。

「二四時間もすれば、東京が全部さらっていきますよ。そして、我々の手の届かないところで、決着が付く。そんな気がしませんか」

「今は、何も考えられません。とにかくやれることにベストを尽くしましょう」

信濃が、山本の肩を軽く叩いた。

5

長い間、涼子は会議室に放置されていた。事情聴取は早い方がいいと思うのだが、誰も何も言ってこない。

我那覇の安否も分からないままだ。

あの時の状況を、何度も頭の中で反芻《はんすう》している。

彼我不明機《アンノウン》は、涼子たちが防空識別圏に到着する前に、旋回して離れていった。

中国の未確認最新鋭機の可能性があったため、我那覇は追尾しようとしたが、米国管制からの横槍《よこやり》が入って断念した。

そして、そのまま嘉手納に帰還するはずだった。その時に、我那覇が、空間識失調《バーティイゴ》に近い状態になっている気がする、と言ったのだ。

それが、彼の最後の言葉だった。

あれは、どういう意味だったのか。

バーティゴに陥っても、パイロット本人は自覚できない。空中で上下感覚が狂った瞬間、その先にあるのは死だけだ。真っ逆さまに急降下していても、海上の船の灯りを夜空の星と錯覚したまま墜落するのだ。但《ただ》し、稀《まれ》にパイロットがバーティゴに気づき、墜落を回避する例があった。

我那覇が自分でバーティゴに気づいたとしたら、彼の技倆があれば、墜落などしなかっただろう。

「バーティゴに近い状態」という言い回しが気になった。もしかしたら、機に不具合があって急降下しているのを指して、そう表現したのではないだろうか。

だとすると、我那覇がずっと気にしていた機体に関する違和感が、最悪の形として表出したとも考えられる。

減速した時に感じる違和感――。それを感じたことがない涼子には、判断のしようがないのだが、空自切ってのエースパイロットが、緊急脱出もできないまま墜落するなんて考えられなかった。

思考に集中しすぎて、ドアが開いたのに気づかなかった。飛行隊長の村越二佐の姿が視界に入って、涼子は慌てて敬礼した。

「なんだ、まだ、そんな格好をしているのか。早く、着替えてこい」

「我那覇さんは？」

「今、沖縄基地から救難捜索機《U―125A》と救難ヘリ《UH―60J》が向かっているが、安否は不明だ」

「私も現場に行かせて下さい」

「それは、おまえの任務ではない。とにかく、航空服装《フライトスーツ》を脱いでシャワーを浴びてこい。

聴取は、それからだ」

「隊長、先に聴取して下さい。できるだけ記憶が鮮明なうちに、吐き出してしまいたいんです」

ノックと共に現れた空曹が村越にメモを届けに来た。それを見た村越は舌打ちしながら立ち上がった。

「二〇分後に戻ってこい。いいな、シャワーだ」

それだけ言い残して、村越が部屋を出て行った。

＊

ヘリコプターが待機する屋上に出た途端、雨が降ってきた。

よりによってこのタイミングで雨か。山本は頬に落ちた滴《しずく》を拭《ぬぐ》って、操縦席の隣に腰を下ろし、ヘッドセットを付けると、操縦士が「風が強いです。かなり揺れますよ」と告げた。

贅沢は言ってられない。山本は、「了解」と親指でサインを送った。

後部座席に、井村と樋上が乗り込むと、ロクマル（ＵＨ－60Ｊ）は離陸した。

予告通り、風はさらに強まり、機体の振動も激しくなる。ヘリは不安定に揺れながら、雨のカーテンを切り裂くように飛行した。

安定飛行に入った時に、山本は樋上に声をかけた。

「さっき局長が、喜屋武岬の平和の塔が破壊されたのを、厄介だと仰っていましたが、地元の反応はどうでしょうね」

樋上は、定年退職後の再雇用で、広報室に勤務していた。地元出身で、沖縄情報の生き字引として、局員にも頼られていた。

喜屋武岬一帯は、太平洋戦争の末期、米軍との戦いで追い詰められた第六二師団が、玉砕した場所だ。さらに逃げ場を失った地元住民が、次々に飛び降りて亡くなったのもこの岬で、死者の数は、一万人以上と言われている。その鎮魂のシンボルに自衛隊機が突っ込んだのだから、大きな波紋を呼ぶことは、覚悟している。だが信濃の懸念はそれだけではない気がする。

「あの界隈にお一人、米軍基地反対運動に熱心な方がいます。その方を中心に住民を巻き込んだ抗議運動が起きる可能性はあります」

確かに「厄介な話」だ。

「昨今は、米軍ばかりがクローズアップされますが、今なお県民の間には、沖縄戦で旧日本軍の犠牲になって多くの尊い命が奪われたという感情が残っています。まずは平和の塔の管理団体に接触して、ご理解を戴けるように致します」

自衛隊は、旧日本軍じゃないと主張しても通らないということだな。

激しくヘリが揺れた。

既に夜は明けている。だが、雨のせいで厚い雲が垂れ下がり、一帯はまだ暗い。

左手前方に、オレンジ色の光がぼんやりと見える。

「あれかな？」

「ですね。消火活動が続いているので、少し離れて降りて、歩いて戴きます」

その時、前方上空で旋回しているヘリコプターが見えた。テレビ局と新聞社のヘリだ。

「樋上さん、現場では、一切取材に応じないで下さい。報道発表は、防衛局庁舎で行います」

「畏《かしこ》まりました。では、消防や警察の方から情報を収集します」

退職前も広報マンだった樋上は、的確に対応するだろう。

「井村さんは、被害状況を確認するのが、主目的ですか」

総合調整官の井村は、航空自衛隊からの出向だった。

「そのように命じられております」

「F－77については？」

「実戦配備されてから日も浅い機種ですので、基礎的な知識以外は完全に把握しているわけではありません」

そうは言っても、戦闘機の専門家なのだ。彼の存在は心強い。

信濃から、無線が入った。

「今、沖縄県警から情報が入りました。事故現場にはタクシーが一台駐車していて、車内に人が乗っていたようです」

なんで、こんな時刻に！　と言ったところで始まらなかった。

「了解しました。心して当たります」

アメリカ製新型戦闘機を操縦する空自切ってのエースパイロットが、一万人の戦争犠牲者の碑を破壊しただけでなく、民間人も巻き込んで墜落した。その上、日本で一番面倒な新聞社の記者が、現場にいる……。

もはや事態は、厄介などというレベルを超えているじゃないか。

風雨に揺られながら、ヘリコプターが降下態勢に入った。

6

冨永の元に、那覇地検次席検事の田辺から連絡があったのは、午前六時二三分だった。

〝早朝から申し訳ないね。君にお願いしたい事件が発生しました〟

ベッドから出て、カーテンを開くと、大粒の雨が窓を叩いていた。

〝糸満市で、自衛隊機が墜落炎上しました。民間人の犠牲が出たようなんです〟

「すぐに現場に向かいます」

〝今、比嘉君を迎えに遣りました〟

こんな早朝に、比嘉は本当にやってくるのだろうか。

〝発生は、午前四時四九分。自衛隊第九航空団所属の404飛行隊の戦闘機、F－77が、スクランブル出動帰還途中に墜落。墜落場所は、糸満市喜屋武岬付近。戦闘機のパイロットは、死亡した模様。また、現場に駐車していたタクシー車内に人が乗っていた形跡があり、巻き込まれて亡くなったようです。分かっているのは、そんなところです〟

「捜査権は検察と警察にあると考えてよいのでしょうか」

〝その認識で問題ないと思いますよ。ただし、事故調査は、自衛隊の方でやるみたいです〟

「なるほど」

〝念のためにお伝えしますが、ここは沖縄ですから。自衛隊機墜落によって民間人が巻き添え死するという事態は、大きな社会的反響を呼ぶと思われます〟

「承知しました。沖縄県警の窓口は、捜一（捜査一課）のどなたですか」

〝松岡《まつおか》管理官です。彼も現地に向かうそうです〟

冨永は、一〇分で支度すると、比嘉の携帯電話を呼び出した。

すぐに応答があった。

「おはようございます、冨永です。今どちらですか」

〝あと五分で、お宅の前に到着します〟

比嘉が早起きしたから、今日は雨なのか。

この雨だ。本当は長靴の方がいい。少し迷ったが、革靴を選んだ。

階下に降りると、沖縄県警のパトカーが停まっている。

助手席から比嘉が降りてきた。

「おはようございます。警察のみなさんに、協力してもらいました」

パトカーを利用するなど余り褒められたことではないが、事態が事態だ。冨永は何も言わなかった。

「車だと、現場まで一時間以上かかります。近くの病院の屋上に、県警ヘリを呼んであります」

それは、やり過ぎだろう。

「県警の管理官からのお申し出です」

すかさず比嘉が言い添えた。

パトカーは、五分ほどで総合病院に到着した。

ドクターヘリの普及で、総合病院の多くに、ヘリポートが設置されている。それを利用するようだ。

県警のヘリコプターは既に、待機していた。三人の男が駆け寄ってくる。

「ご苦労様です。沖縄県警広報官の室屋《むろや》でございます。こちらは、警務部長付総合調整官の千葉《ちば》警視。自衛隊、県庁などとの調整の責任者です。そして、刑事部の松岡管理官です」

彼らトリオが、当分の間の県警側の窓口らしい。

「便乗させて戴き、恐縮です。那覇地検の冨永です」

冨永がシートに座ると、比嘉が、ヘッドセットを装着してくれた。

「天候不順で申し訳ないのですが、暫くご容赦下さい」

室屋の言葉と同時に、ヘリは離陸した。

ヘリが進路を取ると、室屋がタブレット端末を、冨永に差し出した。

「最新情報です」

現場写真が添付されていた。

地面が深く抉られ、タクシーと戦闘機だった鉄の塊が、ミキサーにかけたように絡み合い、燃えていた。

「この雨にも助けられて、ほぼ鎮火したようです」

「自衛隊から、情報提供はないんですか」

「沖縄基地の救難隊は到着していますが、情報を提供してくれる担当官は、現着していない模様です。なお、墜落機種は、F－77だと思われます」

「自衛隊情報はともかく、タクシーの方は、何か摑めていないの？」

比嘉は、相変わらず気安い口調で、松岡に尋ねた。

「損傷が酷いようですね」

「糸満市のタクシー会社だと五社ぐらいでしょ。『糸満タクシー』とか、『ラッキー』とか、あと『はいさい』？」

「比嘉先輩、凄いですね。県内全てのタクシー会社を、ご存じなんですか！」

典型的な若手キャリア官僚の松岡が、素直に驚いている。

「全部じゃないけど、まあ、それぐらい基本だね。所轄からタクシー会社に電話一本入れれば、すぐ分かるだろうに」

比嘉は県警幹部と親しいようだ。

雨の向こうに煌々《こうこう》とライトに浮かぶ場所が見えてきた。

その中心に、真っ黒に焦げた機体と抉られた岬があった。

## 7

激しい雨の中、事故現場を見下ろせる高台に野次馬が集ってきた。

「音を聞いた瞬間、戦闘機が墜ちたって、分かったさ」

メモを取る神林に、野次馬男性が断言した。

「まじっすか。何で、そんなこと分かるんですか」

眉唾《まゆつば》だなと思いながらも、神林は感心したふりをした。

「この辺ではよ、大きな音聞いたら、アメリカの戦闘機の墜落ってきまってっからさ」

それは盛りすぎな気がするが、地元民の談話なら問題ないだろう。東條は、むしろ喜びそうだ。

「今回のは、どうも自衛隊機みたいですよ」

「まじっ！　そんなの聞いたことないよ」

「ホントです。さっきまで、現場にいたんで」

男性がまわりにいる野次馬に「自衛隊機だってさ」と話すと、一様に驚きが広がり、

「それはヤバいねー」と口々に言い出した。

「自衛隊だとヤバいんですか？　米軍機とは違う何かがあるんですか」

「違いはないけど、沖縄で自衛隊が墜ちたなんて、聞いたことないよ」

「いや、あったよ。確か、震災の年に、F－15が墜ちたはず」

東日本大震災のことだとすれば、二〇一一年に墜ちたのか。

「米軍機と自衛隊機では、気持ち的に違うもんですか」

「墜落事故に、国籍は関係ないさ。誰が墜ちたって、迷惑だ。そもそも基地が多いから、事故が起きるわけだろ」

別の男性が近づいてきて発言した。

「地元民が巻き込まれでもしていたら、大騒ぎになるぜ」

「どうも、タクシーが巻き込まれたみたいなんですよねえ」

「あきさみよー（あらまあ）！　そりゃ、大ごとだな」

「はいさいタクシーって、ご存じですか」

「芳郎《よしろう》さんとこの会社だね」

野次馬の熱量がグッと上がった。

「芳郎さんって人が、はいさいタクシーの社長さんですか」

「そう、赤嶺芳郎さんだ。あそこは数は多くないけど、良心的なタクシー会社さ」

「お兄さん、お知り合いですか」

「芳郎は、俺の高校時代の同級生だからね」

連絡してくれませんか、という前に男性が携帯電話を取りだした。

「ああ、芳郎ちゃん？　正夫《まさお》だけど。朝早くにごめんな。実は、おたくのタクシーが、戦闘機の事故に巻き込まれたっていうんだ」

正夫と名乗った男性と、芳郎の間でやりとりが続く中、神林はメモに「事情を説明するので、代わってくれませんか」と書いて見せた。

「ちょっと、待って。事故を目撃した新聞記者さんが話して下さる」

「お電話代わりました。暁光新聞の神林と言います。一時間程前に、自衛隊機が、喜屋武岬に墜落しました。駐車場に一台、おたくのタクシーが駐車していて、運転手さんが、亡くなったみたいなんです」

神林が車の特徴を告げると、赤嶺は〝あー〟と言ったきり黙り込んでしまった。

「もしもし、赤嶺さん？　どうしました？」

〝うちの親父です、それ……〟

「こんな時間にどうして？」

〝それは、ちょっと答えにくくて……〟

「と、仰ると？」

〝すみません。ご勘弁下さい〟

それきり、電話が切れた。慌ててかけ直したが、出なかった。

もう一度かけ直そうとしたところで、正夫にスマートフォンを取り上げられた。

「何か、分かった？」

「赤嶺社長のお父様だそうです」

そう言うと、正夫らが大騒ぎしだした。

神林は、記憶した赤嶺芳郎の電話番号を、スマホに打ち込んだ。

周辺は、消防車と覆面車を含めたパトカーが入り乱れているし、上空では自衛隊機が低空で旋回している。やがて、自衛隊のヘリコプターが一機、現場から離れて着陸した。

8

ヘリから降りた山本は、その場に立ち尽くしてしまった。

目も開けていられないほどの激しい雨風にもかかわらず、頭痛がしそうなほど強いガソリン臭が充満している。

樋上が、山本に傘を差し掛けた。

「助かります」と傘を受け取ったが、風に吹き飛ばされそうだ。

山本は、辺り一面に熱をまき散らしている事故の激しさに圧倒されてしまった。

消防指令車の前に、テントが張られていた。おそらく、責任者が集結しているのだろう。

その時、上空を旋回していたメディアのヘリコプターが一気に降下してくるのが見えた。

「危ない！」と樋上が叫んだ瞬間、ヘリが強風に煽《あお》られて大きく傾いた。

気象の影響を受けやすいヘリコプターは、低空飛行中に強風に煽られると、バランスを崩していきなり墜落することもある。

横風に流されかけた機体が持ち直し、上昇した。

「ああいう輩《やから》が起こす二次災害は御免被《ごめんこうむ》りたいですな。すぐに、警察を通じて、取材の自粛を求めます」

テントの中に入ると、消防の責任者と警察署長がこちらに向かって敬礼した。

「ご苦労様です。糸満署長の権堂《ごんどう》です。こちらは、糸満市消防署長の金森《かなもり》さんです」

樋上が、金森に規制線の対応を求め、消火状況を尋ねた。

「ほぼ鎮火していますが、安全確認には、あと一時間ほど必要です。自衛隊機には、ミサイルなどが、搭載されているのでしょうか」

詳しい弾種までは知らないが、空対空ミサイルを標準装備しているはずだ。

「二発、装備しています。ただし、火災でも爆発はしない仕組みです。ところで、タクシーが、墜落機に巻き込まれたと伺っていますが」

「車体が真っ二つに裂けた状態で、炎上しています」

テントを打つ雨音が、激しくなった。

「タクシーの民間人も、自衛隊機のパイロットも亡くなったとみられます」

権堂の報告を聞いて、胃が締め付けられるように痛んだ。

「ご遺体は？」

「まだ、回収していません。消火しないことには、捜索は危険なので。ボディから、車は地元のはいさいタクシーのものだと分かりましたので、今、署員から会社に連絡させています」

「ちなみに、自衛隊機を操縦していたパイロットのお名前を教えて下さい」

権堂が山本に尋ねた。

「それについては改めて、文書でお伝え致します」

権堂は不満そうだったが、山本の独断で簡単に教えるわけにはいかない。

腕章をした記者が二人、権堂に近づいてきた。腕章は一人が「那覇新聞」、もう一人は「沖縄ポスト」とあった。地元二紙だった。

権堂が気軽に応じるのを見て、山本はテントから離れた。後ろから追いかけてきた樋上が、はいさいタクシーに連絡すると言った。

「よろしくお願いします。パイロット名は、局長から県警のしかるべき人に伝えるようにします」

隠すつもりはないのだが、こういう時は手続きが重要だった。下手に広まると、遺族の心を傷つけかねない。山本としては、我那覇一尉に敬意を表して、彼の経歴をしっかりと記した文書を作成したかったのだ。

沖縄防衛局に勤務して丸一年になる。空自のエースパイロットの我那覇とは、何度か顔を合わせたことがあった。

エースパイロットらしい、爽快《そうかい》な笑顔が印象的だった。あの我那覇が、墜落死するとは。あまりにも厳しい事実を受け入れるのが辛かった。

「失礼ですが、沖縄防衛局の方ですか」

ずぶ濡れ姿の男に、声をかけられた。

「暁光新聞の神林と申します」

「暁光新聞の記者さんが、どうしてこんな場所にいらっしゃるんですか」

「夏季休暇でして。近くのヴィラに滞在中でした。それで、轟音がしたので駆けつけたわけです」

それは、ツイてないな。

「引きが、お強いんですね」

「私は事件記者じゃないんで、不運だと思っています」

差し出された名刺には、クロスボーダー部とある。

「これは、どういう部署ですか？」

「世の中で起きること全てを扱ってるんです、調査報道と言った方が分かりやすいかもしれませんね」

だとすれば、一層面倒な存在かも知れない。

「ところで、墜落したＦ－77ですが」

「機種を含め、現在、調査中です」

「冗談は、やめましょうよ。墜落した機種も、時刻も、パイロットの名前もご存じのはずだ。ただ、公式発表をしていないだけでしょう」

「では、発表をお待ち下さい」

いきなり、タブレット端末を見せられた。

暁光新聞のオンライン版が表示されている。

「私の部署は、調査報道が専門なので、公的機関の発表は気にしません。既に、こういう記事を出しました」

墜落のおおよその時刻、場所、墜落機だけでなく、民間人を巻き込んだ可能性が高いとまで書かれてしまっている。

ショックのあまり、血圧が下がった気がした。

「この記事が起こす爆裂的なハレーションを、想定されていますか」

「防衛省のキャリアらしからぬ表現ですね。申し訳ないですが、我々の仕事は、目の前で起きた事実を、ありのままに伝えることです。記事によって起きるハレーションまでは、責任を持てません」

なめやがって。

「神林さん、ここは沖縄です。本土では当たり前でも、通用しないことがあります」

「米軍基地が集中しているからですか」

「そんな単純な話ではありません。沖縄戦で多くの民間人が犠牲になり、終戦したのちも、二七年間アメリカに占領されていたんですから」

「じゃあ、そういう背景を踏まえてお尋ねします。防衛省としては、この事態に、どのように対処されるおつもりですか」

相手に理解を求めたことを後悔した。こういう連中に、デリカシーを期待するのが間違いなんだ。

「現段階では、お答えできません」

「いつなら、お答え戴けますか」

9

「爆裂的なハレーション」という言葉に、神林は驚いていた。しかし、防衛省のエリート官僚にそう言わせるほどの事態が起きてしまったわけだ。

山本は、神林を見つめるばかりで、黙り込んでいる。

「沖縄では自衛隊の評判も悪いんですか」

「そんなことはありません。私たちは、沖縄県民と良好な関係を維持しています」

「ならば、戦闘機が墜ちても、それは不幸な事故として、県民には冷静に受け止めてもらえるのではないんですか」

神林が詰め寄った時に、山本を呼ぶ声がして、彼は行ってしまった。

せっかくのチャンスだったのに。

もう少し粘ろうかと思案していると、ズボンのポケットに押し込んでいたスマートフォンが振動した。ディスプレイを見ると、未登録の番号だった。

「はい？」

〝那覇支局県警サブキャップの大泉《おおいずみ》です！　今、喜屋武岬の現場に到着しました。神林さんは、どちらにいらっしゃいますか〟

「俺がそっちに行くから、車とナンバー、教えて」

頼みたいことがあったが、それは他のメディアだけでなく、捜査関係者の耳にも入れたくなかった。

大泉は、黒のレクサスのハイヤーだと言った。現場から離れた場所に駐車しているようで、神林はハイヤーに辿り着くのにしばらく歩かなければならなかった。

目当てのレクサスの前で、長身の男が傘を持って立っていた。

大泉の案内で後部座席のシートに体を沈めると、神林は疲労のあまり、大きなため息をついた。夜明け前から現場をうろつき、挙げ句に雨に打たれてヘトヘトだった。

助手席にいた女性記者が、紙コップにコーヒーを注いでくれた。

「県警担当の駒井《こまい》です。コーヒー、どうぞ」

「ありがとう。超嬉しいよ」

後輩二人は、大事件を前にして瞳が爛々《らんらん》と輝いている。

「亡くなったタクシー運転手の身元が、ほぼ分かった」

「沖縄の警察にしては、仕事が早いですね」

「いや、駒井さん、これは俺が野次馬から仕入れたネタだ」

はいさいタクシーの社長の名前と携帯電話の番号、運転手が社長の父親らしいと告げた。

「この社長を捕まえて、父親の名前と、事故当時の行動を確認してきて欲しい。どうも、社長は父親について話したくないようだった」

「それ、私にやらして下さい！」

駒井が勢い込んだ。だが、やる気はあっても、仕事ができない記者もいる。神林は、判断を大泉に委ねた。

「駒井で大丈夫だと思います。私は、何をお手伝いしましょう」

「県警対応かな。もうすぐ、県警のお偉いさんが、到着するらしい。彼らに張りついて、情報収集をして下さい」

「了解です」

「ちなみに、那覇支局には、自衛隊担当の記者はいるの?」

「一応、自分です。そんな熱心に回っているわけではありませんが。どんな情報が必要ですか」

「墜落した戦闘機の飛行目的と、一緒に飛んでいたパイロットを探してほしい」

いずれ防衛省から発表はあるだろうが、先んじれば、僚機のパイロット本人へ取材できるかも知れない。

10

「検事、これを履いて下さい」

ヘリコプターの着陸直前に、比嘉が長靴を差し出してきた。

普段なら断わるのだが、県警幹部たちの目もあるので、冨永は言われた通りに靴を履き替えた。

降り立った途端に、すかさず比嘉が傘を差し掛ける。

「自分で持ちます」と傘を受け取り、出迎えた糸満署長について、現場に向かった。

熱風が頬を撫でる。消火活動は順調に進んでいるようだが、なおもあちこちから炎が上がっている。

「既に、沖縄防衛局から企画部長らが、到着しています」

「まず、墜落機の様子を見たいんですが」

冨永が言うと、千葉は素直に了解した。

墜落機に近づくにつれて、熱気と臭気が強烈になった。

「ひゃあ、酷い臭いだ」

後ろで比嘉が、騒いでいる。

冨永は、規制線ギリギリまで進むと、地表をじっと観察した。

油溜まりに雨が打ち付けて、黒い油が跳ねている。さらに、黒焦げになったタクシーは、戦闘機に車体を引きちぎられて、原型を留めていない。

「遺体の収容は、終わったんですか」

冨永に付き添う糸満署の刑事課長が、首を振った。

「手つかずです。完全に鎮火するまでは、危険ですから。これだけ燃えていると、丸焦げかも知れません」

その場で、両手を合わせて黙禱《もくとう》した。

そして、戦闘機の機体の後ろ半分が転がっている崖の際まで進んだ。

崖の縁が深く抉れているところを見ると、斜めに突っ込んだのだろう。

「気をつけて下さい！　崩落する危険もあります」

刑事課長に続いて、比嘉も「突風が強いから危険です、検事、戻りましょう」と叫んだ。

傘が風に煽られて吹き飛んだ。

「検事！　気をつけて下さい！　死にますよ」

次の瞬間、比嘉に、引き戻された。

比嘉とは別人の声で名前を呼ばれた。声のする方を向くと、見憶えのある男が、立っていた。

「神林さんじゃないですか。どうして、ここに？」

今、一番会いたくない相手だ。

「夏季休暇で、沖縄に来たんですよ。那覇地検に異動になったとは聞いてましたが、まさか、こんな所でお会いするとは、奇遇ですね」

「こちらは、どなたです？」

比嘉が胡散臭《うさんくさ》そうに、神林を見ている。

「暁光新聞の記者です」

「立会事務官の方ですね。初めまして。冨永検事には、特捜部に在籍されていた時に、大変お世話になりました」

「へえ。そんな人と、ここで再会ですか。こりゃ、びっくり島倉千代子ですな」

比嘉の駄洒落を聞いて、神林が面食らっている。

「ところで、この事件は、冨永さんが、担当されるんですか」

その問いは無視した。

＊

相変わらず、傲慢な奴だな。

話の途中でさっさと離れていく冨永の背中を見ながら、神林は舌打ちした。

まっ、こっちは奴に貸しがある。困った時は、それを返してもらえばいい。

タイミングよく東條から電話が入った。

〝記事、見たか〟

「思ったより、地味でしたね」

〝そうかあ？　まあ、ジャブとしてはあんなもんやろ。で、民間人を特定するとは、神林ちゃん、腕上げはったなあ〟

はいさいタクシーの赤嶺社長と電話で話した件は、既に報告していた。

「それから、冨永検事と再会しました」

〝ほお、君はほんまに「持ってる君」やな。これで、ウチは、特ダネ連発、間違いなしやろ〟

「とにかく、東條さんもこちらに来て下さいよ。私では、荷が勝ちすぎます」

〝俺もいずれ行くけどな、まだ早いねん。まずは、「持ってる君」に地ならししてもって、ほど良きところで、真打ち登場ってことやな。「持ってる君」には悪いけど、これは、編集局長が決めたんやで〟

どうせ編集局長が東條に丸め込まれたのだろう。

電話を切った神林は天を仰《あお》いで、毒づいた。

またヘリコプターが飛んできた。今度のそれは、消火活動を続ける消防隊員を蹴散らすように着陸した。

随分、乱暴だな。

神林はその様子も動画撮影した。

ヘリから降りてきたのはダークネイビーの制服を着た軍人だった。

「ウソだろ」

あれは、米軍じゃないか。なんでそんな奴らがしゃしゃり出てくるんだ。

神林は、彼らにさらに近づいた。人が多すぎて、神林がうろうろしても誰も気にしないようだ。会話がなんとか聞き取れるところまで寄っても、誰にも咎められなかった。

「責任者を呼び給《たま》え」

将校に付き添う男が、警官に向かって叫んだ。警官は英語が得意ではないようで、困惑している。

「何事ですか」

駆けつけた私服刑事が、野蛮な訪問者に、英語で声をかけた。

「こちらは、アメリカ空軍第一八航空団のマッキンタイア大佐だ。責任者にお会いしたい」

「ご用件は？」

「それは、責任者にお話しする」

既に、彼らを取り囲むように人が集まっている。皆、興味津々だ。

「それでは取り次げません。用件を仰って下さい」

「墜落事故の検証は、我々が行う。ついては、日本の警察と消防は、規制線から、即刻退去せよ」

こいつ、何を言っているんだ！

神林がさらに聞き耳を立てていると、遂に下士官が気付いた。

「おまえ、何をしている！」

神林は、記者証を見せた。

「私は、新聞記者だ。事故を取材している！」

英語で言い放つと、下士官は、「撮影は認めない！」と怒鳴った。

「何を馬鹿なことを言ってる。ここは、基地じゃないんだ。おたくらに、取材を止める権利はない！」

神林は堂々と怒鳴り返してやった。

殴られるかも知れない。その時は、それも撮影してやる。

大佐の応対をしていた刑事が、責任者を呼んでくるので、暫く待てと告げた。それでタイミングを逸したのか、神林は殴られずに済んだ。

次の瞬間、軍人の一人が怒鳴った。

「規制線から、全員追い出してしまえ！」

# 11

検事が来たと知って、山本は驚いた。事故現場に検事が早々に姿を見せるのは、珍しい。

指揮官車に、検事が乗り込んで来たのを受けて山本が尋ねた。

「検事、何か自衛隊側にご希望はありますか」

「事故調査の迅速化を強く求める以外、私からは特に申し上げることはありません。鎮火すれば、火災調査官と県警が合同で、事故と出火原因を調べると思います。それらの情報は、県警及び検察、そして沖縄防衛局との間で、滞りなく交換できるように致したいと思います」

「そう言って戴くと助かります。我々の方も、できるだけ早く事故原因をお伝え出来るように尽力します」

その時、勢いよくスライドドアが開いた。

「千葉総合調整官、今、米軍の将校が来て、我々に規制線外に出よと喚《わめ》いています」

激しい雨で足下が泥沼と化している。指揮官車から飛び出た山本は、滑りそうになるのをなんとか耐えて走り続けた。

前方に米軍のペイブホークが駐機しており、その前に人だかりがあった。米空軍の将校と総合調整官の井村が対峙している。そして、メディアが彼らを囲んでいた。

最悪の光景だ。

「申し訳ありませんが、貴国に捜査権限はございません。日本の警察の捜査を妨《さまた》げることはお止め下さい」

井村が、米空軍の将校に訴えている。

急いで駆けつけると、将校が誰何《すいか》してきた。

「沖縄防衛局企画部長の山本幸輔と申します」

「アメリカ空軍第一八航空団のマッキンタイア大佐だ」

一九〇センチはありそうなマッキンタイアは、体格も良く、なかなかの迫力だった。

「事故の調査は、我々の方でやる」

「大佐、墜落したのは自衛隊機です。捜査と調査は、我々にお任せ下さい」

「君、墜落機の機種を分かっているのか」

# 第四章　波紋

## 1

テレビをつけると、何かが勢いよく燃えている映像が映し出された。画面の左上に、「自衛隊機墜落！」の文字がある。

中継リポーターが「喜屋武岬」と言うのを聞いて、マリアは音量を上げた。

〝沖縄県警では、墜落機の巻き添えとなったタクシー運転手の身元の確認を急いでいます〟

米軍機ではなく、自衛隊機が墜落したのか。おまけに民間人を巻き込んだなんて。

スマートフォンが鳴った。フローレンスこども園の園長からだ。

〝おはようございます。自衛隊機の墜落については、ご存じですか〟

「今、テレビで見ました」

〝自衛隊機の巻き添えで亡くなったのは、赤嶺芳春さんだそうです〟

え！　はいさいオジーが⁉

いったい、どうして。

サンタクロースそのものの、優しいオジーと戦闘機は、まったく繋がらない。

「私、はいさいタクシーに行ってきます」

マリアは、電話を切ると家を飛び出した。

那覇市内へ向かう朝の通勤渋滞とは、逆方向ではあったが、国道は混雑していた。

オジーが死んだ……。考えるだけで嗚咽《おえつ》が止まらなくなる。運転に集中するために、「童神《わらびがみ》」を歌った。はいさいオジーが好きだった島唄だ。

――マリアちゃん、人は親を選べない。でもさ、あの子たちには、自分で人生を選ばしてあげたいんだよ。だから、俺がやれることは、何でもやる。

はいさいオジーは、何度も熱く語り、引退後の人生をすべて少年少女たちのために費した。

借金の連帯保証人になったせいで破産したオジーは莫大《ばくだい》な借金地獄から這い上がり、タクシー会社を立ち上げた苦労人だった。

マリアが、赤嶺と親しく付き合うようになったのは、一五年ほど前、フローレンスこども園のスタッフとして働き始めた頃だった。

深夜や明け方、園の当直をしている時に、「今から行くので、一人預かってくれないだろうか」と、赤嶺から連絡が入る。すると三〇分もしない内に、赤嶺に連れられた少女が園の通用口に姿を見せるのだ。

軽症の子どもはオジーが面倒を見るが、泥酔している子や薬で正体を失っている子、あるいは怪我《けが》をしている子などは、園と連携して救済した。

赤嶺は送り届けるだけではなく、少女が落ち着くまでそばについてやる。そんな時に、よく三線《さんしん》を弾いて「童神」を唄っていた。

月に何度かは、園のスタッフに差し入れまで届けてくれる。赤嶺は特にマリアを可愛がり、何度も食事に連れだしてもらったりもした。

雨風《あみかじ》ぬ吹ちん　渡る此《く》ぬ浮世《うちゆ》
風《かじ》かたかなとてぃ　産子花《なしぐわ》咲かさ

そこまで歌ったら、また泣けてきた。

オジーにもう会えないなんて。

〝只今入った新しい情報です。沖縄県警は先ほど、墜落した自衛隊機に乗っていたパイロットの名前を公表しました。

パイロットは、沖縄基地所属の我那覇瞬一等空尉だということです〟

そんな……。

毎年、園に寄付をしてくれる我那覇のことも、マリアはよく知っていた。一体、この事故は何なのだ？

## 2

山本は、信濃沖縄防衛局長と南西航空方面隊の木下司令官と共に、はいさいタクシー本社に向かった。本社は、糸満市西崎の国道三三一号線沿いにある。かなり年季の入った二階建ての社屋で、一階は駐車場になっていた。今日は、タクシーは見当たらず、代わりに、他社のハイヤーがひしめいている。メディア関係者が詰めかけているのだろう。

さらに、テレビ局の中継車まで来ており、国道はその影響で渋滞していた。

到着すると、広報担当の樋上に連絡を入れ、「今からお二人をお連れする」と告げてから、山本は車を降りた。木下には、メディアに対して一言コメントして欲しいとお願いしている。

玄関口でたむろしていたメディアが、たちまち三人を取り囲んだ。

「航空自衛隊、南西航空方面隊司令官の木下です。この度は、我が隊の戦闘機の墜落事故により、はいさいタクシーの前社長である赤嶺芳春様の尊いお命を犠牲にしたことについて、お詫びに参りました」

何十本と並ぶマイクに向かって、司令官が神妙にコメントした。

「自衛隊は、過失を認めるんですね」

「過失があったかどうかは、今後の事故調査委員会の調査に委ねます。まずは沖縄県民が自衛隊機の墜落によってお亡くなりになったことについて、お悔みを申し上げに参りました」

「過失があろうとなかろうと、自衛隊の戦闘機が、民間人を殺したんですよ！　事故に巻き込まれた赤嶺芳春さんは、貧困に喘ぐ少女たちを支援する『はいさいオジー』として、愛されていたのをご存じですか」

唐突に、女性の声が響き渡った。

山本だけでなく、司令官や記者も一斉に声のした方を振り返った。すると、若い女性記者が仁王立ちしている。

「申し訳ありません。まだ、墜落から数時間しか経過しておりません。現時点では、事故の原因も不明だということです。事故については、午後三時から、沖縄防衛局で記者会見を予定しています。それまで、猶予《ゆうよ》を戴きたい」

それだけ答えると、山本はメディアから上官二人を庇いながら、受付カウンターで、社長への取り次ぎを頼んだ。

社長室には、三人の男性が待っていた。恰幅の良い一人が、はいさいタクシー社長の赤嶺だと名乗った。

ソファを勧められたが、木下は立ったままでお詫びと追悼《ついとう》の意を伝えた。

「只今、防衛大臣が東京から、沖縄に向かっております。到着次第、こちらにお邪魔して、お詫びとお悔やみを申し上げます」

「えっ、防衛大臣さんが！　そんなことまでして下さらなくても」

息子である社長は、むしろ困惑している。

「お父様は、『はいさいオジー』さんと呼ばれてらしたとか？」

山本が尋ねた。

「ええ。親父は、風俗やキャバクラで働いている一〇代の女の子を、自宅まで送り届けるボランティアをしていまして。おそらくは、早朝に少女たちから連絡が来るまで仮眠していたんだと思います。もう七八歳なんだから、いい加減辞めるように言っていたんですが」

そんな奇特な方を巻き込んでしまったとなると、社会的反響は、想像以上に大きいかも知れない。


玄関を出ると、再び、メディアに囲まれた。

「我那覇さんは、空自切ってのエースパイロットだったそうじゃないですか。そんな人が、なぜ墜落したんでしょう」

「午後の記者発表で回答致します」とだけ答えて、山本たちは公用車に素早く乗り込み、直ちに発進した。

「沖縄の少女たちにとって、大切な人を奪ってしまったと思うと、辛いな。我々として、償《つぐな》いの方法を考えないと」

木下の呟きを聞いて、山本は感心した。

この発想こそが制服組幹部の気骨なのだろう。時にそれは、融通の利かなさに繋がることもあるが、今の状況下で、そこまで慮《おもんぱか》れるのは、良い指揮官である証だ。

「我々も検討します」

思わず山本はそう言ってしまった。

大臣官房から連絡が入り、大臣の到着が予定より早まるという。沖縄基地到着予定は、一〇時四〇分頃で、もう二時間を切っている。

「ところで山本さん、現場に米空軍情報隊の大佐が現れたのには、肝を潰しました。にわかには信じられませんな。色々ご無体をなさる方々だが、これじゃあ沖縄は植民地扱いじゃないですか」

木下の怒りに信濃も大きく頷きながら、「アメリカもよく引き下がったよね」と言った。

「現場にいた検事さんが、毅然と対応して下さいましてね。さらに、有田審議官が、横田基地の在日米空軍司令部のご友人に手を回して下さったお陰です」

「なるほど。だが、このまま連中が黙っているかですね」

山本も信濃と同じ懸念を抱いている。

「それにしても、我那覇一尉のようなエースパイロットが、ミスで墜落死するものでしようか」

「名人でも墜落する。それが戦闘機です」

木下は本当に悔しそうだ。

「緊急脱出まで叶わなかったとなると、どうにも解せません」

上空で轟音がした。

F－15Jの二機編隊だ。事故の調査が終わるまでは、F－77の代わりに、ロートルのF－15がスクランブル対応を引き受けることになったのだ。

墜落の一報をキャッチして、中国機が、また挑発してきたのだろうか。

雨が上がった青空を、二本の飛行機雲が南西を目指していた。

3

那覇地検に戻った冨永は、検事正室に呼ばれた。

比嘉を連れて向かうと、検事正だけでなく、次席の田辺まで揃っている。

「福岡高検からは、自衛隊機墜落の原因調査については自衛隊に委ねるとしても、民間人が死亡している以上、捜査に疎漏《そろう》のないようにという連絡があったよ」

「墜落原因の調査については、事故調の結果待ちなので、それ以降でないと、捜査も難しいかもしれません。しかも、調査結果が判明するまでに、最低でも四ヶ月は必要だと言われました」

「そんなにかかるのか」

検事正の楽観が少し揺らいだようだ。

「防衛省には、途中経過を随時教えて欲しいと伝えていますが、対応してくれるかどうかは不明です」

「連中は、今後の見通しすら言わないのかね?」

「まったくコメントしません。事故調を含め、東京の本局が仕切るようなので」

「だとすると検事正、我々も東京地検にお願いする方がよくないですかね?」

田辺が心配そうに言った。

「今後、最高検から話があれば別だけど、基本的には那覇地検が責任を持って捜査するようにと福岡の高検検事長からは言われているよ」

「厄介ですねえ。冨永さん、しっかり頼みますよ」

次席は、面倒事に関わりたくないらしい。

「心して当たりますが、当分は我々として動くことは限られると思われます」

「事故調の結果は致し方ないとしても、世論に注目されるのが厄介だ。くれぐれも情報漏洩などには気をつけてくれ給え」

情報管理は次席の責務だが、と思いながら冨永は「承知しました」と返した。

話が終わったようなので部屋を出ようとしたら、高遠に止められた。

「現場に、米軍の大佐が来たそうだね。それを、君が公務執行妨害で逮捕すると言ったらしいが、事実かね」

「はい。墜落したのは、日本の自衛隊機ですから彼らに捜査権はありません。なのに防衛省の関係者を突き飛ばし、規制線から追い出そうとしたので、適切な行動を取ったまでです」

比嘉がしゃべったのだろうか。

彼は隣で、別人のように静かに俯いている。

「なるほど、反米検事の面目躍如《めんもくやくじょ》だな。まあ、よかろう。だが、ここは沖縄だという自覚を常に持ってくれよ。そして、ブラフであっても、日米関係を刺激するような不穏な発言や行動は、厳に慎《つつし》んでくれたまえ」

ここは、沖縄なんだから——。

昭和は遠くなったのに、まだ沖縄は特別な存在なのだろうか。

## 4

「二〇分後に戻ってこい」と村越飛行隊長に命じられて、急いでロッカールームで着替えて来たのに、それから三時間以上、涼子は放置されている。

スマートフォンをロッカーに置いてこなければよかった。そうしたら、墜落事故の情報も得られただろうに。

　長テーブルと椅子六脚があるだけの、狭くて窓のない会議室で意味もなくすごすのは、息が詰まりそうだ。

　瞬さんは無事に救出されたのだろうか。あのスーパーパイロットはきっとどんな事態になっても、絶対に生還してくるはずだ。

　突然、ドアが開いて、村越が入ってきた。飛行管理者《ディスパッチャー》である油井泰三《ゆいたいぞう》空曹も一緒だった。

「大変待たせて済まなかった」

　起立して敬礼する涼子に、村越は素直に詫びた。

「残念だが、我那覇はダメだった」

「あの、ダメって……どういうことですか」

　そう尋ねながら、涼子の背筋に悪寒が走った。

「文字通り、ダメだった。多分、即死だと思われる。その上、民間人を一人巻き込んだ。その方も、亡くなった」

　何てこと。

「民家に突っ込んだんですか」

「いや、墜落場所は喜屋武岬で、居合せた民間人が巻き込まれたんだ。午後から沖縄基地で、公式の聴取が行われる。辛いだろうが、その前に、事実関係を整理しておきたい」

　整理という意味が分からなかったが、涼子は「了解です」と返した。

　スクランブル出動時の、発令以降の経緯について説明を求められた。

「スクランブルが発令されたのは、〇四一九《ゼロヨンヒトキユウ》です」

　基地を発進してから、我那覇が「バーティゴに近い状態になっている気がする」と無線で伝えた後、機影が消えるまでの経過を丁寧に説明した。

「おまえの機の位置は？」

「タイガー01の後方、約一マイルでした。私の機は高度三〇〇〇フィートで、我那覇さんのタイガー01は、それより一〇〇〇フィートほど低い高度で基地に向かっていました」

　前を飛ぶタイガー01のナビライトと衝突防止灯《アンチコリジョンライト》を見失うまでの光景を、涼子は鮮明に覚えている。

「タイガー01を見失ったのは、どの辺りだ」

「嘉手納基地まで約二〇マイル（約三〇キロ）辺りかと」

「墜落は視認できたのか」

　辛い質問だった。

「海ではなく、陸で炎が上がるのは、視認しました」

　村越と目が合った。瞳が潤んで見えたのは、気のせいだろうか。

「スクランブルについてだが、何か変わった点はなかったのか」

「レーダーを見る限り、彼我不明機《アンノウン》は一機でしたが、実際には二機編隊でした」

「つまり、以前、おまえらが発見した中国の新鋭機が、また飛んでいたということか」

「はい。しかし、我々の接近に気づいたのか、防空識別圏外で、旋回して離れていきました」

「管制《タワー》の記録では、我那覇は帰投命令が出ているのに、なおも追跡したとあるが」

確かに「少し追ってみます」と応えて追跡を止めなかった。

「しかし、すぐに米国管制に介入され、断念しました」

「米国の件は記録にないし、俺は何も聞かなかったことにする」

「え……?」

記録上、そのような交信はなかった。誰かがそう決めた、のだ――。

「我那覇の飛行で、不審に感じたことはあるか」

「いえ、ありません。あの、我那覇さんは、以前から制御系の不具合を訴えてらして」

「荒井、おまえの意見は聞いていない」

「では、我那覇さんの最後の言葉は」

「それ以上言うな。帰投命令以降のおまえの発言には、根拠がない。従って、厳秘だ」

涼子は、両手を強く握って堪えた。

「荒井、分かったのか」

「了解――です」

「すぐに文書化するから、頭に叩き込め。それで沖縄基地に行ってもらう。いいか」

## 5

赤嶺芳春邸は赤瓦の大きな屋敷で、はいさいタクシー本社の裏手に建っている。マリアが彼を訪ねる時は、いつも会社の駐車場に車を停めるのだが、今日は多数のハイヤーや中継車がひしめいていて近づくことさえできない。仕方なく、マリアは本社から少し離れた路肩にヴィッツを停めた。

勝手口のインターフォンを鳴らすと、女性が応答した。

「フローレンスこども園の新垣です。芳春様のお悔やみに参りました」

手伝いに来ているらしい女性が「一番座(客間)にどうぞ」と言って案内してくれた。奥からは三線《さんしん》の音色が流れてくる。

一番座には、大勢の人が集まっていた。

「マリアちゃん、こっちこっち」

赤嶺の妻であるカネが手招きしている。

「来てくれたんだね。ありがとう」

カネは立ち上がると、マリアを抱きしめた。

「まだ、信じられなくてねえ。お父さんが今にも、お勝手から帰ってきそうな気がするよ」

オジーは、子どものことになると、時間を忘れて夢中になる。時に一緒に泊まることもあれば、子どもたちと一緒に朝まで路上で話し込む。時に一緒に泊まることもあれば、子どもを無事に保護した後に駐車場で仮眠して朝を迎える日もあった。事故があった喜屋武岬の駐車場でも、きっと仮眠していたのだろう。

「ご遺体は？」

「帰ってきてない。警察の人の話では、消火活動は終わったらしいんだけど、まだ、色々調べることがあるんだって」

テレビで見た限りだが、あの状況だと、遺体の損傷も相当だろう。検視されるだろうから、それなりに修復されているにしても、遺族にとっては残酷な「帰宅」になるのだろう。

「何か、お手伝いできることはありませんか」

「もうお悔やみに来てくれただけで、充分よ。お父さんも、きっと喜んでる。フローレンスこども園が大好きだったし、子どもたちと遊んでいる時間が一番楽しい、俺の生き甲斐だって言ってたからね」

その時、新しい弔問客《ちようもんきやく》が来て、カネが挨拶に立った。

マリアは祭壇に飾られたオジーの笑顔の遺影に向かい、両手を合わせた。

弔問客の一人が、三線をつま弾いている。島唄好きのオジーには、何よりの供養だ。

「マリアちゃん、一つ相談があるんだけど」

応対から戻ってきたカネが、言った。

「お父さんのお葬式だけど、ナイチンゲール修道院でできないかな。お父さんが、まともな人間に生まれ変われたのは修道院の院長先生のおかげだって、いつも言ってたから。もし、無理じゃなければ、お願いしてもいいかしら？」

マリアの一存では即答はできなかったが、オジーが大切にした場所での告別は何よりの供養になるだろう。

自分は、本当にオジーに世話になった。子どもたちとの接し方に悩んだ時、いつも相談に乗ってもらった。何度も園を抜け出しては非行を繰り返す少年少女とどう向き合えばいいのかも、オジーが教えてくれた。

――マリアちゃん、あいつらも、辛い思いをしてるからさ、人が信じられなくなってんだよ。だから、俺たちはいつでも笑顔で迎えてやる。それだけで、いいんだよ。

三線の音色と、オジーの笑い声が重なった。

## 6

航空自衛隊南西航空方面隊司令官室で、山本は、墜落したタイガー01と管制塔との交信記録を聞いていた。

司令官室には、司令官の木下と副司令官の福平、沖縄防衛局長の信濃、さらには、我那覇が所属していた第九航空団司令・津本朋一といった幹部が勢揃いしている。

交信記録は、ショッキングな内容だった。

「この『バーティゴに近い状態』、とは何だね」

整備補給系でのキャリアが長い木下司令官が、元戦闘機乗りの津本団司令に質《ただ》した。

「分かりかねます。ですが、バーティゴを自覚していたのなら、本人が機体の異常を把握していたことになるのですが」

「つまり、どういうことだね」

「機が垂直に降下していることは分かっていた。ただ、我那覇の技術をもってしても立て直せなかったのでは」

「なぜ緊急脱出《ベイルアウト》しなかったんだね？」

我那覇は、空自のエースパイロットだ。徹底的に安全を確認し、海上に墜落すべくギリギリまでコントロールを試みたはずだ。だが、それすら間に合わず岬に突っ込んでしまった。

「僚機のパイロットへのヒアリングは、行ったのかね？」

福平が、津本に尋ねた。

「所属している404飛行隊長が、嘉手納基地で概要説明を受け、本人を連れてこちらに向かっています」

「ちなみに、タイガー02のパイロットは、誰だね？」

「荒井三尉です」

「我那覇一尉のご家族への連絡は、済んでいるんでしょうか」

信濃が尋ねると、福平が「先ほど、自宅に迎えに遣らせました」と答えた。

「今後、壮絶なメディアの取材攻勢があると予想されます。我那覇一尉のご家族、さらに荒井三尉は、しばらく基地で保護すべきではと。それと、米軍機が追尾を代わると、交信記録にありましたが、実際に、米軍機はアンノウンを追尾したんですか」

全員の視線が、管制隊長に集まった。

「我々では分かりかねます。あの時は、タイガー01を離脱させるために、空自のチャンネルに割り込んできましたが、その後、米軍機がどのような対応をしたのかまでは、捕捉できていません」

「山本さん、さりげなくアメリカに今朝のスクランブルの経緯とその後について探ってもらえませんか。それより私が気になるのは、第三九〇情報隊の大佐がしゃしゃり出てきたことです」

マッキンタイアが引き退《さ》がったのは、有田が、知り合いの在日米空軍幹部にやんわりと抗議したからだ。その事情は、木下には伝えた。

「それについては、まだ未確認です。改めて確認して、ご報告致します」

有田が独自で調査を進めているのを山本は知っていたが、口にはしなかった。

南西航空方面隊総務部長の一佐が駆け込んできた。

「先ほど大臣搭乗機から連絡があり、大臣は沖縄基地に到着後、まず第一に、亡くなった民間人宅を弔問するので、手配せよとのことです」

何だって！

大臣官房が伝えてきたスケジュールでは、まず県知事を表敬訪問し、事故についてお詫びすることになっていた。

なのに、いきなり遺族に会うだって⁉　それは明らかにメディアを意識したスタンドプレイじゃないか。

「大臣搭乗機の基地到着予定時刻は⁉」

「予定より一三分早い一〇二七《ヒトマルフタナナ》です」

到着までに四〇分しかない。

# 7

信濃が県知事へ詫びに行くので、山本は大臣のお守りを仰せつかった。

ドタキャンを知事に謝罪するなら、沖縄防衛局のトップが行くのが礼儀だ。貧乏くじを引いてしまったが、致し方ない。

防衛大臣の水田《みずた》悠平《ゆうへい》は、若手の行動派議員として期待され、当選六回、弱冠四六歳の初入閣で、防衛大臣に抜擢された。

祖父は総理大臣、伯父は外務大臣という家系で、彼は高校時代までボストンで育った。母親がフランス系アメリカ人という政界屈指のイケメンで、まるでアイドルのように騒ぐ女性支持者が多い。

とにかく目立ちたがりで、何かにつけ省内の根回しなしで、思いつくまま発言し実行もするため、大臣官房の職員は、四苦八苦している。

在任三年に及ぶ今や、日米の防衛交渉などでは、外務大臣を差し置いて強気の主張をしている。

また、「近い将来の総理候補」と持て囃《はや》されているため、水田の傍若無人の行動に、いっそう拍車が掛かっていた。

かつて山本は大臣官房で、水田の使い走りの一人としてさんざん翻弄されたことがあるだけに、覚悟はできていた。

午前一〇時二七分きっかりに、大臣を乗せたU－4多用途支援機が、沖縄基地に到着した。

「お疲れ様でございます。沖縄防衛局企画部長、山本です」

「やあ幸輔、君が沖縄にいてくれて、心強いよ。で、僕はどれに乗り換えるんだい？」

キャリア官僚をファーストネームで呼ぶのも、水田流だった。

山本の先導で水田はＵＨ－60Ｊに乗り込んだ。同乗するのは、他に大臣秘書官、報道官、さらには木下司令官の五人だった。

ヘッドホンを通じて、大臣から質問が飛んできた。

「現場は、大変な惨状だったんだってね」

「はい。我が機の墜落による衝撃で、岬の突端が抉れ、平和の塔も破壊されてしまいました。Ｆ－77とタクシーの双方が爆発したため、今もまだ、燻《くすぶ》っています」

「パイロット君、まず現場に行ってくれないか」

さっそく始まった！　とは思ったが、この指示は想定内だった。事前に伝えてあったので、パイロットも慌てない。

「現場は、沖縄戦の際に、たくさんの県民が海に身を投じた場所なんだってね。沖縄戦悲劇の象徴だね」

「そちらの遺族会の代表にも、お会いになりますか」

「いい考えだ」

これも、当たりは付けてある。

「弔問の後で、よろしいですか」

「うん。それから、平和のモニュメントがあった場所と、タクシーが駐車してた場所に、花を手向《たむ》けたいね」

報道官が黙々とそれらを記録していた。リスケジューリングされ、ただちに手配される。

「ところで米軍が、現場に来たんだって？　しかも現場検証させろって言ったそうじゃないか」

「はい、丁重にお引き取り戴きました」

「これは、僕から抗議すべきだと思うんだよね」

冗談だろ！

「大臣、どなたに抗議されるおつもりですか」

「そりゃあ、アンドルーでしょ」

「アンドルー」とは、マクガイア米国防長官のことだ。

「それは、いかがなものでしょうか」

「沖縄はニッポンなんだ。毅然とした態度を取らないと、アメリカに舐められる」

水田は帰国子女のくせに、非公式の場では、反米的なことを口にしがちだ。

「情報隊の大佐が、現場に来て仕切ろうとした背景を探りたいと思いますので、少しお時間を下さい」

「幸輔、こういう重大事はね、時間勝負だよ。僕は弔問の後、記者団の質問に答えるつもりなんだけど、その時に、アメリカの横暴について、苦言を呈するつもりだ」

同乗する報道官と山本の目が合った。

ヘリの前方に現場が見えてきた。

山本が指さすと、水田は身を乗り出し、スマホのレンズを向けた。

「できるだけ近づいてくれるかい」

水田がリクエストすると、ヘリは現場上空を旋回した。

「墜落の衝撃の大きさは、凄まじかったんだろうね。ちなみに、ご遺体は？」

「現場の安全が確保できないため、回収までは、まだ……」

木下が辛そうに告げた。

「一刻も早く鎮火して、ご遺族の元にお返ししなければ」

水田が現場に向かって両手を合わせると、報道官が、デジカメで撮影している。他の同乗者も、慌てて大臣に倣った。

「オッケーです」

報道官が声をかけても、水田は黙禱している。

これが、官僚と大臣の違いなのかも知れない。カメラを前に、パフォーマンスと取られかねない行為を堂々とやって見せる水田に、山本は感心していた。

「よし、じゃあ、ご遺族に会いに行こうか」

はいさいタクシー本社前は、山本が早朝に訪ねた時より、メディアの数が増えていた。

本社前で囲まれると、水田は立ち止まって、「亡くなった赤嶺芳春さんのご遺族の方に、お悔やみとお詫びを申し上げに参りました」と発言した。

出迎えに来た赤嶺芳春の長男に、水田は深々と頭を下げてみせた。それをメディアが撮影する。

息子社長は目に涙を溜めて、大臣を見つめている。

息子の隣にいた芳春夫人が、大臣に詰め寄った。

「大臣さん、ウチのお父さんは、家に帰れない地元の子どもたちのために、毎晩、支援活動をしていました。昔はワルをしていましたが改心して、一生懸命でした。大臣さんは、事故だと仰います。確かにそうなのでしょう。でも、戦後、ずっと米軍に占領された島で生き抜いてきた人が、なんで、よりによって自衛隊の戦闘機に殺されなければならなかったのか。そこのところは、どうか、正直に教えて戴けませんか」

「奥様、承知しました。この水田が責任を持って事故原因を究明し、私自身が奥様にご連絡致します」

なんてことを言うんだ！　と思ったところで、既に後の祭りだ。ご丁寧なことに、大臣は未亡人を抱擁《ほうよう》しながら約束を繰り返している。


社屋を出ると、メディアが待ち構えていた。

「大臣！　事故原因について、何か分かったことはありますか」

「まだ機体回収もできておりません。暫くはご猶予下さい」

「現場は、沖縄戦で大勢の県民が、自ら海に身を投げた場所ですが、そこでの墜落事故についてのは、どのようにお考えですか」

地元のテレビ局のリポーターがマイクを向け、矢継ぎ早に尋ねてくる。

「平和のモニュメントめがけて墜落した訳ではありません。不幸な偶然が重なって、沖縄県民の皆様、さらには、喜屋武岬で大切な方を失ったご遺族の方を傷つける結果となってしまいました」

「亡くなった赤嶺さんは、地元の未成年を救済する活動を熱心にされていましたが、そういう方が事故に巻き込まれたことについては、どう思われますか」

山本は、そんなの答えようがないだろうと突っ込みたかったが、水田は神妙な表情で口を開いた。

「無私の心で、地元の若者たちに尽くされてきた赤嶺さんの尊い活動が、これで潰《つい》えることのないように、我々として何ができるかを考えて、対処したいと思います」

この辺で切り上げようとした時、「事故現場に米軍の将校がやってきて、捜査を自分たちが仕切ると言ったそうですが」という問いが投げられた。

「詳細は、未確認です。しかし、現場に米軍の幹部の方が来て、捜査を代われと仰ったのは事実のようですね。これは、由々しき問題です。私としては、米国大統領及び、国防長官に、厳重なる抗議をしたいと思います」

# 8

楢原は、墜落現場に群がる野次馬に混じって立ち尽くしていた。

自衛隊機の墜落事故だけでも、OBとして受け入れ難いのに、塔乗していたのが我那覇瞬だったとは……。

一昨日、酒を酌み交わしたばかりだった。あの瞬の笑顔を、もう二度と見られないのか。

瞬がF−77の操縦に違和感を抱いていると聞いた翌日、楢原は旧知の第九航空団司令・津本に、さりげなくその旨を伝えた。

津本は堅実な戦闘機乗りで、隊員の飛行安全については厳しかった。暫く考え込んだ後、「あの戦闘機には、問題が多いんです。でも、星条旗のガードが固く、手を焼いていました。今のお話で踏ん切りがつきました。まずは、我那覇に話を聞いてみます」と約束してくれた。

その後、彼らが話し合ったのかは、楢原は知らない。

スマートフォンが振動し、ディスプレイに有田の名が浮かんだ。事故対応の指揮を執る審議官だったと思い出した。

〝ご無沙汰しております。有田でございます〟

「沖縄の件ですか」
〝事故調にご参加戴けないかと思いまして〞
自衛隊機が事故を起こすと、迅速に市ヶ谷の航空幕僚監部に事故調査委員会が立ち上がる。
「私でお役に立つのであれば、喜んで」
〝改めて空幕長から正式に依頼を致しますが、本日一八時に市ヶ谷までお越し戴けますか〞
「実は有田さん、私は今、喜屋武岬におります」
〝えっ！　沖縄にいらっしゃるんですか〞
「偶然なことに。それで、現場の様子をじっくり見ておきたいんですが」
〝ぜひ、そうなさって下さい。現場の責任者に伝えます〞
手配を頼むと、楢原は野次馬をかき分けて、規制線ギリギリまで近づいた。
五分後に電話が再び振動した。
〝沖縄基地の白井《しらい》と申します。楢原元空将補はどちらにいらっしゃいますか〞
「今、規制線の一番海側の場所に立っています」
手を上げて居場所を示すと、男が近づいてきて挨拶した。
白井に案内されて、楢原は現場に入った。

楢原はコックピットがあったと思われる残骸に向かって両手を合わせた。それから機体が最初に激突した地点を案内してもらう。

岬の突端が深く抉れていた。

尾翼と思しきものが残っていた。

「墜落の衝撃で胴体が前後に裂け、コックピット部分がスリップして三〇メートル先に駐車していたタクシーを巻き込みました。その際にガソリンに引火、炎上したものと思われます」

最先端技術の粋《すい》を結集した最新鋭の戦闘機は、簡単には墜落しない。パイロットがコックピット内で心臓発作を起こしても、安全に着陸する。

それに、パイロットが緊急脱出さえ試みていないのも不自然だ。

我那覇が突然おかしくなったか、それとも戦闘機が狂ったか、それくらいしか考えられない。

「君の所見は？」

「即答できかねます。一番、考えられるのは、バーティゴですが……」

現役パイロット屈指のエースでも、空間識失調にはなる。だが、楢原は、機体に問題があったかもしれないと思い始めていた。

事故現場をゆっくりと歩いてみた。

機体は斜めから地面に突っ込んでいる。バーティゴなら垂直状態で地面に激突するはずだ。

## 9

早朝から墜落現場に臨場した冨永の疲労は抜けていないが、予定通り、午前一一時から金城華を取り調べるつもりだった。

ところが先ほど知念から連絡があり、逮捕後、食事を摂ろうとしない華が留置所で栄養失調で倒れて入院したという。

――救急車で病院に運び、命に別状はありませんが、一両日は安静が必要と医者から言われています。

再び冨永の調べがあると聞いた華は、昨夜、那覇署の留置係に、「なぜ私が殺したと言っているのに、信じてくれないの」と叫んでいた、と知念が教えてくれた。

なぜ華は、自分の犯行に疑いを持たれることを、あれほど嫌がるのか。

初めて華を取り調べた後、冨永は改めて証拠集めを行い、那覇署の協力も得て、関係者への再聴取を行った。

事件直後、華が子どもをタクシーに乗せた時のドライブレコーダーの録画に、彼女の姿が記録されていた。

鮮明ではなかったが、顔にも衣服にも血痕が付着しているようには見えなかった。

運転手も、「お母さんが血塗れだったら覚えているはずで、そんな様子はなかった」と証言している。

また、夫婦仲について、近所や一の友人関係から再聴取したが、一は華や家族を大事にしていて、激しい暴力を振るっている気配はなかったという証言ばかりだった。暴力を受けた傷跡が華にあったと証言した人もいなかった。

証拠を集めていくと、ますます華の供述内容が疑わしくなるばかりだ。やはり殺害時の状況を子どもたち本人から聞く必要がある。

未成年だからといって、聴取ができないわけではない。親権者の承諾がある方がいいが、それも絶対必要条件ではない。

冨永は、継続して新垣マリアに、聴取への協力を要請しているが、今のところ返事がなかった。

四席検事の立会事務官が部屋に姿を見せた。

「今後、一週間以内で起訴が必要な案件のファイルを戴きに上がりました」

今朝の事故を受け、検事正命令で決まったことだ。

比嘉が、用意していたファイルを渡した。

「四席に伝えて欲しいのですが、金城事件については、引き続き私の方でやりますので」

「検事、お言葉ですが、それも、もう手放されたらどうですか。矛盾はあっても、自白していることですし」

比嘉は珍しく強い口調で言った。

「いえ、これは私の方で最後までやります。なので、そうお伝え下さい」

比嘉が、まだブツブツ文句を言っていたが、冨永は気にせず、もう一度、タクシーのドライブレコーダーの動画を再生した。

そして、ある箇所で映像を停めた。

これは、何だ……。

# 第五章　停滞

## 1

朝日と共に起きる厄介な上司の電話で、神林は叩き起こされた。まだ六時にもなっていない。

〝起きてたか。ええ心がけやな〟

「事件は、待ってくれませんからね」

〝その調子や。昨日、市ヶ谷の航空幕僚監部内に事故調が立ち上がった。イチビリの水田が現場を見て発奮したんやな。一ヶ月で目処《めど》を付けろと檄《げき》を飛ばして、皆が意気消沈したそうや〟

クロスボーダー部長の東條は、今朝も元気溌剌《はつらつ》だった。

イチビリとは、大阪弁で、「どうしようもないお調子者」という意味だと、東條と付き合い始めてすぐに教わった。つまり、あなたのことですよね、とは怖くて言えなかったが、水田防衛相をイチビリと評するのには、異論はない。

昨日、はいさいタクシー本社前で、記者団に語った水田の放言は、早くも米国政府や国防総省で、顰蹙《ひんしゆく》を買っているらしい。

「一ヶ月なんて、時間かかり過ぎじゃないんすか」

〝こらこら神林君、君もはよ、過去の自衛隊機墜落について、お勉強した方がええよ。戦闘機の墜落原因究明なんぞ、一ヶ月はおろか三ヶ月で分かったら御の字や。俺は、最低でも一年はかかると見てる〟

マジか！

まさか、その間、俺はずっと沖縄で待機ってことはないよな。

「だったら私は、一度東京に戻った方がいいですね」

〝何でや。おまえが事故の一報を、どのメディアよりもいち早く伝えたんやぞ。そのラッキーを生かして、沖縄で暴れまくらなあかんやん〟

それ、俺のキャラじゃないんですけど。

〝今、こっちの戦闘機オタクに、F－77情報を集めさせてる。あの戦闘機、かなり評判が悪いな。既に、世界各地で一三機も墜落してる。さらに死んだパイロットの我那覇一尉は、空自が誇るエースパイロットらしい。そんな奴が墜落死するっていうのが、ちょっと引っかかるねんな〟

「弘法も筆の誤り、と申しますが」

〝違和感は、徹底的に探れ、が俺の信条やん。君、知ってるやろ〟

もしかして、このおっさん、これを事故から事件にすり替える気か！

「で、私に何を？」

〝よく聞け、メモしろ。おまえ、マッキンタイア大佐様に直当たりして来い。それで、現場に来た理由を探れ〟

バカな。米軍に突撃かよ⁉

「どこにいるのかも、分かりません」

〝あとで、おまえの元カノが掴んだ情報をまとめて送るから安心して〟

そう聞くだけで、憂鬱になった。

同期で元カノの大塚有紀《おおつかゆき》は、優秀だが、潔癖すぎるほどのモラリストで、一緒に仕事をすると、すぐに衝突する。

「まさか、有紀を沖縄に寄越すんじゃないですよね」

こっちは七海だけで手一杯なのだ。昨夜は結局、七海のヴィラには戻れず近くのビジネスホテルに泊まった。ひとりで帰らせた七海は激怒《おこ》で、山ほど文句のメッセージを送ってきている。

〝安心せい。君のラブラブを壊すようなことはせえへん。それで、マッキンタイアは情報将校なんや。つまり、事故を調査するセクションとは、ほぼ無関係やのに、しゃしゃり出てきたんは、変じゃないかなあと思うわけ〟

「そんな面倒な部署の米軍将校が、日本の新聞社の取材に応じるとは思えませんけど」

〝いや、君は我が社きってのワンダーボーイやんか。開かん門はないやろ〟

何が、ワンダーボーイだ、英語で言われると余計に腹が立つ。

「あの、まずはそちらで横田の在日米軍司令部にお問い合わせ戴いてですね、それから現地の私に、」

〝今、マッキンタイアの住所を調べてる。それで当たって砕けろ、が効率ええやん〟

「どうせ、宿舎は基地内でしょう。基地内にどうやって入るんですか」

〝そこをなんとかするんがワンダーボーイやろ。それから、亡くなった我那覇一尉が所属する404飛行隊だけは、事情があって米軍の嘉手納基地をベースにしていた。そこの整備士やパイロットに、一尉がF－77に違和感を感じてなかったか、尋ねろ〟

既に、自衛隊では箝口令《かんこうれい》が敷かれているはずだ。そもそも一面識もない東京の、しかも墜落の一報を勝手に打った記者の取材に、誰が応じるんだ。

まあ、これは那覇支局の誰かに振ればいいか。

〝分かってると思うけど、冨永ちゃんのフォローも、しっかりせえよ〟

「また、検察出禁になると思いますけど、いいんですね」

〝出禁、上等やん〟

通話を終えたら、どっと疲れが出た。

シャワーを浴びて、ネットニュースをチェックしようと思ったら、スマホが着信を告げた。七海だった。

〝ヴィラは、引き払った。今、セブンシーズ・ホテルにいる。一緒に朝ご飯食べよ〟

ホテルは、奥武山《おうのやま》公園に隣接する海沿いにある。今泊まっているホテルからなら、ワンメーターだし、沖縄基地にも近い。

「チェックアウトして二〇分ほどで行くよ」

部屋で食べようと言って、七海はルームナンバーを告げた。

昨夜は、ホテルの部屋に入るなりそのまま倒れ込んで寝てしまったので、荷物の整理もなくチェックアウトは楽だった。

タクシーを待つ間、各社の記事をニュースサイトでチェックして、暁光新聞が他社を圧倒しているのを確認した。

だが、沖縄の地元紙二紙にやられた。

悲劇！　沖縄のあしながおじさん
戦闘機墜落の巻き添え

という無茶な見出しをつけた那覇新聞は、亡くなった赤嶺芳春のプロフィールを中心に記事を展開していた。しかも、「はいさいオジー」の顔写真を大きく扱い、沖縄県民の良心を失ったこと、さらには戦後八〇年近くを経過して今なお、民間人が軍事の犠牲になったと締めくくっていた。

一方の沖縄ポストは、タクシーと戦闘機の残骸が一塊となって炎上している写真と共に、

今なお終わらぬ戦争の悲劇
沖縄の良心巻き添え死

という見出しをつけ、第二次世界大戦時の沖縄戦まで引き合いに出して、事故を糾弾していた。戦後も米軍に人権を蹂躙され、遂には自衛隊による災禍で、地元の少女たちの支援者だった「はいさいオジー」の命が奪われたと怒りをぶつけていた。

沖縄県の地元二紙には、独特の文化があるのは知っていた。事実をねじ曲げない限り、それは地元の伝統だと割り切ってもいた。

だが、この朝刊の見出しには、さすがに強い違和感を覚えてしまった。

## 2

山本は、ほぼ一睡もできないまま朝を迎えた。

事故発生から、一瞬たりとも緊張が解けなかった。本省への報告、４０４飛行隊員の

事情聴取、メディア対策、被害者への配慮、我那覇の家族への対応など、デリケートでありながら、迅速な処理が求められるものばかりが山積し、それらの全責任が企画部長にあるという事態に、山本は途方に暮れた。

気がつけば午前八時を過ぎ、二度目の記者会見の時刻まで一時間を切っていた。

「部長、今朝の会見用のリリースが届きました」

目の下に隈を作った広報担当の樋上が、文書を差し出した。

一番の情報は、「完全に鎮火し、安全を確認したので、ご遺体を回収した」ことだ。

それ以外はメディア各社が既に報じているものばかりで、目新しい情報は特になかった。

さらに、我那覇の詳しいプロフィール、F－77の国内外での事故事例、同機の今後の運用計画、そして、水田大臣発言についての米国の反応などを発表する。

いずれも、メディアが満足する回答ではないが、現状では、これ以上は公開できないというのが、上層部の判断だった。

ざっと目を通してから、有田審議官に電話を入れた。

〝おはようさん、少しは眠れたか〟

ひと回りほど年上なのに、有田の声は元気だ。

「いえ、一睡もできませんでした」

〝朝の会見が終わったら、少し寝ろ〟

そうしたいところだが、会見が終われば直ちに、琉球大学の法医学教室まで行かなければならない。

「お心遣いありがとうございます。今、会見のリリースを読んでいますが、F－77の運用計画が、未定となっていますね」

墜落事故が起きると、原因が解明されるまで、当該機種は実戦から外されるのが常識だ。

〝大臣が、スクランブルを心配されるんでね。だが、実際は飛ばさないよ〟

「ならば、飛ばさないと言明して下さい。こんな曖昧な表現では、沖縄県民は納得しませんよ。米軍基地問題の活動家が、標的を自衛隊に切り替えるのではという説は、すでに飛び交っています」

〝大臣にお口のチャック、よろしくって釘を刺しておくよ。ちなみに、東京の会見を、そちらに同時配信し、発表の一元化を図るようにしてある。それから、昨夜の幹部会で、可能な限り沖縄防衛局の負担を軽くすることで合意した。その後、星条旗の動きはどうだ？〟

有田は、米空軍第三九〇情報隊の大佐が、あんなにも早く現場に到着したことをずっと気にしている。

「木下司令官からも聞かれましたが、特に何も。有田さんの筋からは、何か分かりましたか」

〝横田は、まったく何も知らないというんだ。実質上は、俺たちを下請けだと思っていても、それを露骨に示すような将校は、米軍内にはいない、というのが公式見解だ。ただ、一人だけ意味深なことをサジェスチョンしてくれた友人がいた。マッキンタイア大佐は、軍事系企業の幹部との繋がりが深いらしく、公務ではなく個人的な利害関係で動いたのではないか、というんだ〟

「つまり、サンダーボルト社の依頼で動いたと?」

〝そこまでは分からない。いずれにしても大佐の評判は、芳《かんば》しくない。カネで汚い仕事を請け負っているという噂もあるらしい〟

厄介だな。

その時、登録のない番号から携帯に電話があった。

応じるか迷ったが、結局出た。

〝暁光新聞の神林と申します。昨日、事故現場でお会いした者です。確か、改めて詳しい話をお聞かせ戴けると仰っていましたが、結局、お電話を戴けませんでした〟

完全に忘れていた。

## 3

午前九時、沖縄赤十字病院のロビーで、冨永らは、金城華の二人の娘と待ち合わせをした。

昨日、華が入院したため、見舞いという名目で、二人の娘と華の接見を認めたのだ。その代わり、冨永も病室に同席させてもらうことにした。

それを聞いて、玉城愛海という弁護士が不機嫌になった。

「被疑者への家族の面会に、検事が立ち会うなんて言語道断です」

「おいおい愛海ちゃん、俺が昨日説明したでしょ。そうでなければ、二人のお嬢さんに検察庁に出頭してもらわなくちゃならない。検事さんは、母娘の対面の場の片隅で、穏便に見守るだけでいいと、仰ってるんだ。ここはひとつご理解下さいよ」

比嘉は、この気の強そうな弁護士とも知り合いだったのか。

取り調べはなし、さらに、病室での会話は証拠としないことを条件に、ようやく玉城が引き下がった。

長女の歩美は、ほとんど何もしゃべらず、目も合わせない。一方、次女の來未は、社交的で愛嬌《あいきょう》があり、冨永にも積極的に話しかけてくる。

「東京から来たんですか」

「検事って、どれぐらい勉強したらなれるの？」

いくつかの問いに丁寧に答えると、最後には「ママは、死刑になるの」と聞いてきた。

「検事、それ以上の立ち入った会話は控えて下さい」とすかさず玉城から横槍が入った。

華は最上階の個室で治療を受けていた。病室の前では、那覇署の知念が待っていた。

「おはようございます。今、医者の問診を受けています。これで問題なければ退院できるそうです」

「お嬢さんたちに会わせても大丈夫でしょうか」

「ええ。ですが、検事の同席については医者は渋っています」

「本人は、どう言ってるんですか」

「気にしていません」

「では、同席します」

知念が一人で室内に入り、入れ替わりで島袋が出てきた。

「今朝は、娘たちに会えるんでかなり興奮していて、今までにないほど明るいです」

冨永は來未、歩美の後に続いて病室に入った。

「ママ!」

娘二人が駆け寄ると、ベッドの華は両手を広げて娘たちを抱きしめた。

「ママ、早く帰ってきて」

「クミ、もう少し頑張って。ママも頑張っているから。それからアユ、ユウはどうしてるの?」

「弁護士のおじさんがユウ君を連れて行ってしまった。祖父《じい》ちゃんのところで暮らすんだって」

「すみません、暫く三人にしてもらえませんか」

華に言われ、冨永らは部屋を出た。

母娘の面談は一五分ぐらい続いただろうか。

「検事さん、ちょっとよろしいですか」

廊下にいた冨永に、知念が声をかけてきた。

「來未の父親をようやく見つけました。傷害で、ムショに入っていたんです」

華は、一が渡米した後、一とは別の男との間に來未を儲けた。冨永は、その男を探して事情聴取するように、知念に頼んでいた。

男は、ホストクラブやクラブのボーイなどを勧めるも長続きせず、女に寄生しているような輩だと、知念は説明した。

「とにかく女への暴力が酷く、華と付き合っていた頃は、彼女も生傷が絶えなかったそうです」

肋骨を折られたこともあったらしい。

「奴の話では、華とは半年ほど一緒に暮らしたそうです。いくら殴っても、刃向かってきたことなど一度もない、と言ってます」

一方で、一が華に暴力を振るったという証言は未だに得られていない。そこまで聞いたところで、島袋が駆け寄ってきた。

「先ほど新垣さんから連絡がありました。歩美ちゃんや來未ちゃんの体のあちこちに、打ち身や傷が見つかったそうです」

スマホの画面をこちらに見せた。

「新垣さんが送ってきた写真です」

二人とも胸や太ももに打ち身の跡が、さらに腕に傷が残っていた。

「これは、いつ撮られたものですか」

「昨日だそうです」

園にきた時に、虐待の確認をしなかったのか。

「事件当夜、怪我はないかと新垣さんは二人に尋ねていますが、ないと返されたそうです。それ以上詮索しなかったのを、彼女は悔やんでいました」

冨永の疑問を察したように島袋が補足した。

「その後、娘たちの園での様子は？」

「落ち着いていますが、あの夜のことについては、二人ともまったく話題にしないとか」

冨永は、病室に戻った。

母娘は嬉しそうにおしゃべりしている。

表情の豊かな華を初めて見た。

殺人罪で起訴されたら、こんな親子のふれあいが当分できなくなるのを、華は承知しているのだろうか。

4

楢原は、沖縄から戻った足で、防衛省の有田審議官を訪ねた。参加できなかった事故調発足会の様子を聞くためだ。

日本政府の官庁でありながら、防衛省の本省は、霞ヶ関にはない。本拠地は、東京都新宿区市谷本村町だ。

有田の部屋は、大臣官房のフロアにある。楢原が訪ねると、有田は見晴らしの良い部屋に案内した。

「昨夜、空幕長から聞いたんですが、亡くなった我那覇一尉は、愛弟子だったそうですな」

「私が指導した中でも、特に記憶に残る逸材でした」

「事故調への参加がお辛いようであれば、遠慮なく仰って下さい」

「いや、だからこそ是非参加させてほしいと思っていたので、有田さんには感謝しています。調査に私情は挟みませんが、彼の技倆レベルを知っている私がいれば、調査にプラスになるのではと考えております」

「それは、心強い。ところで、現場をご覧になって、いかがでしたか」

「第一印象は、不可解な事故だと感じました。パイロットが機内で意識を失っていたわけでもないのに緊急脱出していない場合、空間識失調《バーティゴ》が、一番の理由だと考えられます。ですが、バーティゴで地表に激突した過去のケースと、現場の状況が違いすぎました。尤も、途中でパイロットが我に返って機体を立て直そうとした可能性はある。ですから、断定はできないのですが……」

他に誰もいないのに、有田は小声になった。

「これは、まだ、ここだけの話として聞いて戴きたいんですが、我那覇一尉は、墜落直前に『バーティゴに近い状態になっている』と無線連絡したそうです」

それは、どういう意味だ……？

「バーティゴに陥ったパイロットはそれを自覚できません。我那覇の言葉は、F－77に問題があるという風にも解釈できますな」

「私も、そのように解釈しました。だとすると、一体、何が起きたんでしょうか」

「実は、少し前に、F－77を操縦していると時々、違和感を感じるという相談を、我那覇から受けていました」

「それで、何か原因と考えられる情報を、楢原さんは、ご存じだったんですか」

「いいえ。米空軍の友人などに問い合わせたりもしたんですが、収穫は何もなく……」

「F－77が米国をはじめ世界に配備されてようやく五年ほどです。その間に一三機も墜落しています。この数をどう見られますか」

それを聞いて、有田の考えが見えたような気がした。

「多いようにも思います。しかし、だから機体に問題ありとは言えません。ご存じのように、F－77には、最新鋭のヘッドマウンテッドディスプレイが標準装備されています。この扱いが、なかなか難しいそうです」

ヘッド《H》マウンテッド《M》ディスプレイ《D》とは、戦闘機パイロットのヘルメットに装着したバイザーに、様々な情報が表示されるシステムだ。

日本でも、F－15の改良版の一部には装備されているが、F－77のHMDは、かなりの進化を遂げており、パイロット泣かせだと聞いていた。

多くの情報が表示される結果、操縦の集中力を欠いたり、誤操作をした例もあるという。

「我那覇はHMDを上手に使いこなしていたようです。それとは関係なく減速時に、違和感があると言っていました。具体的に、どの部位に問題があるのかまでは、本人にも分からなかったようで、言ってみれば、パイロットの勘です」

「私の個人的見解ですが、F－77に、設計レベルの欠陥があったのではないかと考えています。技術的な根拠となる情報はありません。元々、我那覇一尉が搭乗していた機は、アメリカに無理矢理押しつけられたものです。しかも、完全な輸入品です。日本の技術者は限られた箇所しか触らせてもらえていないのです」

つまり、アメリカ製の戦闘機は信用ならない、と、有田は言いたいのか。

「背広組にしては、珍しい発想ですな」

「そうですか。私は背広を裏返すと、制服になるんじゃないかって言われているぐらい、制服寄りだからじゃないですかね」

有田はそう言うと、静かに笑った。

「このままでは製造元のサンダーボルト社から『現在調査中』と言われ続け、最後はしびれを切らした日本政府が『原因不明だが、安全性は確認した』と意味不明の結論を半年後ぐらいに出してお茶を濁すことになる。楢原さんだってそんな茶番は、阻止したいでしょう」

「何か、策があるんですか」

「残念ながら、ありません。特に私の立場からすると、大臣が望まれる〝一刻も早い事態の収束〟を目指さなければなりませんので」

もしかして、そのために自分は事故調に呼ばれたのか。

「では、代わりに私が動けと」

「無茶は重々承知ですが」

「望むところです。でしたら、我那覇と呑んだ時、彼の相棒も一緒でした。彼女から話を聞きたいのですが」

5

赤嶺芳春と我那覇瞬の検視が終わったという連絡を県警本部から受け、冨永は琉球大学に向かった。

大学は那覇市から北東一〇キロに位置する中頭郡《なかがみ》西原町にある。アメリカ占領時代の一九五〇年に、首里城跡に開学。その後、首里城が復元されるのを受けて、現在の地に移った。医学部は、本土復帰後の七九年に開設している。

古びた学舎のじめっとした薄暗い廊下を歩き、地下の解剖準備室に入ると、松原《まつばら》教授が待っていた。

教授以外に、沖縄県警捜査一課強行班から二人、さらには北岡《きたおか》という沖縄基地から派遣された医官の姿もあった。

「まず、赤嶺芳春さんですが、戦闘機が凄まじい力で車内に突入してきたため、首から一七センチより下は挫滅《ざめつ》して原形をとどめていません。また、収容された遺体の約半分が酷い熱傷を負っています。そのため、死因についても特定しにくいのですが、高エネルギー外傷による出血性ショックによって、即死したものと考えられます」

助手が、検案書を出席者に配付した。

家族が、県警の捜査員に証言した話では、赤嶺は夜に街を徘徊する少年の支援活動をしており、時々、現場となった喜屋武岬の駐車場で仮眠を取っていたらしい。松原は、事故当時、仮眠中だったのかどうかは不明という。

「現在、ご遺族の方とご対面できるように、遺体を修復しております」

自衛隊の医官の説明に、教授が補足した。

「自衛隊の方から、一刻も早くご遺体をご遺族にお返ししたいという申し出があったので、認めました。遺体の状態については、全て画像保存してあります」

助手が、我那覇の検案書を配った。

「次に、我那覇瞬さんです。こちらは、遺体の損傷がさらに酷く、発見されたのは、頭、左腕、胴体の一部です。崖に突っ込んだ時に風防が吹っ飛び、体が押し潰された状態になったと思われます。また、機外で発見された左手が、なぜ、切断され、機外に飛び出したのかは、不明です。死因は、墜落の衝撃によるショック死かと思います。

血液検査の結果、薬物やアルコールの摂取はありませんでした」

「顔に傷がないのは、ヘルメットを装着していたからですか」

刑事の問いに、教授が「そうだと思う」と答えた。

自衛隊の医官が補足した。

「我那覇一尉の解剖には、私も立ち会いました。私自身は、墜落死の検視に臨検した経験はないのですが、過去の資料からすると、特別な異常は見つけられませんでした。なお、我那覇一尉の遺体は、このまま基地に搬送し、基地内の病院で改めて、精密な検査を行います。その後に、ご遺族にお返ししたいと考えています」

「そういうの、もっと早く言ってくれないかなあ。ここに、我那覇さんのご遺族も呼んでるんですけど」

刑事がぼやくと、準備室の戸口に警官が現れ、赤嶺と我那覇の遺族が到着したと連絡が入った。

6

冨永の提案で、霊安室で遺族と我那覇の対面が実現した。

女性自衛官と一緒に喪服姿の女性が入ってきた。

「我那覇一尉夫人、千秋さんをお連れしました」

未亡人は落ち着いていた。

「千秋さん、大変、申し上げにくいのですが、改めて沖縄基地内で、我那覇一尉のご遺体の精査を行わなければならず、ご遺体をお渡しできません」

千秋は目を大きく見開いて、北岡を暫し見つめた後、「承知しました。どうぞ、存分に検査なさって下さい」と返した。

毅然とした態度に、冨永は心打たれた。

戦闘機に乗る夫は、常に死と背中合わせという覚悟はあるだろうが、それが現実になれば耐え難いほど悲しいはずなのに。

「ご遺体の損傷が酷いため、納棺した状態でのご対面となることを、重ねてご容赦下さい」

北岡が辛そうに告げた。

「こんな安らかな顔をして」

夫に近づき、千秋は頰に触れた。

「瞬……」

それ以上言葉は出ず、千秋は必死で涙を堪えている。

「天国で、思う存分、飛び回ってね。私たちは」

そのまま柩の上に突っ伏し、千秋は嗚咽した。

冨永は、その様子をじっと見つめた。

墜落の真相を突き止めるのは、至難の業だ。事故調査の主導権は、自衛隊にある。さらに、F－77はアメリカ最大の軍事メーカーの製品で、彼らが事故原因の究明に本気で協力するのかも分からない。

それでも、死んだ我那覇のため、そして、千秋のために、事故原因を必ず突き止める。

冨永は、心の中で静かに誓った。

## 7

嘉手納基地の北側に延びる県道を疾走するＢＭＷ－Ｚ４ sDrive 35isが、コザの街に入った。

昼間に歩けば人の気配すら乏しいうらぶれた街なのに、米兵がくり出す週末の夜には、無国籍でカオスなストリートへと一変する。沖縄の歴史の一面を色濃く反映する妖しい街だった。

七海は、両側に店が並ぶ通りに面するコインパーキングに車を停めた。

「一九七〇年代から時間が止まったような場所だな」

「だからいいんじゃない。パスポート忘れないでよ」

七海は電話をかけて、「ミッキー、今、着いたよ」と言っている。

話が長くなりそうなので、神林は車を降りてゲート通りを歩いた。

仕立屋やタトゥーショップなどが軒を連ねており、店構えはまるでアメリカだ。どこも外装はすすけているが、それが独得の世界を作り出している。

暑くて喉がかわいたので、琉球コーラを飲んでいると、年代物の黒のポンティアック・ファイアーバードが轟音と共に、姿を見せた。七〇年代のアメリカを代表するスポーツカーだ。七海の前で停まると、運転席のウィンドウが開いた。シルバーグレーの長髪をポニーテールにまとめた初老の男が顔をのぞかせた。

「お待たせ、ナミ」

「ミッキー、彼が裕太君だよ」

「どうも、ミッキーだ。やっぱり、東京の記者は、シュッとしてるな」

七海の母の弟で、本名は、中谷《なかや》幹夫《みきお》と言うらしい。基地内の売店《PX》（Post Exchange）

に商品を納入する卸店を経営しているそうだが、七〇年代のヒッピーを思わせるいでたちだけに、ミッキーの方がぴったりだった。

挨拶もそこそこに、二人は後部座席に乗り込んだ。

ミッキーは過剰なまでにエンジンを噴かしてファイアーバードを始動した。

「で、マッキンタイアについて、何か分かった？」

「ごめんね、ナミ。今のところ、収穫はなし。情報隊の将校となると、さすがの俺でも、ツテがないね」

「でも、何とかなるでしょ」

「今、ちょっと探ってもらっているから、待ってくれ。それよりユータ君、米軍基地の中に入ったことは？」

「初めてです」と答える前に、ファイアーバードがゲートに到着した。黒人の米兵が車の中を覗き込むと、ミッキーが親しげに挨拶した。

「ヘイ、ボビー。お疲れ。自慢の姪《めい》っ子と彼氏を連れてきたから、ちょっと社会見学させてやってくれよ」

一応、パスポートはチェックされたものの、あっさりと通過できた。

広大な敷地を行き交う車輛の大半は日本車で、言われなければ、ここが米軍基地だとは分からない。

「せっかくだから、基地をぐるっと回ってみるか」

「今度でいいよ。それより将校クラブに行きたい！」

「ＯＫ」

七海のわがままも、ミッキーは嬉しそうに聞いて、ファイアーバードのアクセルを踏んだ。

「将校クラブなんて、簡単に入れるのか」

「ミッキーは、基地では顔だからね。大丈夫だと思うよ、ねっ！」

「可愛い姪っ子の頼みは何でも聞くさ」

白いコロニアル風の木造の建物の前で、ミッキーは車を駐《と》めた。

まるで映画「トップガン」の世界だ。

ドアを開けると、アメリカンロックが耳に飛び込んで来た。

ミッキーはバーテンに声を掛けてから二人をテーブル席に案内した。

「お二人さんは何を飲む？」

「私は、バド」と七海が即答したので、神林も同じものを頼んだ。

ミッキーがカウンターに注文に行くのを眺めながら神林は、七海に尋ねた。

「叔父さんは、基地中の人と顔見知りなのか」

「ゲートの歩哨《ほしよう》、ＰＸの幹部に従業員、そして、こういう店の責任者から従業員までは、ほぼお友達みたいね。でも、さすがにお偉いさんになると、なかなかそうはいかないみたい」

沖縄勤務をバカンス代わりに楽しんでいる米兵や家族には、ミッキーが様々な便宜を図《はか》るので、すぐ親しくなれる。

だが、日本人と付き合うなんてもってのほかと思っている高級将校も、多いらしい。

「どうやら裕ちゃんのお目当ての将校も、そっちの口だったようね」

ミッキーが、バドワイザーの瓶ビール三本とフライドポテトを盆の上に載せて戻ってきた。

「チーズバーガーも注文したよ。うますぎて驚くぞ」

「言ったでしょ、さっき、ランチしたって」

「チーズバーガーぐらい食えるだろ」

いや、無理！　とは言えなかった。

「ところで、マッキンタイア大佐殿のファーストネームは、何て言うんだ？」

「分からないんですよ。いくら調べても出てきません。ちなみに第三九〇情報隊っていう隊は、ご存じですか」

「聞いたことはあるけど、よくは知らないね。探ってみるよ」

そこで、ボーイが巨大なチーズバーガーを三つ運んできた。

# 8

「本当に來未ちゃんからの電話だったの?」

突然フローレンスこども園にやってきた那覇署の島袋に、マリアは尋ねた。二人は、園内の面談室にいる。

來未が島袋に電話をかけてきて、「本当は別の人が犯人だ」と言ったらしい。

「詳しい話は会ってからって言うんで飛んできたんです」

「なぜ、來未ちゃんが、あなたの携帯番号を知っているの?」

「病院で会った時に名刺を渡したの。何かあったら連絡していい? って、言われたもので」

私に相談もなしに、島袋に連絡するなんて、きっとまともに取り合ってもらえないと思ったのだろう。

金城姉妹の部屋に行くと、來未はSwitchでゲームをしていた。歩美は寝ている。

「來未ちゃん、いいかな?」

「ちょっとだけ、待って。今、大事なところなの」

待つ間、マリアは歩美のベッドサイドに近づいた。

雄一がいなくなってから、歩美は夜、眠れなくなってしまった。その影響で昼間はほとんど横になっている。弟の不在が、かなりショックのようだ。

「お待たせ! 用って何?」

來未を、廊下に連れ出して、「刑事さんが来ている」と伝えた。

「うわあ、もう来たの。さすが」

「お父さんを殺した犯人が別にいるって言ったの？　そんな話、私には、一度もしてないでしょ？」

「だって、聞かれたことないもん」

そう言って、來未はマリアの方を見ようともせず廊下を歩く。思わず彼女の肩を摑んでしまった。

「私が聞いたら、答えてくれた？」

「どうかなあ。ちゃんと刑事さんに話すから、先生も一緒に聞いててよ」

島袋の前に座ると、來未は声を上げて泣き出した。島袋が來未の肩を抱いて宥《なだ》めるのを、マリアは冷めた目で眺めていた。

虚言癖のある來未はいつも演技過剰だった。

「ママが、ユウ君を連れて、病院に行った後、怖そうなお兄ちゃん二人が家に来たの」

男たちがリビングで三〇分ほど話した後、言い争う音がして、それが悲鳴に変わった。

「私もアユも怖くて、部屋の鍵を閉めてクローゼットの中で耳を塞《ふさ》いで隠れてたの」

「そのお兄ちゃんって、前にも見たことあるの？」

「よく分からない。でも、一君の知り合いって言ってた」

「何か特徴を覚えているかな？」

「一人は、お相撲《すもう》さんみたいな体型で、もう一人は背が高かった。二人ともサングラスして黒いスーツ着てた」

　言い争いが終わると、男たちは姉妹が隠れていた部屋に入ってきたらしい。

「包丁を持ってたの。血で真っ赤だった。それで、俺たちの事を警察に言ったら、全員殺すって言われて、私たち怖くて、怖くて」

　そこでまた、來未が泣き出した。

「そんな時に、ママとユウ君が帰ってきたの。奴らはママも脅したわ。だから、ママは自分がやったことにしたの。そして、着替えを持って、ユウ君と三人で、園に行くように言ったの」

　あまりにも嘘くさかった。そもそも、辻褄が合わなすぎる。

　たとえ脅されたとしても、母親が殺人容疑で逮捕されて、今までなぜ二人とも、この事実を黙っていたんだ。

「お母さんが、自分が犯人だって言ったのは、あなたたちを守るためだったということなの？」

　來未はティッシュで鼻を押さえながら、頷いて答えた。

「このことは絶対に、誰にも言っちゃいけないって、ママに言われたの。でもね、今朝、ママに会って、やっぱり正直に話した方がいいって思ったの」

　その後、島袋は來未に、二人の似顔絵を描かせた。絵が上手な來未は、いかにも「悪党」という二人組のイラストをスラスラと描きあげた。

「その話、検事さんにも話してくれる？」

「いいよ。あの人イケメンだし、ママを救ってくれそうだから」

そこまで聞いて、來未を部屋に帰した。

「今の話を真に受けるんですか」

「信憑性《しんぴょうせい》には欠けますね。でも、検事さんは、話を聞きたがると思う」

來未の狙いは、それなのだろうか。

あの子は、華と接見した病院からの帰りの車の中でも、冨永検事を「イケメン」と言い、好感を持っているようだった。

「ウソだと分かっているのに、検事に繋ぐわけ？」

「あれが、全て虚言だとして、なぜ、急にそんな作り話を話し出したのか、気になります。それよりも、マリアさんは、今の話をまったく信じていませんね」

「あの子には、虚言癖がある。また、妄想癖もあり、その上、演技派なのよ」

「じゃあ、架空の話をでっち上げて、母親を救おうとしていると？」

「いかにもあの子の考えつきそうなことよ」

# 9

次席検事室を訪ねた冨永を、田辺が待ち構えていた。

「やけに、金城華の事件に熱心なようだが、何か問題があるのですか」

「問題というよりも、犯行当時の状況が正確に把握できていないところがありまして、その確認作業をしています」

「被疑者は、犯行現場で血塗れになった上、凶器を握りしめていた。そして、現着した警官に、『私が殺しました』と言っているんですよ。それだけで、金城華が犯人であることは明らかでしょう」

「仰るとおりです。しかし、彼女が殺人を犯したと考えるには、複数の問題がありまして」

「人間の行動は、矛盾だらけだ。時には、小説の中ですら起こらないようなことが、現実には起きる。新人検事でもあるまいし、単純な事件は、とっとと処理すべきじゃないんですかねえ」

「この事件の精査が、他の事件の調べに支障を来《きた》しているわけではありません。もう少し粘らせて戴けませんか」

「冨永検事、私は君に、F－77の事故捜査に専念してほしいんですよ。これは、高検の意向でもあります」

だが、墜落事故の方は、航空幕僚監部に立ち上がった事故調査委員会に原因究明を委ねるしかない。現状、まだ、現場の科学的な検証作業も終わっていない。

何も始まっていないこのタイミングで、高検がクレームをつけてくるとは、思えなかった。

「被害者は、地元の名士ですよね。それが、何か影響しているんでしょうか」

田辺は、嫌悪感を滲ませるように口元を歪めた。

「特に圧力がかかったわけではありませんよ。でも、ここは、沖縄ですからね。沖縄のコミュニティを刺激するようなことをしたくないわけです」

なるほど。

「ですが、現状では、金城華の起訴は難しいと考えています」

「難しいとは？」

さすがに田辺が相手では、そんな表現では納得しないか。

「彼女は、本ボシではないと思います」

「犯人が、他にいると言いたいのか」

田辺は苛立ちを抑え込むように立ち上がった。

「一一〇番通報によって駆けつけた警官が、血塗れの包丁を持って突っ立つ被疑者を発見し、その場で、本人が『私が夫を刺しました』と自白しているというのに、犯人は他にいるだと！」

「金城華の話には矛盾が多すぎます。そもそも、事件当夜、華は熱を出した長男を病院に連れて行っていました。彼女の供述を信じるなら、帰宅して一時間半のあいだに、夫と諍いを起こし、夫を滅多刺しにし、それから子どもたちをタクシーに押し込んだこと になります。殺人の経験のない若い女性がそれだけの機敏な行動をするのは、物理的に不可能です」

子どもたちを乗せたタクシーのドライブレコーダーをチェックして気づいたことがあった。

娘二人の髪が、濡れているように見えたのだ。さして鮮明な映像ではなかったため、運転手に確認したところ、「お嬢ちゃんたちは、シャンプーの良い香りがしました。風呂上がりかって思った」という証言を得た。

二人は家を出る前に、シャワーを浴びたのではないか。そうだとしたら、母が父を惨殺した直後にとる行動として異常だった。

冨永の中で生まれたある推理が、急に現実味を帯びてきた。

だからこそ、次席検事に「華は本ボシではない」と告げたのだ。

だが、まだ確証がない。

「じゃあ誰がやったんだね？」

「それは分かりません。ですから華に対しては処分保留として、引き続き捜査を行いたいんです」

「最近、社会ではどうでもいい細かいことにこだわる『こじらせ系』と呼ばれる輩が跋《ばっ》扈《こ》していると聞きますが、君もそういう類いですか」

「仰っている意味が、分かりかねますが」

「君の発言は、沖縄県警の顔に泥を塗り、前任者の検事を無能呼ばわりしているのと同じことですよ」

「お言葉を返すようですが、このまま、彼女を起訴すれば、県警と地検は冤罪《えんざい》を生み出したと非難されますよ」

ノックがあって比嘉が現れた。

「突然、失礼致します。三席に大至急のお電話です。那覇署の島袋さんからです」

## 10

山本は沖縄空港の搭乗口で、来客を待っていた。

楢原隼人元空将補——。有田のたっての依頼で、F-77墜落事故調査委員会の委員に名を連ねていた。

——事故の真相に辿り着けるのは、楢原さんしかいない。なので、彼には最大限の権限を与えて欲しい。大臣のお墨付きももらっている。

有田の言葉を言い換えるなら、米国国防総省やサンダーボルト社に頼っているかぎり、事故の真相は闇に葬られるということだ。

杞憂《きゆう》にも思えるが、事故直後、突然現場に現れた米軍将校の傲慢な態度を思い出すと、有田の懸念を否定できない。

日航機が到着して一〇分が経過した。

お目当ての人物が姿を見せた。

生成《きな》りの麻のスーツに白い開襟シャツという格好の楢原には、元エースパイロットらしい風格が残っていた。

「沖縄防衛局の山本です。充分にご納得されるまでこちらに滞在して下さって結構だと、有田から言付《ことづ》かっております」

「それは、助かります」

山本は、職員専用のエレベーターで地上に降り、待っていた乗用車に乗り込んだ。

制服姿の運転手が、振り向いて楢原に敬礼すると、元空将補もそれに応じた。

「ご指定のホテルがあれば、手配しますが」

「特にはありません。可能なら基地内のゲストハウスに泊まれると助かるんだが」

それは、山本の権限外だった。

「司令官に尋ねてみます」

「我那覇のご遺族はどうしています？」

「メディアの取材攻勢を想定して、ゲストハウスに滞在しています」

「あとでご遺族に会わせて下さい。自分にできることがあれば、何でもしてあげたい」

楢原と我那覇は親しかったらしい。しかも、墜落の直前に沖縄で会食をしている。

——その席で、墜落機について違和感があったと相談されたそうだ。

有田からはそう聞いている。

これから会う荒井三尉も、会食に同席していた。彼女は我那覇のタイガー01と行動を共にしていた僚機のパイロットでもあったから、楢原のような専門家が話を聞けば、事故原因のヒントが摑めるのではないかと、期待している。

「地元の反応は、いかがですか」

「今のところは、平穏です。尤も、地元二紙は、自衛隊機が民間人を巻き込んだことについて、沖縄戦と絡めて問題化しようとしています」

太平洋戦争では、多大な犠牲を強いられたのに、二一世紀になっても、まだ民間人が軍の犠牲になる——という論調だ。

「民間人を巻き込んだ事故を起こせば、そう言われるのは致し方ないですが、やりきれませんな」

「ここは誠意を尽くして、お詫びするしかありません」

「誠意というのが、また、厄介だ。こちらがいくら心を尽くしても、相手が受け止めて下さるかどうかは、分かりませんからね」

「楢原さんにも、ご経験がおありなんですか」

「幸か不幸か、私には事故の経験がありません。だが、同期や後輩で、苦悩した者を複数知っています。その度に、自衛隊とは何なのかと考えてしまいます」

万が一、外国から攻撃を受けた時、それを水際で食い止めるために、自衛隊は存在する。だが、憲法で戦争放棄を謳い、条文では〝陸海空軍その他の戦力は、これを保持しない〟とも記している。

条文通りだと、自衛隊は軍隊ではない。だが、総理が、国会で「我が軍」と失言するように、実質的に軍隊だ。

軍事関係の調査機関が行った世界の軍事力ランキングでも、日本は五位や六位という上位を占めている。その数字を見れば、「日本に軍隊は存在しない」というのは、詭弁《きべん》でしかない。

その結果、保守勢力は「堂々と軍隊と憲法で明記すべき」だと訴えるし、左翼勢力は、自衛隊を批判する時に「軍隊はいらない！」と叫ぶことになる。

さらに、設立から七〇年近く、自衛隊という立場で機能してきたのだから、今さら定義づけなど不要、という大人の解釈もある。

だが、ひとたび民間人が巻き込まれるような事故が発生すれば、こんな曖昧な存在でいいのか、という論争が、頭をもたげるのは間違いない。

## 11

沖縄基地第九航空団司令室で、涼子は一対一で団司令の津本と向かい合って座っていた。

「楢原さんが、空港に到着したという連絡があった」

楢原に会えるのは、ラッキーだが、面会の前に、団司令室に呼ばれた理由が分からない。

「楢原さんからは、君と二人だけで話をしたいと言われている。内容は、タイガー01墜落についてだ。楢原さんは、今回、事故調査委の委員に任命されたので、君を聴取すること自体は、妥当だ。しかし、一対一でというリクエストが引っかかるんだ。何か、特別な理由があるのだろうか」

通常、団司令には副官が影のように控えている。また、涼子がここに呼ばれるなら、涼子の直属の上司である飛行隊長も同行するものだ。

それが、自分と団司令しかいない。

「私には、分かりません。思い当たるとしたら、先日、我那覇一尉と一緒に、近くの居酒屋で、お食事したことぐらいしか」

「君らが楢原さんと会った翌日、私は彼と呑んだんだ。私が来月で退官するんで、個人的に慰労会を開いてくれてね、我那覇がF-77の操縦に違和感を感じていると、楢原さんが教えて下さった。それを、飛行隊長の村越や整備責任者の板谷《いたや》に伝える前に、事故が起きてしまった。事故について、何か気づいたことがあれば、言ってくれないか」

どうしよう。

この一件について、津本はどのように処理するつもりだろう。津本に伝えたら、楢原に進言するなと、命令されるかも知れない。命令には逆らえない。

「荒井三尉、ここには君と私しかいない意味を理解したまえ。これは、私が君ら戦闘機乗りの先輩として、我那覇の名誉を守るために聞きたいんだ。事故の時に、君は何か異変を感じなかったのかね？」

「失礼致しました！　申し上げます」

あの時、タイガー01が減速したように見えたと、涼子は正直に告げた。

津本は、それを聞いて、ショックを受けていた。

「そういう君の話を聞くために、楢原さんは、一対一でと仰っているんだね」

つまり、楢原は沖縄基地の関係者を信用していない、と津本は解釈したのだろうか。

「分かった。楢原さんの判断は、残念ながら、賢明だ。荒井三尉、ありのままを全て楢原さんにお伝えするんだ」

その時、団司令室の職員が、楢原の到着を告げた。

## 12

神林は、二時間あまり嘉手納基地の将校クラブで時間を潰していた。

ミッキーから、「ゆっくりしていけ。その間に、俺が情報収集してくる」と言われたからだが、簡単には入れない場所だけに、何時間いても興味は尽きない。窓越しに、米軍機の離着陸が見えるし、店には兵士の家族と思しき私服姿の客や出入り業者、さらには退役軍人なども出入りしていた。

七海はビールが回ったのかうたた寝をしている。神林は、七海の写真を撮るふりをして、何度か店内を撮影したが、誰にも咎められなかった。

「ねえ、この事件、知ってる?」

いつの間に目覚めたのか、七海が自分のスマホ画面を、神林に向けた。

週刊誌のオンライン記事だ。

〝墜落事故の陰に埋もれる沖縄DV殺人の不可解さ〟とある。

会社役員の男性が、妻に包丁で十数回刺されて殺された事件を、地元紙はほとんど伝えていない。被害者の父が、大口軍用地主である上に、沖縄財界の大物だからだ、とある。

「いや、初めて聞いたよ。まあ、俺はここの記者じゃないからさ。何か気になるのか」

「この殺された金城って奴、私、知ってんだけど、カスよ」

まるで殺されて当然と言わんばかりだ。

「女には超だらしないの。犯人が嫁なんだけど、三人の子持ちで、初めての出産は、一三歳の時よ」

「すごいな。中一が出産ってアリなのか」

「うーん、この辺じゃ珍しいことじゃないかも。でも、こいつがひどいのは、赤ちゃんが産まれた途端、認知もせずにアメリカに行ったこと。アメリカで散々、女遊びしてたらしいよ」

「認知しないで捨てたのに、またヨリを戻してるんだな」

「帰国して、結婚したんだって。嫁がめっちゃ色白の美人でさ。あれは手放したくないよね」

「おまえ詳しいな。知り合いか」

「金持ち同士、ネットワークがあるからね」

事件は正当防衛の可能性が高いのに、警察も検察も、被害者の親に気を遣って、一刻も早く事件を終わらせようとしているとも書かれている。

こういう悲劇を、もっと日本社会は深刻に捉えるべきだというのが、この記事のテーマのようで、以降、沖縄の貧困問題の現状が綴《つづ》られている。

「だけどさ、警察や検察が、事件を早く終わらせようとしていることの方が問題だと思うわ」

七海の怒りの矛先は、そっちか。

「自分で一一〇番して、包丁持って『私がやりました』って言ったら、捜査は、すぐに終わるよ」

「華ちゃんは、歩美ちゃん産んだ時から苦労しっぱなしよ。おまけにＤＶされたら、誰だってキレるよ?」

「だけど自白してるしなぁ。まぁ、夫のＤＶが原因だとあるから、情状酌量されて、七、八年ぐらいじゃないかな」

「あなた、市民の怒りを無視して、国の犬になるわけ? どう考えたって、これ、正当防衛でしょ!」

クラブ内の注目を浴びたが、七海はいったんスイッチが入るとお構いなしだ。

「ごめんごめん。うん、確かにこれは問題だね」

「じゃあ、どうすんの!」

「ちゃんと事情を調べてみるよ。那覇地検に知り合いもいるしさ」

その時、米兵二人がこちらに向かって来るのに気づいた。

「神林さんですか」

「そうですが、何か」

なぜ、俺の名前を知ってるんだ、あんたたち! と尋ねる前に、次の言葉が飛んできた。

「マッキンタイア大佐が、会いたいそうです」

# 13

新垣マリアがフローレンスこども園の園長室を訪ねると、園長以外に、客がいた。

「マリアさん、わざわざお呼びたてしてごめんなさい。こちらは、金城歩美さんと來未さんのお祖父様の代理人の方です」

先日、無理矢理、華の長男だけを連れて行った上原という弁護士だった。

「この間はお邪魔致しました。本日は、お嬢様お二人も、実家で保護したいと考え、お迎えにあがりました」

「何を今さら」

「今さらとは、どういう意味でしょうか」

「雄一君だけ、先に掠《さら》っておいて、この期に及んで、姉の二人まで連れ去るなんて」

余りの身勝手に強く抗議したら、園長にたしなめられた。

「マリアさん、ちょっと落ち着きなさい。あのような記事がネットに出てしまうと、やはり二人は、ご実家で守って戴くべきでしょう」

相川めぐりが書いた〝沖縄ＤＶ殺人の不可解さ〟とかいう記事のことだ。園長もご存じだったのか。

それにしても金城家の対応が早すぎる。

「昨日、編集部から連絡があり、記事が出ると言われました。もちろん、掲載を見送って欲しいとお願いしたのですが、無理だと突っぱねられましたので、対策を講じた次第で」

「園では十分な対策もできないでしょう。マスコミが落ち着くまで、あの子たちをより安全な場所で守って戴きましょう。いいわね」

園長にそう言われてしまえば、もはや反対はできなかった。

## 14

七海を残して、米兵と共に、車に乗り込んだ神林は、滑走路に面した建物に連れて行かれた。

神林は、トイレに行きたいと訴え、個室で二台のICレコーダーをセットし、洗面所で顔を洗った。

部屋に通されると、マッキンタイアがわざわざ出迎えに来た。

「やあ、神林君、ジョン・マッキンタイア大佐です。その節は、無礼を働いて申し訳ありませんでした。私たちも、F－77の墜落というニュースに動揺したんだ」

神林は通訳を制して、英語で答えた。

「いえいえ、無礼だなんて思っていませんよ。でも、事故の現場にアメリカ空軍の将校がいらしたのには、さすがにびっくりしましたけどね」

「ご存じのように、Ｆ－77は、我が国の最新鋭機です。それで、まあ、状況を確認したかったわけで」

日本国内での捜査権もないくせに、日本の警察を蹴散らすのを、アメリカでは「状況確認」と言うのか。

「あの時、確か、大佐は、現場検証は米軍が引き受けるから、日本の警察に引き上げよと仰ったかと思うのですが」

「おや、私はそんなことを言ったかな？」

「いいえ、仰っておりません」

同席していた副官が、即断言した。

「なあ、神林さん、そういうことだ。我々は何の強要もしていないし、今後も、日本の事故調査委員会の調査を見守るつもりだ。よろしく」

そこで、マッキンタイアは立ち上がって、握手を求めた。

「いや、もう少しお話を聞かせて下さい。あなたが、嘉手納基地におられる理由はなんですか」

「基地の情報管理だよ。それと、どんな場所にでも、敵のスパイがいるかも知れないだろ。だから、目を光らせておく必要があるんだよ。でも、実際は、暇だけどね」

「もう一点。本当のところは、Ｆ－77に構造上の問題があって、それを隠したかったから、現場に急行したのでは」

マッキンタイアから笑顔が消えた。

「そんな邪推を記事にしたら、君らは大変な目に遭うぞ。これは、日米安全保障条約に抵触する重大な問題にもなる」

どこがですか、と尋ねたら、俺は殴り飛ばされるんだろうな。

「肝に銘じます。最後に、今後のために連絡先を教えて戴けませんか」

だが、マッキンタイアは神林に背中を向けた。すぐに、部下の兵士が、神林を部屋から追い立てた。

爆発しそうなぐらい心臓がドキドキしていた。大佐から威圧を受けたからではない。

愚かにも、マッキンタイアは、己の失敗を封印しようとして、馬脚を現した。

F-77には、構造上の欠陥があるんだ。

それを、奴らは隠そうとしている。

これは……大スクープの予感――。

# 第六章　勃発

## 1

防衛省本局と嘉手納にある沖縄防衛局のオンライン幹部ミーティングが終わった時には、午後九時を回っていた。

局長の信濃が宅飲みに誘ってきたが、山本は明日の準備を理由に辞退した。単身赴任の信濃は酒が大好きで、何かにつけ飲み会をしたがる。コロナの自粛で、局員を自宅に招いて食事するのがささやかな楽しみになってしまったという。

市ヶ谷の地方協力局は、Ｆ－77の墜落事故が、米軍基地反対派グループを刺激するのではないかと心配している。運動の矛先が自衛隊に向かう危険性を懸念しているのだ。

墜落したのは自衛隊機でも、戦闘機には変わりない。しかも、民間人を巻き込んでいるため、反対派が騒ぐ動機としては充分だった。

だが実際は、自衛隊と米軍に対して地元は、はっきりと区別している。地元採用の自衛官も多いし、自衛隊は地域との密接な連携にも腐心しており、Ｆ－77が墜ちたからといって、即、基地への抗議運動には直結しないように思える。

それは、山本一人の感触ではなく、信濃局長以下、地元で普段から米軍基地撤廃運動対策の矢面《やおもて》に立っている幹部の実感でもあった。

それでも、まさかに備えよ。

心配性の大臣官房長の命令で、山本は、対策案を明日中に、官房長に提出しなければならなくなった。

また、沖縄基地所属の第九航空団司令から、「事故調査期間中の代替機の迅速なる手配」を、強く要請された。

事故原因が判明するまで、同型機種の運航は停止されている。墜落事故以降、中国籍と見られる戦闘機の飛来が急増しているのは、Ｆ－77がスクランブル出動出来ない状況の中での、日本の防空体制を確認しているからだ。

既に、沖縄基地からのスクランブル発進は、通常平均の一・五倍に迫っており、一刻も早い対策が求められた。

来週には、選抜機とパイロットを選定して、沖縄に派遣すると、有田は言っている。

あとは受け入れ側の問題だが、当の第九航空団司令は沖縄基地に配備されることに難色を示した。代替機の拠点が沖縄基地となるなら、滑走路を民間の沖縄空港と共用しているため、スクランブルに支障を来すというのが理由だ。

滑走路を軍民共用している場合、戦闘機の離陸は優先されるが、着陸は民間機が優先だ。

燃料費などのコスト削減のためにも、嘉手納での運用を考えて欲しいと団司令が主張し、本局と空幕で再度、検討することとなった。Ｆ－77の代替だから嘉手納で対応を、というのは、正当な訴えにも思われるが、地元感情を考えるとそう簡単な話でもなかった。

それらをまとめた報告書を書き上げた時には午後一〇時を回っていた。

無性にビールが飲みたかった。

今から信濃の宴会に合流しようか、それとも、自宅で一人で飲むか……。

迷っていると、スマホが振動した。

電話を掛けてきたのは、嘉手納町の副町長で模合仲間だった。

「大城《おおしろ》さん、どうもです」

〝ちょっと、聞きたいんだけど、事故原因が判明するまで、Ｆ－77は、飛べないんだって？〟

「仰るとおりです」

〝それで代わりの戦闘機が嘉手納基地に待機するって聞いたけど？〟

「どこから、そんな話が出てきたんですか」

〝情報源はともかく、それは事実なんだろうか〟

「まだ、何も決まっていません。仰るとおり、F－77の墜落で、スクランブル対応に支障が出ており、本土の基地から予備機を集めています。どこを拠点にするのかは、決まっていません」

〝俺としては、山ちゃんの言葉を信じたい。けど、明日、面倒な記事が出るぞ〟

こめかみから汗が噴き出てきた。

「どんな記事ですか」

〝墜落のどさくさに紛れて、嘉手納で、空自が基地機能強化を断行――みたいな記事だな〟

「それは、事実無根です」

〝事故で、F－77は飛べなくなっても、嘉手納基地にいるんだろ。そこに、新たに戦闘機が配備されると、物理的に数が増える。それって強化ってことだよね〟

嘉手納町は、嘉手納基地の存在や空自のF－77の配備については、理解を示してくれている。だからといって、新たな戦闘機の拠点となるのは、自治体としては見過ごせない。ましてや黙って決められたとなったら、住民に対して町長の顔が立たなくなるのだ。

〝一声かけて欲しかったなあ、町長としても、立場があるからねえ〟

「今、どちらにいらっしゃいますか」

〝俺んちだけど、来るかい？〟

「ご迷惑でなければ」

〝じゃあ、オヤジも呼んでおくから、お宅の局長も一緒にな〟

## 2

那覇市の旧市街地、牧志《まきし》の一角にある大邸宅で、冨永は、既に一時間以上待ちぼうけを食らっていた。

金城一の父、昇一に面会を求めたのだが、納戸のような殺風景な部屋に通されたきり放置されている。

來未が「父親を殺害したのは、別の人物」と言い出したらしい。

島袋の連絡を受けてすぐに事情聴取に向かおうとした冨永を、次席が止めた。まず、親権者である華の同意を得よというのだ。

華が同意するとは到底思えない。そもそも、來未への聴取は親権者の同意がなくとも法的には可能で、裁判所の許可も不要だ。

にもかかわらず、次席は、「県警が誤認逮捕した可能性が出てきたんです。丁寧な捜査を心がけて下さい」と言って譲らなかった。

そこで、退院して那覇署に戻った華に、知念を通じて確認したが、來未の聴取は「絶対に嫌！」とのことだった。

次に、島袋に連絡してフローレンスこども園の園長に同意を得たいと伝えた。するとNo娘らは、一の父親の代理人によって、既に実家に連れ戻されたという。それで仕方なく、富永は金城昇一の自宅を訪れたのだ。

「いくら何でも、待たせ杉田二郎ですな。ちょっと見てきます」

比嘉が、立ち上がった。

彼でなければ止めるのだが、富永は好きにさせた。

それにしても、金城家が、今頃になって孫娘二人を引き取ったのは、どういうことか。いわゆる沖縄独特の「長男重視」の発想がある上に、長女の歩美はともかく、次女の來未が一の娘でないこともあり、昇一は雄一以外には無関心だと聞いていた。

島袋の話では、週刊誌の記事がきっかけらしい。富永もその記事に目を通してみたが、沖縄の貧困問題をライフワークにしている新聞記者上がりのフリーランスによって書かれていた。

「超面倒くさい、自意識過剰な姉ちゃんですわ。沖縄は、県全体で悲惨な貧困と過酷なDV社会を隠蔽しているというのが、持論でね。未成年が絡む事件が起きると、あることないことでっちあげるんですよ」との比嘉の指摘は、記事を読んだだけの富永にも頷けるものだった。

地元でも、彼女は、社会派のジャーナリストというより、目立ちたがりの色物記者と見られているらしい。

だったら金城家も、記事を黙殺すればいいものを、慌てて二人を引き取った。真偽のほどは別にして、メディアのネタになるのが嫌なのだろう。

勢いよくドアが開き、比嘉と共に二人の男が部屋に入ってきた。

「大変お待たせしました、金城昇一です」

長身で肩幅の広い男が、握手を求めてきた。夜でおまけに自宅だというのに、きちんとスーツを着ている。

「息子夫婦の件では、大変お世話になってます。こちらはウチの顧問弁護士です」

差し出された名刺には、上原輔《たすく》とあった。

「実は、お孫さんの金城歩美さんと來未さんに、お話を伺いたいことがありまして」

「こんな夜半にですか」

「いえ、今晩という意味ではありません。二人は未成年なので、祖父である金城さんに、ご協力をお願いしたいと思ったので」

「どういう用件でしょうか」

上原が口を挟んだが、金城が制した。

「事件当夜について、お尋ねしたいことがいくつかあります」

そこで、金城がタバコをくわえた。すかさず上原がライターで火を点ける。

本土では、珍しくなった光景を、冨永は黙って見ていた。

「華は、自白しておるのでしょう？」

「その自白に疑問があります。しかも本日、來未さんは、お父さんを殺害したのは、別の人だと、那覇署の少年係の刑事に言ったそうです」

「それは、母親を救いたい一心でついた切ないウソでしょう。両親同士の殺し合いを見たかもしれん少女たちに、検察は事件の記憶をよみがえらせるような酷いことをなさるんですか」

「専門家も立ち会わせて細心の注意を払います」

金城はタバコを灰皿に押しつけて立ち上がった。

「お話になりませんな。二人に会わせるつもりはありません。それでも、聴取なさるおつもりなら、こちらにも考えがある」

冨永の返答を待つつもりもないらしい金城は、弁護士を従えて部屋を出て行った。

3

嘉手納町副町長の大城は、町内の水釜《みずがま》という住宅街に居を構えている。

山本は大城家に向かう途中で信濃を拾った。

助手席に乗り込んだ信濃は「酒臭くないか」と気にした。酒の臭いはするが、大城は頓着しないだろう。

「大丈夫です。それよりも、町長の理解を得るために、頑張って下さいよ」

「でも、記事は止められないんでしょ」

信濃は、そちらの方が心配のようだ。

「掲載を控えてもらえないかというお願いをしています」

「やるだけ無駄でしょ。逆に、妙な返り討ちにあって傷口を広げるなんてことにならないかね」

人の良い信濃は、何事も穏便に事を済ませたいタイプで、トラブルには及び腰になりがちだ。

「とにかく、局長は町長の説得に注力して下さい。町長が、予備機の受け入れに難色を示される方が最悪です」

「やっぱり沖縄基地に引き受けてもらうべきだよ」

「市ヶ谷は、予備機の拠点は、嘉手納でいく方針を固めたそうです。だから、そんな発言は慎んで下さい」

「まったく！　現地の状況も分からないくせに、市ヶ谷は勝手ばかりする」

他ならぬ信濃も、本局にいた時には、何度か、沖縄に無茶ぶりをしたという噂を聞いた。

人間なんて、そんなものだ。自分にだけは面倒な火の粉が降りかかって欲しくない。しかし、当事者となった以上、腹を括るしかないのだ。

副町長宅に着いた。

「信濃さん、弱気を見せたら、終わりです。とにかく、丁寧に理解を求めましょう。そして、少しでも前向きな方向に決着させるんです」

「分かったよ。僕は、ひたすら頭を下げるのに徹するから、説明は任せた」


統一感のないインテリアが並ぶ応接室で、大城と町長の嶺井慧《みねいさとし》が待っていた。

「まあ、山ちゃん、まずは、一杯」

山本らに、断るという選択肢はない。山本は琉球ガラスのおちょこで泡盛を受けた。信濃も、続いた。

本当はビールが飲みたかったのに、いきなり泡盛の一気飲みは、胃が焼けた。

「これ、うまいっしょ。俺の祖父様がつくった蔵元の秘蔵品だよ。じゃあ、とっとと面倒な話を済ませるかな、町長」

町長は、静かに頷いた。話をするのは、向こうもナンバー2のようだ。

「言うまでもなく、ウチは、おたくらとも、アメリカさんとも、仲良くやってきた。けど、町民全員が、基地の存在を歓迎している訳じゃない」

「もちろん、承知しています」

「俺はともかく、町長は、お立場上、時に知事から露骨な嫌みを言われたりと、肩身の狭い思いをなさることもある。それでも、我が町は、軍との共存共栄を選んだんだ。しかし、今回のように町長のメンツを潰すような行いをされると、黙っているわけにはいきませんなあ」

大城はいつになく過激だった。

つまり、嘉手納町の苦渋を無下にするならさらに厄介になるぞと、言いたいのだろう。

「町長、副町長、お二人にご不快な思いをさせてしまい、まずは心からお詫びします。ですが、我々はお二人のメンツを潰したりはしておりません」

信濃が、責任を果たすべく頭を下げた。

「信濃局長！　誤魔化しはいかんぞ、誤魔化しは！」

大城が声を張り上げた。

「大城さん、誤魔化しではありません。どうか聞いて下さい」

山本が割って入って、話を引き取った。

「F－77が墜落して以来、中国からの挑発飛行が、従来の一・五倍になりました。彼らは、こういう異常事態下で、我が方がどれだけスクランブルを行えるのか、試しているようです。それだけに、負けるわけにはいきません」

嶺井も大城も、黙って聞いている。そもそも、スクランブルの回数の増加を、知らなかったようだ。

「そこで、本土の空自基地で待機する予備機を、沖縄に集結させると決めました。しかし拠点についてはまだ、決まっておりません」

「本当かなあ。我々は、信頼できる筋から、拠点は、嘉手納で決まりと聞いてるぞ」

「信頼できる筋とは、いったいどなたですか」

「それは、言えんなあ」

大城が即答した。

山本は、文書を、二人に差し出した。見せたらすぐ回収という条件で、有田には許可を取っているものだ。

「本日午後九時過ぎまで、市ヶ谷と沖縄を結んで行われた幹部会の議事録です。お電話戴く直前まで、私がまとめていたものです。そこに、拠点をどこにするかの議論も記されているかと思います」

「第九航空団司令は、嘉手納が望ましいと発言しているじゃないか」

「大城さん、最後まで読んで下さい。拠点については、関係各所へのヒアリングを経た上で、再度調整とありませんか」

「けど、事実上、嘉手納基地で決まりだろ」

「あくまでも団司令の希望に過ぎません。それに、お二人のご同意を戴かない限り、絶対に決定は致しません」

「では明日、嘉手納基地は予備機の拠点としないと、メディアに発表してもらえますか」

キツネ顔の町長が、初めて口を開いた。

「嶺井町長、それはできかねます」

「なぜだね。まだ、決まっておらず、我々の同意がない限り、絶対に決定しないんでしょう。我々は、同意しません。なので、拠点は、沖縄基地でと発表して下さい。そうすれば、厄介なことは、最小限で収まるはずです」

今夜の町長は、やけに頑なだな。一体、何があったんだ。

「山ちゃん、県内の複数の米軍基地反対の市民団体が、明朝に沖縄防衛局とウチの役場前で、デモ活動をやらかすらしいんだ」

それは、最悪の事態だな。

「どなたの情報ですか」

「那覇新とポストの報道部長が教えてくれた。あんたらが、無断で基地機能強化をすると知って、複数の市民グループの責任者に問い合わせたらしい。そこでただちにデモが決まったそうだ」

地元紙二紙が、デモを煽っているのか……。そして二紙に、〝嘉手納が拠点となる〟と伝えた人物がいるということだ。

「大城さん、さすがにそれは言いがかりです。一体、誰がそんなことを……。情報源が、どなたか、教えて下さい」

山本としては、どうしても知っておきたかった。それが、分からなければ、対策の立てようがなかった。

「南郷《なんごう》さんだよ」

「南郷さんて、元南西航空混成団司令の南郷空将補ですか」

沖縄の航空自衛隊は、日本返還の翌一九七三年、南西航空混成団として、発足した。やがて二〇一〇年代に入って空自の南西方面強化が急務となり、一七年、同団は、南西航空方面隊に格上げされた。

南郷は、混成団時代の団司令として退官後、沖縄国際大学の教授となり、安全保障の講座を担当している。

沖縄からの米軍撤退について積極的な発言をしている他、自衛隊の有り様についても、一家言あって、地元紙に度々寄稿したり、インタビューを受けたりしていた。

防衛省からすれば、南郷の発言は、元自衛隊幹部としてあるまじきものなのだが、本人はまったく意に介していないようだ。

「昨夜、那覇新とポストの社長と南郷さんが会って、予備機の話題になり、嘉手納が拠点になると断言されたそうだ。南郷さんは、東京の空幕から聞いたと言っている。事実、この議事録を読んでいると、嘉手納が拠点になる流れじゃないですか」

「嶺井町長、流れも何も、昨夜の段階では、予備機の拠点については、まったくの未定です。ですから、完全なデマです」

山本がいくら主張しても、彼らが納得したように見えない。

「いや、山ちゃん、デマかどうかは、もはや問題じゃない。我が町としては、予備機の拠点を受け入れるわけにはいかないんだ。町長が言ったように、明日、会見を開いて、拠点は沖縄基地だと断言してほしい」

そんな約束ができるわけがない。

進退窮まった。

山本は、信濃の方を見た。これは、沖縄防衛局長として、答えてもらうしかない。

信濃も腹を決めたようだ。

「お二人の仰りたいことは、充分理解致しました。しかし、この問題は、沖縄防衛局としては、お答えできかねます。なぜなら、地元の皆さんのお気持ちに配慮する一方で、国家の安全保障としての最適地を探す必要もあるからです」

「信濃局長、失礼ながら、そんなお役所的な言い訳は通用しませんよ。あんたらが、沖縄基地を拠点にすると発表しないなら、到る所から火の手が上がるだけだ。新聞二紙も特ダネとして大々的に扱うそうだよ」

既に、大城の口調には、礼を保つ意志はなさそうだ。

「大城副町長、どうか穏便にお願いします。我々としては、嘉手納町の苦境をしっかりと、本局に伝えます。防衛省としても、ここで、基地反対運動を起こしたくないと考えているのは、間違いありません。なので、少しだけお時間を戴けませんか」

これが精一杯か。

信濃の言うとおり、沖縄防衛局がやれることなど、ほとんどない。

実際のところ、市ヶ谷の本局すら最終決定権を持っていない。防衛大臣や総理が、省には諮《はか》らず、勝手に決断を下してしまう可能性だってあるのだ。

「あの、もし、予備機の拠点を嘉手納でお願いすることになった場合、我々にどのような対応を望まれますか」

「山ちゃん、今の話は、聞き捨てならんな。それって、俺たちのプライドをカネで買うって話か！」

大城は怒りを露わにしたが、町長は冷静だった。

「逆に、何をして下さるんですか」

## 4

楢原は寝苦しくて、何度も寝返りを打った。どうにも体が休まらないので、気晴らしに外の空気を吸いに出た。

我那覇の〝相棒〟である荒井三尉の聴取では、思ったほどの成果が得られなかった。我那覇の違和感の解明は進んでいなかったことが確認出来た程度だ。加えて、墜落直前に荒井が目視した我那覇機の減速が、僅かな新証言だった。

それより、荒井の憔悴《しょうすい》ぶりが心配だった。

精神的に参っているのは、荒井だけではないようだ。基地内の食堂で、津本や副官らと会食をしたのだが、まったく話が弾まないまま、さっさと散会した。団司令以下の幹部も、おそらくは南西航空方面隊の司令官以下も、相当厳しいプレッシャーを感じているに違いない。

事故後、中国機の飛来は増加する一方なのに、F－77は出動できず、隊員らの負担が大きくなるばかりだ。

問題が山積だが、おそらく、今後さらなるトラブルが噴出するのだろう。

かといって引退した自分にできることといえば、せいぜいがサンダーボルト社任せの事故調査とは別に、独自の調べを粛々と進めることぐらいだ。

防衛大臣は、相変わらず一刻も早く事故原因の目処を出せと言っているらしい。

それに日本政府が、政治的決着を図る可能性もある。

すなわち、パイロットの操縦ミスか、空間識失調として片付けられるということだ。

我那覇の名誉のためにも、そんな決着は許しがたい。

真っ暗な基地内を眺めていると、ランニングする人影が視界に入った。

荒井だった。

彼女はランを終えると地面に仰向けに寝転んだ。

声をかけるべきか、迷った。

その時、二機の戦闘機が急上昇していった。

それに釣られるように、彼女は立ち上がり、橧原に気づいた。

「あっ、橧原さん。こんばんは」

「やあ、君も眠れないのかね」

「目が冴えちゃって。ずっと部屋に籠もっているので、体がなまってしまいました」

「私も眠るタイミングを逸してしまってね、寝酒を付き合ってくれないか」

荒井は、躊躇《ためら》っている。不謹慎だと思っているのだろう。

「君は今、任務中じゃないだろう。先輩の我《わ》が儘《まま》を聞いてくれよ」

「承知しました。では、急ぎシャワーを浴び、着替えてきます」


旅に出る時はいつも、楢原はバーボンをフラスコに入れて持参する。それに、ゲストハウスの冷蔵庫には缶ビール、カップ酒が入っていた。津本が気をきかせてくれたのか、カウンターにはお気に入りのフォアローゼズも一本ある。

リビングルームで楢原がグラスと氷を用意していると、荒井が缶ビールを持ってやって来た。

「お疲れのところすまないね」

「いえ、私も飲みたい気分だったので、お誘い感謝致します！」

## 5

山本と信濃は、車内で運転代行が来るのを待っていた。

「あんな約束をして、大丈夫だったんでしょうか」

嶺井町長に詰め寄られた信濃は、遂に「しかるべき対応をさせて戴きたい」と答えてしまった。

「別に、具体的な何かを約束したわけじゃない。要するに、誠意を尽くすって意味だな」

そのあたりが信濃の狡《ずる》さであり、処世術なのだろう。言質《げんち》は取らせないが、期待させる言い回しが得意だった。結局は、キツネとタヌキの化かし合いか。

「ウチの調整費で、臨時職員を二人ほど、増員するっていうのは、どうだろう。なんなら、町長と副町長の推薦者を優先するぐらいは考えてもいい」

「今回は、そういう類いの懐柔策は、無駄だと思います。彼らにとっては政治生命の存続の問題ですから」

「やらないよりは、ましでしょ。いずれにしても、東京に嘉手納町の苦渋を伝えたとて、どうにもならないからね」

国防の前では、地元感情など何の意味もなさない。それは、嘉手納町の町長と副町長も承知しているだろう。

その時、広報担当の樋上から電話が入った。

山本は、助手席の信濃にも聞こえるようにスピーカーに切り換えた。

〝先ほど、那覇新聞と沖縄ポストの明日の朝刊の一面の記事を送りました。ご確認下さい〟


山本が、ノートパソコンにデータを映し出した。

那覇新聞の一面を信濃に見せる。

嘉手納異変　墜落事故を利用して
基地機能強化を断行

「酷い記事だ。これ、潰せないんですか」

〝無理ですね。それどころか、最終版に信濃局長のコメントが欲しいと言われました〟

「バカにしやがって」

〝そう返しますか〟

樋上も自棄《やけ》になっている。

「いや、樋上さん、ちゃんとコメントするから、何時まで待てるか聞いてくれ」

信濃がそう言うのを聞きながら、山本は、沖縄ポストの一面を画面に呼び出した。

嘉手納基地機能強化へ
墜落事故のどさくさを利用

「おまえら、それでも日本人かって言いたいね」と、信濃がぼやいた。

〝それで、実際のところ、どうなんですか〟

「まだ、何も決まっていません。しかし、嘉手納町はお怒りなので、善処が必要ですね。あと、どうやら明日は、各方面で荒れるようです」

ちょうど別の電話に出た信濃に代わって、山本が答えた。

〝もしかして、デモ隊が出現するんですか〟

「大城副町長には、そう言われました。悪いんですが、樋上さんも今から局に上がってきて下さい。対策を検討します」

〝了解です。他の広報室員にも声をかけます〟

隣では、信濃が深刻な顔で電話に応じている。山本と眼が合うと、送話口を押さえて「『ポスト』が、この件で、大臣のコメントが欲しいと秘書官に迫っているらしい」と言った。

とにかく、一刻も早く局に戻らなければ。

また、着信音が鳴った。

今度は〝暁光新聞神林裕太〟とディスプレイに出た。

「山本です」

〝実は、明日の弊社の朝刊に、ちょっと面白い記事を出します。沖縄防衛局幹部として、コメントを戴けませんか〟

「お宅もですか」と言ってすぐに、山本は後悔した。

## 6

「荒井君は、なぜ、戦闘機乗りになったんだ？」

楢原が尋ねると、若いパイロットは「零戦乗りだった祖父の影響です」と答えた。

終戦後はGHQの航空禁止令によって、荒井の祖父はパイロットの職を失う。仕方なく彼は北海道稚内《わっかない》で、家業の農業を手伝った。

やがて、禁止令が解除されると、農薬散布や観光を目的とした航空事業を始めた。

「祖父は戦争は憎みましたが、飛行機は愛していました。私は、祖父と一緒に複座の古い複葉機に乗るのが大好きで」

「ほお。私は、『あいち航空ミュージアム』で二五分の一の模型を観たことがある。機種は、覚えているかね？」

「95式3型初級練習機キ－17改です」

「帝国陸軍初級練習機か……。キ－17に改なんてあったのか」

「改」とは、いわゆる改良型を指す。二人乗りの95式3型初級練習機キ－17は戦前、帝国陸軍が、石川島飛行機に開発を命じたものだ。初飛行は、一九三九年だったと楢原は記憶している。

「ご存じのようにキ－17は、あまりにも操縦が簡単なため、訓練機としては役に立たず民間に払い下げられました。祖父はそれを購入し、改良を加えました。それで、勝手に『改』とつけたんだそうです」

「なるほどなあ。そんなクラシック飛行機に乗ったことがあるなんて羨ましいな」

「祖父と友人の整備士が、三年がかりで、修復《リストア》し復活したんです。エンジンは、英国のスピットファイアーのものに積み替えました。風防《キャノピー》もないから、上空では風が頬に当たります。それが爽快で。時々、渡り鳥と並んで横を飛んだ感激も忘れられません」

少女だった荒井が、キ－17改に乗って、歓声を上げている様子が、目に浮かんだ。

「お祖父様は、まだ、ご健在なのか」

「今年九四歳ですが、飛行機共々元気です」

「それは、素晴らしい。一度、ぜひお会いしたいものだ」

「いつでも、ご紹介致します。そんな祖父の影響で、空自パイロットに憧れるようになりました」

「お祖父様にとっては、自慢の孫だな」

「どうでしょうか。私が空自パイロットを目指すと言ったら、喜んではくれましたけど」

「けど、なんだ?」

「両親が、大反対だったんです。祖父は、随分、母に詰《なじ》られたそうです」

ありがちな話ではある。

「君は、後悔しているのか」

「いえ。今でも、空を飛んでいる時が、一番充実しています」

「君は、本当の戦闘機乗りなんだね。頼もしい後輩だ」

「ですが、戦闘機乗りとしての自覚が足りない、と、我那覇さんによく注意されました」

「自覚？」

「戦闘機の操縦は、楽しむもんじゃない、戦いだと。そういう甘い気持ちがあると、事故を起こすぞと言われました。実際、私の操縦は隙だらけでした。なのに、私に注意して下さった我那覇さんが、どうして……」

「君のバディは、日本一の戦闘機乗りだったんだぞ。彼が、飛行機を墜落させるわけがない」

いきなり荒井が立ち上がった。

「申し訳ありません！　でも、自分は、悔しいんです。違和感を感じると仰っていた我那覇さんから、どうして詳しく話を聞いておかなかったのか。悔やんでも悔やみきれません」

荒井の両手が震えていた。

# 7

「ちょっと飲みに行きませんか」

金城家を辞去し、那覇地検の駐車場に戻ってきたところで、冨永は比嘉に声を掛けてみた。一〇時近かったが、街は賑やかだった。久しぶりに新型コロナ感染防止対策が緩和されて、人々の気分も明るくなっていた。冨永もそんな空気を吸いたくなっていた。

「マジですか！」と言ったきり、比嘉が絶句している。

「そんなに驚かなくても。無理強いは、しませんから」

「何を、仰います！　もう、嬉しすぎて、泣きそうです！　喜んでお供します！」

冨永は、早くも誘ったことを後悔しながら車を降りた。

「どんなジャンルにしましょうかね」

「任せます」

「個室がよいですよね。じゃあ、私が贔屓《ひいき》にしている小料理屋でもよろしいですか。やちむん通りにあるのですが」

冨永には、地理が未だに分からなかったが、「そこで結構」と返した。

比嘉には似合わぬしっとりと静かな店に案内された。掘り座卓のある部屋に腰を下ろすと、比嘉がさっそくメニューを開いた。

「検事はやっぱりヱビスビールがいいですか」

「オリオンで」

「なんと」

仰々しく驚く比嘉を無視して、冨永は、おしぼりで両手を丁寧に拭いた。

比嘉は、うなりながら顔や首筋を拭っている。いちいち暑苦しい。

「料理のお好みはありますか。沖縄の郷土料理が、たくさんありますよ」

任せると返すと、比嘉は、海ぶどうに島らっきょう、もずくの天ぷらに、刺身の盛り合わせを頼んだ。

ビールが来て、乾杯をすると、比嘉は一気に半分ほど飲んだ。冨永も釣られて勢いよく飲んでしまった。軽やかなオリオンビールは、一日汗をかいて乾いた体に、たちまち吸収された。

「検事、いける口ですな。そうだ、延期されていた、歓迎会をやらないと」

「京都には、玄関が開かん時は、お勝手から入れ、ということわざがあります」

話の腰を折られた比嘉が、口を開けてこちらを見ている。

「比嘉さんの話を聞いていると、沖縄は、地縁の濃い場所のようです。だとすると、検察の言うことを聞かない相手を説得しようと思ったら、その人物が無下にできない仲介者を探すのが、得策では？」

「まあ、そうですが。ちなみに、検事は何の話をされているんですか」

「金城昇一です。彼に、そんな相手はいませんか」

比嘉が、急に笑い出した。

「検事は意外と策士ですな。びっくりリンゴスターです」

親権者である金城昇一が、孫娘の聴取を拒んでいる以上、冨永としては、手も足も出ない。

立会事務官に相談するような話ではないのだが、比嘉のネットワークを利用したかった。比嘉は、那覇の人間は全部知り合いじゃないかと思わせるほど顔が広いし、たとえ交流のない相手でも、すぐに人脈を作り上げてしまうようだ。

「何が何でも、アユと來未から話を聞きたいわけですか。しかし、妹の來未の話は、信用ならない気がしますが」

「男二人組が、父親を殺したなんて話は、ウソでしょうね」

「じゃあ、一体、何をお聞きになりたいんです？」

「父親の殺害方法と、動機です」

比嘉は大袈裟にビールを噴く真似をした。

「検事、さすがにそれは。キツ過ぎる冗談ですなぁ」

「私が、冗談を言うと思いますか」

「じゃあ、本気でそうお考えだと？」

比嘉の目が大きく見開かれた。

「お叱りを受けるのを承知で、申し上げます。検事の推理通りだったとして、母親の華が代わりに罪をかぶろうとするのは親心でしょう。検事、ド素人みたいなことを言いますが、二人は一〇代前半ですよ。その子たちに、父親殺しの罪を負わせるなんて……」

重苦しい沈黙が流れた。しばらくして、比嘉がテーブルにあった鈴を鳴らした。女将が顔を覗かせると、比嘉は「『泡波』の古酒、持ってきてちょうだい」と言った。

泡盛が運ばれてくると、比嘉は手酌で、グラスに酒を注ぎ、呷《あお》る。それを三度繰り返してから、正座した。

「検事、分かりました。検事がそこまで心を決めておられるなら私《わたくし》も腹を決めます」

比嘉の目が据わっている。酔っているわけではなさそうだ。

「ご存じのように、金城昇一氏は、一代で、沖縄屈指の養豚業者になりました。父親の代から軍用地の大地主で、その資産を元手に独立してビジネスを始めました。彼は誰にも媚びず、我が道を突き進んできましたが、もともと商いの才覚があったんでしょうな。手掛ける事業は何でも成功し、今や、彼に対して、意見を言えるような者は、いないと言われています」

「とはいえ、世話になった人の一人や二人はいるでしょう」

「おるかもしれませんな。今のところツテはありませんが、私《わたくし》がなんとか島倉千代子」

そう言って比嘉は一人で爆笑した。

スマートフォンが振動して、那覇署の島袋からメールが入った。

〝ご依頼戴いていた金城雄一の主治医と連絡がとれました。明日、八時半にクリニックに来てほしいということです〟

8

店を出たのは、零時前だった。すっかりでき上がった比嘉は、冨永を送っていくと言って聞かない。冨永も抵抗せずに、二人でタクシーに乗り込んだ。

「いやあ、良い酒でした。私は、検事を、いや真ちゃんを完全に誤解して間下このみ」

食事の途中から、馴れ馴れしく「真ちゃん」と呼び出したのだが、酔っ払いにやめろと言うだけ無駄なので、放置した。

「検事、ちょっと寄り道をしませんか」

酒は強い方だったが、泡盛の古酒はきいた。一刻も早く帰って寝たかった。

「検事がご執心の事件のヒントになるやもしれま千石イエス」

冨永が答える前に、比嘉は運転手に「運ちゃん、松山《まつやま》に回ってくれる?」と言った。

松山が、那覇きっての歓楽街なのは、さすがに冨永でも知っている。

「もう酒は飲みませんよ」

「大丈夫です。運ちゃん、松山の一丁目から二丁目の賑やかなところを通って、プリーズ」

国道58号線の前島という交差点を渡ると、その先の路地に入った。

両側に雑居ビルが並ぶ一帯は、飲食店やスナック、クラブの看板がずらりと並んでいる。

この地区もコロナ禍がピークの時は、閑散としていたらしいが、今は、歩道から溢れんばかりに人が集まっている。

「午前零時を過ぎているのに、東京より、人が多いと思いませんか」

比嘉に言われるまでもなく、冨永も気づいていた。尤も、東京とはどこかが違って見えた。

「よく見て下さい。たむろしているのは、若者ばかりです」

若者と言っても、よく見れば未成年としか思えない子どもたちも少なくない。

「若いのは客だけじゃないですよ。ホステスだって、子どもにしか見えない。中には、中学生なんてのもいます。

こういうところで働いている一二歳とかが、妊娠して子ども産むんですよ」

比嘉によると、彼らは、平日でも気にせず、午前二時、三時まで、こうして到る所にたむろし、最後は集団で、どこかの家に転がり込み、朝を迎えるらしい。

「親は、何してんだって考えちゃいますよね」

けっして沖縄の平均的な若者像ではないが、これもまた少なからぬ沖縄の現実なのだと、比嘉は説明した。

「今、道ばたに座り込んだり、コンビニの前で男にひっついている女の子たちは、週に二日ほどキャバクラ嬢やって日当もらうと、後は遊び回る。そして、どんどん家に帰らなくなって、転落していくんです。

かと言って、彼らを叱ったり、更生させたりする大人のシステムもない。先日亡くなったはいさいオジーなんて、稀《けう》有な存在なんです。つまり、完全な放置ですな。あの子たちも引け目を感じないし、精神も元気なんです。だから、一層辛いんです」

たしかに、彼らには「転落」しているとは思えない明るさがある。新宿などの都会の毒々しいきらびやかさというより、無邪気なほどに朗らかに見える。午前零時を過ぎた夜の街に沈んでいる子どもたちとは思えないほど、普通に楽しげなのだ。

華もこんな風に生きてきたのだろうか。悲しむでもなく、諦めるでもなく、大人になれず、子どもでいられず、ただ、毎日生きるために、ここにいる。

いや、ここにしか生きる場所がない――。

9

早朝、神林はスマートフォンの着信音で、叩き起こされた。

〝デモや、デモ！　沖縄防衛局が大騒ぎや！〟

ダミ声の主は、東條だった。

〝水田のイチビリが、『ポスト』の記者に「嘉手納基地に、予備機を集めるのは、当然。これは、基地機能強化ではなく、危機管理の問題。逐一、地元自治体にお願いをする必要はない」とほざきよった。それで、大騒ぎや〟

防衛大臣の水田悠平が何かやらかしたのだろうか。

神林は、「五分後に電話します」と切ると、テレビをつけた。

〝現在、沖縄県嘉手納町の沖縄防衛局前には、市民グループが、続々と集結しています〟

派手なスーツを着たリポーターが、興奮気味にまくしたてている。

彼女の後ろには、〝平和を守れ！〟とか〝基地機能強化反対！〟などという勇ましい幟《のぼり》を持った活動家と思しき人たちが気勢を上げている。

那覇支局の大泉からメールが送られてきた。地元紙二紙のＵＲＬが添付されている。

東條は、沖縄ポストと言ってたな。

　嘉手納基地機能強化へ
　墜落事故のどさくさを利用

大袈裟な見出しのついた記事の末尾に、先ほど聞いた水田防衛大臣の勇ましいコメントが添えられていた。

これか――。

昨夜、山本が電話口で「お宅もですか」と漏らした一言が気になっていた。神林は、マッキンタイア大佐に会って書いた「米陸軍幹部、Ｆ－77に欠陥の可能性を強く否定」という記事にコメントをもらいたかったのだが、あの時、山本が「お宅も」と言ったからには、既に他社が何か別のネタで山本にコメントを求めていたということだ。

それが地元二紙の「嘉手納基地強化」のスクープだったのか……。

東條は、ワンコールで出た。

〝読んだか。せっかくのおまえの独材《スクープ》が台無しになったな〟

「噂には聞いてましたが、地元紙は強烈ですね」

〝アホ、何、のん気なこと言うてんねん！〟

「は？」

〝こんなアホみたいな言いがかりで、重大な事件をうやむやにするわけにはいかん〟

いつ重大な事件が起きたんだ⁉

「あの、私、話についていけてませんが……」

〝マッキンタイアがアメリカに逃げよったで。つまり、Ｆ－77には重大な欠陥があるっちゅう証拠や〟

俺が記事にした問題が当たっていたから、マッキンタイア大佐は、尻尾を巻いて逃げた――東條は、そう推測しているわけか。

〝今、カリフォルニア支局で、過去に墜落したＦ－77について調べさせてる。まだ、何も摑めてへんけど、間違いない、Ｆ－77は欠陥機や〟

さすが、東條だ。この思い込みが、数々の大スクープをもたらしたのだ。だが、勘違いで終わったこともあり、神林は何度も東條の妄想に振り回されてきた。

「で、私は何をすれば？」

〝嘉手納基地に行って、責任者にマッキンタイア大佐がなぜ帰国したのか尋ねろ〟

それは時間の無駄だろ。

〝ええか。おまえが書いた今朝の記事こそ、日本にとって極めて重要なスクープなんや。それが、しょうもない基地問題ごときで霞んでしもたら、あかん〟

その点は、まったく同感だった。

「仰っていることは分かります。でも、その答えがマッキンタイアの帰国理由の記事では、取材内容がしょぼいかと」

〝言うたな、おまえ。ほな、もっと凄いネタ取ってこい。俺が言いたいのは、これから朝夕刊で必ず、Ｆ－77問題を書き続けろっちゅうことや〟

今、俺は、自分で自分の首を絞めたと自覚した。

〝もう一つ、面白いネタをやるわ。Ｆ－77の事故調に、元エースパイロットが招聘《しょうへい》されている。彼は、墜落した我那覇一尉の師匠らしい〟

「へえ」

〝へえやない。そのお方は、楢原元空将補と仰る。今、沖縄基地で、密かに事故について独自調査をしているぞ〟

神林は、ホテルのメモ用紙に、名前を書いた。

「あの、楢原氏の電話番号か、居場所、分からないですか」

〝支局長の朝沼《あさぬま》が、沖縄基地にネタ元を持ってる。とにかく、夕刊でおもろい原稿、期待してるで！〟

無理です！　と返す前に、電話は切れていた。

後ろから、七海に襲われた。

神林は、テレビのミュートを解除した。

## 10

午前八時半、宮里晴臣《みやざとはるおみ》・沖縄県知事が激怒しているので、即刻県庁に来られたしと、山本宛に連絡が入った。もちろん、原因は沖縄ポストと那覇新聞の記事である。

既に、局前には、基地問題の市民運動家が集結しているという。遂に火がついてしまったか。

山本は信濃と共に、彼らの目を避けて、密かに公用車に乗り込んだ。

移動中は車載テレビで、デモの様子を見ていた。

想像していたより大規模だ。デモ対策の担当者によると、米軍基地周辺に散らばっている運動家が、大集結しているらしい。

しかも、デモは、沖縄防衛局前だけではなく、航空自衛隊沖縄基地前、県庁前などにも拡大している。

いずれも激しいシュプレヒコールが繰り返され、その模様は、全国ネットでテレビ中継されていた。

しばらくテレビをザッピングしていた信濃が、飽きたようにテレビのリモコンを置いた。

「大臣は、何を考えているんだろうね」

「ご自身の正義に忠実なんでしょう」

早朝、水田防衛相は、沖縄ポストの記事の件で、官邸に呼ばれている。そして、官邸を出るところで、記者団の囲み取材に応じた。

〝F－77墜落事故を受けて、中国機による領空侵犯の恐れのある飛行が急増しています。本土にある予備機を、沖縄に一時的に移すのは、日本国民の皆様の命を守るための当然の処置です。総理にも、そのようにお伝えして、ご理解戴いてます。それを、基地機能強化などというのは、心外ですね〟

水田はそう言ったが、ただちに〝防衛大臣が一部報道機関へ発言した件は、沖縄県民の皆様への配慮が不足しており、より慎重な言動を心がけてほしいと、総理から注意があった〟と官房長官が否定している。

記者にその件を尋ねられても、水田大臣は何も反応していない。

山本らができるのは、平身低頭に謝りながら、同時に、安全保障の観点から、予備機を沖縄に一時的に移すことに理解を求めることである。

だが、政府との対決姿勢を隠そうともしないスタンスの宮里知事が、その程度のお詫びで、さらなるお願いを受け入れるとは、到底思えなかった。

少なくとも防衛省の幹部が、即刻沖縄県に馳せ参じ、知事ならびに嘉手納町長に詫びを入れなくては収まらないだろうが、大臣はそれを認めないらしい。世も末だ。

車が、那覇市のオフィスビル街に入った。運転手が、「あと五分ほどで到着します」と告げた。

スマートフォンが鳴ったのでディスプレイを見ると、県庁知事公室次長の名が表示されている。

〝県庁の正面は、デモ隊が大勢詰めかけていますので、業者用の地下駐車場入口の方から、お入り下さい〟

それを伝えると、信濃が大きなため息を漏らした。

前方に、一〇〇人近い人が群がっている。拡声器の声とシュプレヒコールが聞こえてきた。

# 11

楢原を乗せた航空自衛隊沖縄基地の公用車は、米軍嘉手納基地の第一ゲートの手前で、突然、群集に取り囲まれた。彼らは、「基地機能強化反対！」「自衛隊は米軍もろとも出ていけ！」と叫びながら、車を揺らしている。

「おい、クラクションを鳴らして進むんだ」

楢原の隣にいた航空自衛隊第九航空団飛行群司令の瀬能恵一《せのうけいいち》一等空佐が命じても、ハンドルを握る曹長はアクセルを躊躇している。

デモの参加者らは憎しみと怒りを露わにして口々に喚いている。

一体、これは誰に対する怒りなのだろう。

我々は、これほどまでに憎まれる存在なのだろうか。

自衛隊が、無条件に国民に愛されているとは思わない。旧日本軍は、沖縄県民を犠牲にして本土を守ったという糾弾に、反論するつもりもない。それでも、国土と国民を守るため、必死でベストを尽くしている。

時に、事故は起きるし、民間人に迷惑をかけることもある。だが、国境付近での隣国からの挑発行為が激増しているのだ。万全のスクランブル態勢を整えるのは、自衛隊の責務じゃないか。

その時、サイレンの音がして、基地内から米軍のMP車輛が出てきた。また、沖縄県警のパトカーも到着した。

双方の係官が、デモ隊と公用車輛の間に割って入り、車に詰め寄る群集を押し戻した。

「よし、進め」

瀬能が叫ぶと、車はゆっくりとゲートに進んだ。


広大な嘉手納基地に入ると、404飛行隊の格納庫《ハンガー》に向かった。

今朝は、F－77の整備補給群の整備隊員にヒアリングする予定だった。

ハンガー前では、飛行隊長の村越二佐以下数人が敬礼して待っていた。

「第九航空団整備補給群修理隊嘉手納分隊長の吉岡稔二《よしおかみのる》等空曹であります。こちらは、タイガー01、02担当整備隊員の仲間妙子《たえこ》空士長であります」

楢原は、既に引退した身だったが、伝説の戦闘機乗りとして空自では今も敬われている。

早速、楢原はF－77の整備現場の見学を希望した。

墜落によって飛行停止になっても、整備は常に怠らない。ハンガーでは、三ヶ所に分かれて、整備が続いていた。

楢原が遠巻きに作業を見守っているのに整備隊員が気づいて、直立して敬礼した。

整備中の一機にカバーで覆われている箇所が何ヶ所かあった。

「あのカバーは何ですか」

「米国の国家機密に属する箇所でして、基地内に常駐しているサンダーボルト社の整備員が見ています」

噂には聞いていたが、いざ目の当たりにすると異様な光景だった。

自分たちの命を預ける戦闘機の整備に、自衛隊員が関与できないなど、本来はあってはならないことだ。

だが、一部の米軍幹部や政治家は、「日本は対諜活動が緩く、大量の機密情報が、中国に盗まれている。今後、日本には、先端のミリテク（軍事技術）を搭載した製品を与えるべきではない」とまで発言しているとも聞く。

「タイガー02の状態を、聞かせてくれないか」

「何の問題もありません。荒井三尉は、アグレッシブな操縦をされますが、過去に、不具合があったことは一度もありません」

吉岡が言うと、エンジン担当の仲間が、エンジンについても問題はなかったと続けた。

「我那覇が、減速時に違和感を感じていたという話について、何か聞いているかね？」

「一月前に、仲間が、我那覇さんから直接相談を受けています。特に、エンジン周りについて、細かく点検してと頼まれました」

「吉岡分隊長にもサポート戴き、かなり時間をかけてチェックしたのですが、問題は発見されませんでした」

楢原は、F－77の後方、エンジン部分に近づいた。F－77は、世界の三大エンジンメーカーの一つである米国マット&フレデリック社製のF－177というアフターバーナー付きターボファンエンジンを搭載している。

最強でも最速でもないのだが、各国の経費削減を受けて、軽量かつ操縦性に富んだエンジンが求められて開発されたもので、現在は、F－77のみに使用されている。

英国の専門誌によると、各種の制御に最新鋭のミリテクが使用されているが、瞬発性や緻密な操縦性については、従来型よりも劣っていると評されていた。

エンジンの性能は、実際に操縦したら細かい感触が分かる。しかし、所詮元パイロットの楢原には、噴出口を見たところで、決定的な何かを発見できるわけではなかった。

「元となったF－144は、世界最速の超音速機のために開発されたエンジンですが、改良型の177はパイロットの技術をAIがカバーするのが特徴です」

「腕に覚えのあるパイロットには、乗りにくいという欠点があると聞いているが」

「それは、我那覇さんも仰っていました。でも、機体の特徴に自分の技術を合わせるのもパイロットの責務だから、自分が努力すればいいとも」

「我那覇らしいな。それで、AIは、どこに搭載されているんだ？」

「コックピットの座席下及び、機体の中央に、複数に分散して装備されています。どれか一つが破壊されても、バックアップによって機能回復できます」

「バーティゴ防止のためのシステムも装備されていたと聞いているが」

「あるようですが……、機能しているのかどうかは、我々では分かりません」

「アメリカさんは、何と言っているんだ？」

「過去に一一回、システムが作動して、バーティゴ状態になったパイロットの指示を無視して、機体を安定させ、無事に着陸したと」

「その記録は、あるんですか」

吉岡と仲間が顔を見合わせた。

「いえ、見たことがありません」

## 12

約束の時刻より一〇分早い午前八時二〇分だったが、島袋は、先に来て待っていた。いつもは時間にルーズな比嘉も、今日は既に到着していた。

「おはようございます。何だか、基地の周りが騒々しいですね」

金城雄一の主治医のクリニックは、事件の現場にも近いおもろまちにあった。

那覇市の高級住宅街で、市街地や基地から離れており、早朝から起きているデモも、まったく別世界の話のようだ。

冨永は、事件当夜、雄一が行った総合病院ではなく、かかりつけ医を探して欲しいと島袋に頼んでいた。

立花《たちばな》クリニックは、県内では珍しい小児科専門の個人診療所だった。富裕層相手のクリニックだけあって、建物にもカネが掛かっている。

診察が始まるまでには、三〇分以上ある。

裏口で来意を告げると、ベテランの看護師が招き入れて、立花医師に引き合わせた。

「確か金城雄一さんについてですね」

「個人カルテを提出して戴けませんか」

「令状はお持ちですか」

「先生、そんな杓子定規なことを仰らず」と比嘉が文句を言ったが、島袋が令状を差し出した。

既に、指示してあったのだ。

内容を確かめると、立花は文書を渡した。

「雄一君は、喘息《ぜんそく》ですか」

「もう少し専門的な言い方をすると、カルテにあるように、軽度の先天性気管狭窄症もあって咳が出やすいのです。事件があった二日前にも、診察しました。でも、気管支炎は、それほど酷くなかったですよ」

雄一は生まれつき気管が細く、カゼなどで体調を崩すと、呼吸困難になるらしい。

「遺伝性の疾患でしょうか」

「一般的には遺伝ではないと言われていますが、一部には親から子に遺伝する可能性があるという説もあります」

冨永は雄一の個人データに目を落としていた。

「雄一君の血液型ですが」

雄一は、ＡＢ型だった。父親の一もＡＢ型なのだが、母親の華がＯ型だった。その場合、雄一の血液型は、通常では、Ａ型かＢ型のどちらかでしかありえない。

「ああ、血液型ね。滅多にないんですが、ごく稀にＡＢ型になることもあります。親のどちらかがいわゆる『稀血《まれけつ》』と呼ばれる血液の性質を持っている場合です」

「雄一君がＡＢ型と分かった時、一さんと華さんのどちらが『稀血』か、調べたのですか」

島袋と比嘉は、冨永の質問の意図が分からないのだろう。怪訝そうに話を聞いている。

「いえ、うちでは調べてないですね。きわめてプライバシーに関わることですし」

「では、気管支以外に、雄一君の遺伝的な器質で、お気づきのことはありませんか」

「特には、ないですね」

立花が何度かちらちらと腕時計を見ている。看護師が、診察時間だと言った。

「最後にもう一つ。雄一君には姉がいますが、彼女たちを診察したことはありますか」

「ええ。かかりつけ医ですよ」

「二人のカルテも戴けませんか。令状はあります」

島袋が封筒を二通差し出した。

## 13

「あなたたちは、沖縄県民を、何だと考えているんだ！」

怒りを隠そうともしない宮里知事の前で、山本と信濃は深く頭を下げるしかできなかった。

「嘉手納の嶺井町長を、カネで釣ろうとしたそうじゃないか」

「いえ、それは、何かの間違いでは」

いきなり、ICレコーダーのスイッチを知事が入れた。

〝予備機の拠点を嘉手納でお願いすることになった場合、我々にどのような対応を望まれますか〟

やられた。あれを録音していたのか。

「知事、よくお聞き下さい。町長を買収するなど、一切申し上げておりません。どのような対応を求められますか、と尋ねているだけですから」

信濃が、堂々と反論した。

「ふざけるな！　実際、既に対策金の準備をしているそうじゃないか」

「とんでもない！　そんな準備は、まったく行っておりません。それよりも、中国からの挑発が増えますと、国家の危機であります。どうか予備機の一時駐機については、ご理解戴きたいのですが」

「つまり、軍備増強という策を引っ込めないということだと受け取るが、それでいいのかね？」

その時、スマートフォンが鳴った。

官房長からだ。

山本は、知事に断って廊下に出た。

〝大臣が、そちらに向かっている。知事に、三時間後のアポイントメントを取りつけてくれ〟

上空を、オスプレイが通過するのが見えた。

## 14

那覇支局にいた神林に、県警担当の駒井明菜《あきな》が声をかけてきた。

県警担当は、めったに支局に上がってこないのに、何か面白いネタでも摑んだのだろうか。

「ちょっと見て下さい。大した話じゃないんですけどね」

彼女のパソコン画面に、新聞の大きな見出しが表示されている。

殺人の現行犯が冤罪？

県警幹部が、検察の対応に苦言

那覇署が逮捕した被疑者について、那覇地検が「より慎重に捜査を行う」として勾留を延長し、別の犯人がいる可能性を示唆したらしい。それに県警が苦言を呈したという内容だ。


「地検に喧嘩を売るとは、沖縄県警は、やけに強気じゃないか」

「でしょ。この話には、ちょっとした経緯《いきさつ》がありまして」

沖縄県警には腐敗体質が蔓延しており、組織ぐるみで暴力団から袖の下を受け取り、押収した覚醒剤や拳銃などを売りさばいているというひどい噂が後を絶たなかったらしい。


噂を聞きつけた那覇地検の前三席検事が追及に動いた。

しかも、その調べが強引で、県警としても見過ごせなくなってきた。そんな最中に、検事に対して脅迫行為があり、挙げ句は放火未遂事件まで発生する。トドメは、検事正の家族が可愛がっていた飼いネコが惨殺され、遂に捜査は中止、検事は異動となった。

今回の夫殺しの事件は、前三席が担当した最後の案件だった。異動前に起訴される予定だったが、検事正が拙速な聴取を認めず、後任に引き継がれた。

「で、その後任の検事が、じっくり聴取して再捜査をしたいと言い出したわけか……」

「もう一点、面倒なのが、殺害された被害者が、地元の名士の長男で、被疑者がその妻だったことです。遺族としては、誰の目にも触れずひっそりと片をつけたかったのに、それが叶わずお怒りだそうです」

「遺族が、警察にクレームをつけるのか」

「そこは、ちゃんと摑めていないんですが。地元の名士には色々特権があると言う人もいるんで」

沖縄に限ったことではない。神林の出身地である長野県だって、色々面倒な有力者がいる。

「これって、『週刊ジャーナル・オンライン』に載ってた事件か」

「そうです」

だったら、七海が憤慨していた事件のことだ。

「新聞は被害者一族に気を遣って、記事にしていないって叩かれてたけど、本当なのか」

「記事にはしていますよ。でも、扱いが小さかったです」

「上級国民への忖度ってやつ？」

「発表の際に、管理官が、被疑者の金城華は、恒常的に夫からＤＶを受けていたと供述していること、さらにはオフレコで精神面の問題を匂わして、配慮してほしいと要請したんです。沖縄でＤＶが原因で殺害って、けっこうレアなケースなんですけどね、大々的には記事にできませんでした」

一般に精神科への通院歴があると、実名報道が難しくなる。

「じゃあ、事件について、独自に調べたりもしていないのか」

「記事が出た後、一課長には確認しました。『捜査にも聴取にも何ら問題はないし、地検もまもなく起訴する』と言われたので、それ以上は追いませんでした」

「ちなみに、事件を引き継いだ検事の名は、分かってるのか」

駒井が、メモ帳を繰っている。

「えっと、冨永真一という検事です」

## 15

Ｆ－77を整備していた第九航空団整備補給群修理隊嘉手納分隊の責任者である吉岡への事情聴取は、空振りに終わった。墜落原因について、思い当たることは、「まったくありません」と、彼は断言した。

気になるＡＩによるコントロールシステムについても、「私たちが扱えるレベルを超えていますので、何とも申し上げようがない」というのは、本当なのだろう。

自分は無駄なことをしているのだろうか。

それればかりか、分隊員らにより大きな心の傷を与えているだけではないか、とさえ思うようになった。

楢原はポットから、コーヒーを注いだ。

止めて七年になるタバコを、無性に吸いたくなった。

それを堪えてコーヒーを一口啜った時、ノックがあった。次は仲間の聴取だ。

「仲間空士長、入ります！」

と言って現れた彼女は、見るからに緊張していた。

「我那覇一尉は、どんなパイロットだった？」

「いかなる場合でも、万全の準備をして、スクランブルに備えるのが信念と仰っていました」

「で、君は、それにどう応えた？」

「一尉が少しでも違和感があったり、気になる箇所があると仰れば、徹底的にチェックして、問題解決に努めました」

メカニックは男の領域だと考えている幹部が多いが、細部にまで気を配り、キメの細かさにこだわる整備士は、女性に多い。彼女もそういう一人だろう。

「我那覇が訴えていた違和感なんだが」

「減速の際に操縦に抵抗を感じるというものでした。しかし、吉岡二等空曹のお力も借りて、徹底的に調べましたが、問題は発見できませんでした」

仲間は言い終わってから、楢原をじっと見た。

「何だ、気になることがあるのか」

楢原はコーヒーを入れて、仲間の前に置いた。

「個人的な意見は口にするなと、言われたのかね？」

仲間が俯いてしまった。図星か。

「その命令は忘れてくれ。私は、誰かの責任を追及しに来たわけではない。ただ、何が起きたのか。そのヒントを捜しているだけだ。

事故調査はサンダーボルト社に一任されるだけに、アメリカ国防総省の意向が色濃く反映される可能性がある。しかし、実際には事故は、この沖縄で起きたんだ。事故機を、毎日、念入りに整備してきた君たちに、助けて欲しいんだ。

機体に問題があったとしたら、それはどこだろうか。どんな些細なことでもいい。教えてくれないか」

「申し訳ありません。本当に分からないんです。いったいなぜ、あんな事故が起きたのか、いくら考えても分からないんです」

悔しそうに吐く言葉に、ウソはないと感じた。

「じゃあ、質問を変えよう。我那覇のF－77に対する印象について、聞いたことはあるか」

「扱いにくいと仰っていました。ＡＩが、操縦の邪魔をすると」

「エースパイロットの間では、ＡＩは評判が悪いと、専門誌にも書かれていた。我那覇もそうだったんだね」

「AIが、パイロットを信用していない、邪魔をする——我那覇さんは、そう仰っていました。また、パイロットには、それぞれの流儀がありますが、それを、認めないと。しかも、AIは、操縦を提案するのではなく、命令してくるとも」

それは、操縦桿を握る者としては辛いな。

「AIを解除して、マニュアル操縦にできないのか」

「システム的には可能ですが、一点だけ問題があります。マニュアルにするためには、パスコードを打ち込まなければならないのですが、それは頻繁に変更されていて、アメリカが管理しているのです。搭乗時でもパスコードは教えてもらえません。必要を感じた時点で、管制塔に申請するんです。管制塔は、空幕に連絡を入れ、空幕がアメリカ国防総省のしかるべき部署に申請して許可を得た場合だけ、伝えられます」

マッハの世界でそんな手続きをしていたら、たちまち、手遅れになってしまうだろう。

「迅速にマニュアルに変更できるようにして欲しいという要望が、現場から上がっていないのかね」

「パイロットらは何度も空幕に改善要求を出していると聞いています」

どれだけ安全性を高めても、事故は起きるものだ。だが、その多くは人為的なミスや、杜撰な体制などが遠因にある。

我那覇の墜落が、それらの犠牲でなかったという保証はない。

人為的な要因が何かある――楢原にはそう思えてならなかった。

## 16

炎天下の中、冨永はスーツをきちんと着て、広大なサトウキビ畑に立っていた。暑い。汗が止まらない。

「検事、だから言わんこっちゃない。明日からは、かりゆしウェアですよ」

畑では一人の老人が作業をしている。かりゆしウェアのボタンを外し、比嘉は、忙しなく扇子で扇いでいる。

老人の名は、松尾賀蔵《まつおかぞう》と言った。沖縄県最大の農業法人の主であり、大物軍用地主でもあった。

金城昇一が頭の上がらない人物――冨永のリクエストを、比嘉は一晩で解決した。その上、翌朝の面談まで取りつけてきたのだ。

松尾の農園は、宜野湾《ぎのわん》市にある。元々は、普天間基地があるあたりに、広大な農園を有していたのだが、そこを米軍に提供したため、こちらに拠点を移したのだ。

比嘉の話では、金城昇一は、一〇代の頃、かなり荒れていたらしい。少年院に入ったこともある。松尾はそんな金城を預かって、養豚場で働かせた。

松尾は金城に根気強く向き合い、人は一人では生きていけないと繰り返し教えたという。

金城が荒れていたのは、軍用地主の父親が金満家なのを妬《ねた》まれ、仲間から虐《いじ》められたからだ。同じ軍用地主の松尾は、「そのカネをどう使うかが、大事だろう。沖縄の役に立つために、使えばいい」と諭《さと》した。実際、松尾は年間約五億円あった地代の全額を、地元の若者のための施設や、養護施設、さらには、低学歴の若者を雇い入れる会社を多数設立するために投じた。しかも、設立後は、経営にも一切タッチしなかったという。

「まあ、神様みたいな奇特な人です。その方には、金城昇一も、さすがに頭が上がらないようです」と訪問前に比嘉が説明した。

朝一一時に訪ねると、応対した家族に「祖父は、畑にいます」と言われた。そして、サトウキビ畑で声をかけたら、「暫く、そこでお待ち下さい」と言われたのだ。

強い陽射しで、首筋、両脇の下から汗が噴き出している。

だが、目の前の既に八〇歳を超えている老人は、力強く作業している。

ちょうど「夏植え」の頃で、松尾は、せっせとサトウキビの苗を植えている。

比嘉の話では、現在、機械による植え付けが当たり前らしいが、松尾は丁寧に手植えしている。

「やあ、暑い中、お待たせしました。こっちへ」

畑の入口に建つ四阿《あずまや》に案内されると、松尾は、二人によく冷えたレモネードを振る舞った。

「金城一さんが、殺害された事件を捜査しています」

「あれは、嫁が現行犯で逮捕されたんじゃないのかね」

松尾は、「うるま」をくわえて火を点けた。

「逮捕されましたが、色々、矛盾があり、捜査を続けております。容疑者の娘たちから話を聞きたいのですが、現在、同居している金城氏が、彼女らへの聴取を拒否されているのです」

「それで、検事さんに協力しろと、私に言わせたいんですか」

上空を、二機の戦闘機が通過した。それなりの高度があったが、それでも凄まじい轟音だ。

「昇一は今や沖縄財界の重鎮だよ。そんな人物に意見できる立場にないよ」

松尾は空を見上げてタバコの煙を吐き出している。

「軍用地主の子だと言われたくなければ、自分一人の力で結果を出せ、と昇一さんに何度も仰ったそうですね。昇一さんはあなたから自己責任の意味を教えられたとも」

比嘉は、雑誌でのインタビューで、昇一が少年時代に松尾から受けた薫陶を語っている記事を見つけてきた。

「そんな偉そうなことを言ったのかなあ」

松尾がようやく冨永の方を向いた。

「今度の事件で、彼は身内の恥を隠蔽しようとしています」

「長男の嫁が、旦那を殺すだけで、充分恥じゃないか。隠すも何も、それはもう誰もが知っていることだ。いったい、何が言いたいんだ」

「この事件をきっかけに、一族の秘密が明らかになるのを隠したいとお考えのようです」

「それは、孫が事件に関わっているという意味かね?」

そうだとは、返せない。

冨永は暫く口をつぐんだ。

「検事は、事件の真相を明らかにし、罪を犯した者に対して適正な刑罰を求めるのが仕事です。しかし、金城一さんの殺害事件は、未だに真相が不明確です。それは金城夫妻の二人の娘の証言が得られていないからで、その点について昇一さんも重々承知だと思われます」

冨永は、昇一が事件の真相をほぼ理解していると考えていた。だから、彼は二人の孫娘を急遽自宅に呼び寄せたのだ。

「昇一が、孫を保護するのは当然だと思うがね」

「真実を隠せば、かえって二人は一生大きな傷を背負うことにもなります」

「あんた、とんでもないことを言っているのは分かっているのか」

冨永は、強い思いを込めて松尾に頷いた。

## 17

「防衛大臣には会いたくない」という知事を必死で説き伏せた信濃と山本は、今度は大臣を迎えるため沖縄基地に向かった。

「それにしても大臣は何のためにいらっしゃるのかね」

信濃はすっかり消耗したように見える。

「松崎《まつざき》さんにも、分からないそうです」

「大臣官房長失格だね」

「信濃さんなら、確認できますか」

言ってすぐ後悔した。これじゃあ、まるで子どもだ。

「無理だね。でも、次官候補の松崎さんには、仕事をしてもらわないと」

言っていることは、間違っていない。

「察するに、人気者の俺様が知事の目を見て謝れば、丸く収まるとお考えなのでは？」

信濃が鼻で笑った。

「山本さん、座布団三枚。だが、そこまでアンポンタンじゃないと思いたいなあ」

「知事と共同会見を開いて、防衛省の暴走を詫びるとか」

「座布団、全部回収。あの方の行動規範に、詫びるという項目はないね」

「じゃあ、信濃師匠の見解をご教示下さい」

「僕ごときに分かるわけないでしょ。でも、のこのこやってくるんだから、せめて、デモやってる連中の熱気ぐらいは体感して戴きたいね」

いや、デモなんか見せたら、大臣は「君らは、それでも日本人か。我が国を誰が守っていると思っているんだ、バカ！」ぐらい言いそうだ。

「信濃さん、間違っても、そんな提案しないで下さい」


大臣が、沖縄空港のターミナルで記者団の囲み取材を受ける――という情報が入ってきたのは、到着予定時刻の五分前だった。

沖縄基地側のエプロンに出て待機していた南西航空方面隊司令官以下の幹部が、慌てて沖縄空港側に移動した。

山本は、広報車両に乗り込み、官房長からの電話をいつでも受けられる態勢を整えた。

それを待っていたかのように大臣官房室員から連絡が入った。

〝広報官が、メディアの集まり具合を気に掛けています〞

バカか、こいつ！　いや、バカは大臣か。

「囲み取材場所の変更に、どれだけ対応できるのかは、不明です。また、空港ターミナル側の準備も難しいかと」

〝滑走路が混んでいるために、一五分待機という指示。これを利用して、万全を期せ、と官房長からの通達です〟

　いい気なもんだ。

　山本は広報担当者である樋上に、この件を伝えた。

〝無茶苦茶ですな。ひとまず、沖縄基地に待機している取材クルーはただちに移動させます。ちなみに、大臣ご搭乗の飛行機は、何番ゲートに到着されるんですか〟

「樋上さん、申し訳ないが、それは管制塔に問い合わせてくれ。混乱を避けるために、大臣にはエプロンで囲み取材を受けてもらいます。それから公用車で県庁に向かわせます」

〝山本部長、やるじゃないですか。それ、グッドアイデアです。取材のことはお任せ下さい〟

　ベテラン樋上の心強い一言で、山本はようやく落ち着いた。

　山本らが、沖縄空港に到着したところで、また、大臣官房室員から連絡が入った。

〝大臣のお言葉です。知事に事前の相談をしなかったことは詫びるが、予備機は、嘉手納基地に配備する方向で、米国との交渉に入っている。

　これは、日米安全保障上の重大な決定であり、沖縄県知事の賢明なる理解を求める。以上〟

　思わず舌打ちしてしまった。

　大臣は、東京と沖縄県内のこの問題に対する温度差をまったく理解できていない。

「僭越ながらご提案です。その程度のご認識で知事に会われるのは、知事のみならず、沖縄県民の怒りの火に油を注ぎかねません。

沖縄にお運び戴く意義について、大臣にご理解願ってはいかがでしょうか。

なお、明日には、事故に巻き込まれたタクシー会社前社長のお別れの会も行われます。

それにも是非、参列したいと発表されたら、防衛大臣としてのご評価が高まると思量致します」

こんな進言をすれば、キャリアを棒に振るかも知れない、という考えが一瞬過《よぎ》った。

樋上から、大臣が乗った自衛隊機の行き先が確定したと連絡があった。

# 第七章　騒乱

## 1

午前九時、冨永は公用車で金城昇一の自宅に向かっていた。

移動中に目を通した沖縄の地元紙二紙には、いずれも墜落事故について派手な見出しが躍っていた。

戦闘機の墜落
パイロットの「操縦ミス」で、政治決着へ

那覇に滞在している水田防衛相が昨日、チャールズ・ロビンソン在沖米四軍調整官《オキナワ・エリア・コーディネーター》（OAC）と会談した。沖縄に駐留する陸海空軍と海兵隊の四軍すべての代表を務めるロビンソンOAC兼海兵隊中将に、水田大臣は一刻も早い事故原因の究明と報告を強く求めた。それに対して、ロビンソン中将は、「ならば、パイロットの操縦ミスにするのが最速の解決法では？」と述べた――。

二紙は防衛省に確認せず、記事を掲載したようで、メディアは大騒ぎになった。常識的に考えて、米軍幹部と大臣の密室の会話が、翌日にメディアに漏洩するのは、不可解だった。早朝、水田大臣が「事実無根の記事だ。告訴も検討する」とSNSに投稿している。そして、事故捜査の責任機関である那覇地検にも、騒動の余波が来た。

公式には、那覇地検は沈黙を守っているが、庁内には、「メディアのみならず、警察、防衛省関係者とも接触しないように」という箝口令が敷かれた。

ロビンソン発言が影響しているのか、あるいは今日、赤嶺芳春の「お別れの会」が行われるからなのか、到る所で自衛隊を批判する幟を振りかざす民衆がいる。比嘉の話では、「お別れの会」会場である奥武山公園では、大がかりなデモ集会が行われるらしい。

「検事、質問してもよろしいで東海林太郎」

渋滞に捕まった途端、比嘉が声をかけてきた。

「金城氏に会って、勝算はおありなんですか」

「そんなものは、ないですよ」

「えっ！　じゃあ、松尾さんはダメだったのですか」

昨日の午後、松尾から連絡があり、「昇一が会って話を聞くそうだ」と言ってきた。

「ただし孫娘に会わせるかどうかは決めてない。とりあえず会う」というのが昇一の返事らしい。

　そこで、金城に面談を申し込んだら、即答で「では、明朝九時に自宅でお待ちしています」と返ってきた。

　今回はさして待たされることもなく、金城と弁護士の上原に会えた。金城は、喪服姿だった。

「これから、赤嶺会長のお別れの会に出かけますので、ご用件は手短にお願いします」

「お孫さんの歩美さんと來未さんからお話を伺いたいと思って、お邪魔しました」

「おたく、うちの孫を犯人扱いしているらしいね」

「事件当日の話が聞きたいだけです。金城さん、あなたが、ご家族思いなのは、重々承知しております。スキャンダルも迷惑なことでしょう。そこで、この問題を、世間の目から封じ込めるご提案をしたいと考えています。ですから二人だけでお話ししたいのですが」

「そんな権利は……」と抗議する上原を、金城が制した。

「どういうことかね」

　金城は、「そんなことをしては、いけません」とアドバイスする上原を、部屋から追い出した。

　冨永は、比嘉も部屋から追い出した。

## 2

赤嶺芳春の「お別れの会」は、当初、予定していた糸満市文化・平和・観光振興センターから、規模の大きい那覇市奥武山の県立武道館に場所を変更した。

県の説明によると、自衛隊基地問題について集会やデモなどの活動が活発になる中で、赤嶺の死を悼む声が全国に広がり、相当数の参列者が見込まれたからだ。県は、コロナ対策を楯に規制をかけようとしたが、ヒートアップするばかりの民衆を制限するのはかえって危険だと判断したようだ。

この対処は、山本ら沖縄防衛局としても朗報だった。式典に参列する水田防衛相の移動などは、糸満市よりも安全確保しやすい。

尤も、今朝の沖縄地元二紙のスクープで、そんな目論見《もくろみ》も吹き飛んだが。


「幸輔、バーティゴって知ってる?」

武道館まであと一〇分ほどのところで、水田に尋ねられた。

「空間識失調のことですね」

嫌な予感がした。

大臣は、この事故を、バーティゴを原因にして、収束させるつもりなんだろうか。

「もし、墜落の原因がバーティゴだったとしたら、どうなんだろう?」

「大臣は、我那覇一尉が、バーティゴに陥ったのが原因で墜落したと仰りたいんですか」

「おいおい、僕は何も言ってないよ。だから、そんな怖い顔で責めないでくれよ」

「失礼しました。墜落事故の調査には、最低でも三ヶ月以上かかります。それまでは発言をお控え戴ければ幸いです」

「分かっているって。何回も同じことを言わないでくれ」

その時、米軍との連絡を担当している総合調整官から、連絡が入った。

「ロビンソン中将が、まもなく日本のメディア向けに、コメントを発表するそうです。『事故がパイロットの操縦ミスだったことにしないか、という発言をした覚えはない。アメリカ軍として、沖縄地元紙二紙に厳重な抗議をしたい』とのことです」

「良かった!」

山本が安堵する横で、水田がスマートフォンを手にした。

「大臣!　ツイートはダメですよ!　こういう時は、手順が重要ですから」

水田のスライドする指が止まった。

3

「ご子息を殺害したのは、金城華さんではありません。來未さんの単独犯、あるいは歩美さんと二人の共犯かも知れません」

二人になるとすぐに、冨永は切り出した。

「マンションのゴミ集積場の監視カメラの録画映像に、事件当日の午後一一時五二分、華さんが映っていました。本人が一一〇番通報する約四〇分前です」

冨永は再捜査で判明した事実を切り出した。

「きっと通報前に捨てなければならないものがあったと思われます。凶器や犯行時の衣類ではないでしょう。それらは、彼女が逮捕時に身につけていますから」

那覇市のゴミ処理場にまで那覇署員を派遣し、華が捨てたものを探させたのだが、発見できなかった。

「また、タクシーのドライブレコーダーに、子どもたちの映像が残っていました。二人とも髪が濡れていて、車内でもタオルで拭いていた様子が記録されています。家を出る前に、娘二人はシャワーを浴びたのでしょう。しかも、髪まで洗っている」

娘二人の髪まで血で汚れていた。おそらくは、衣服も……。だから、華は、二人にシャワーを浴びさせた上で、二人が着ていた衣類を処分してから警察を呼ばなければならなかったのではないか。

「昨日、県警の科捜研に改めて、事件現場、中でも、娘の部屋を徹底的に検証させました。すると、來未さんの机の抽斗の中から、血痕が付着した指輪を発見しました。その抽斗の取っ手の裏側には、指紋が判別できる血の痕も見つかりました。それらの血痕は、全て一さんのもので、血の付いた指紋は來未さんのものと推定されています」

それ以外にも、子ども部屋のゴミ箱の内側や底から微量の血痕が見つかっている。

「來未さんの手に、一さんの血が付着しているのは、父親の死体に触れたからかもしれません。ですから、お嬢さんたちから話を聞きたいのです」

金城はすぐに受け入れられないのか、黙り込んだきり、微動だにしなかった。冨永がじっと待っていると、ようやく、タバコを取り出して火を点けた。

「それで、問題を世間の目から封じ込める提案ってのは、どういうことかね」

「成人である華さんは、刑法で裁かれます。起訴となった場合、起訴状の内容はメディアに公表されますし、次席が記者会見を開くかも知れません。公判が始まれば公開され、法廷での証言はすべて報道される可能性があります。

しかし、これがお孫さんたちの事件だとしたら、少年法と児童福祉法の範疇《はんちゅう》となります」

「つまり、事件の真相を隠せると？」

「一三歳や一二歳の子を、そもそも刑法上の罪には問えません。当然、記者発表もありません」

刑法は四一条で、「一四歳に満たない者の行為は、罰しない」と規定している。このような少年少女を「触法《しょくほう》少年」と呼ぶのだが、歩美や來未は、それに該当する。

金城がうなり声を上げた。

「金城華さんは、処分保留で、起訴しないつもりです。暁光新聞に出た記事の影響もあって、メディアは騒ぐでしょうが、私としては、証拠不十分で押し通します。

そして、少年法や児童福祉法に則《のっと》って児童相談所と連携し、お孫さんを家裁に送るかどうかを慎重に検討します」

酷い交渉だった。だが、閉じた扉をこじあけなければ、真実が潰されてしまう。

「華さんの勾留期限の満期は、明後日です。それまでに、お孫さんから話を聞きたいと考えています。ご協力戴けますか」

金城は暫く黙り込んだまま動かなかった。やがて、短くなったタバコを灰皿に押しつけた。

「くれぐれも配慮して下さい」

金城が頭を垂れた。

「ところで、雄一君は華さんの実のお子さんではありませんね」

4

「お別れの会」後の大臣会見は、冒頭からピリピリした雰囲気に包まれていた。

「ロビンソン中将のコメントが出た今、このような悪質なデマを流した那覇新聞と沖縄ポストの両紙は、紙面で謝罪と検証を行って戴きたい」

両紙の記者は、気色《けしき》ばんで大臣を睨んでいる。水田が続けた。

「F－77の墜落事故は、地元で多くの若者を支援してきた赤嶺芳春さんの尊い命を奪ってしまいました。防衛大臣としてのみならず、一人の人間として、衷心《ちゅうしん》よりお悔やみを申し上げます」

そこで、質疑応答となった。

地元二紙の記者が挙手したが、官房長の松崎は無視して東洋新聞の記者やNHKを指名し、次に暁光新聞が質問に立った。

「F－77には、構造上の欠陥があり、海外でも数機、墜落事故を起こしています。機体自体に問題があるのではという意見もあります。今回も、同様ではないんでしょうか」

山本としては、この問いには答えて欲しくなかった。発言の内容次第では、確実にアメリカから抗議がくる。

「暁光さんは、いつも先走り過ぎだな」

薄い笑いが広がる中、水田自らが、沖縄ポストの記者を指名した。

「沖縄ポストの真栄田《まえだ》と言います。弊社へのお叱りはひとまず受け止めますが、防衛省としては、一刻も早くF－77を現場復帰させたいお考えだと伺っています。そういう意味では、バーティゴや操縦ミスを原因として、事故の決着を図る可能性はあるのでは？」

水田がこれ見よがしにため息をついた。

「はっきり申し上げておく。墜落機に搭乗していた我那覇一尉は、空自切ってのエースパイロットでした。事故を、彼の操縦ミスだとして、早期解決を図るなどという安易な勘繰りは、私が認めない」

## 5

赤嶺の「お別れの会」から戻ったばかりの南西航空方面隊司令官の木下は、銀色桜星の階級章を装着した礼服姿で、楢原を迎えた。

「暑い中、ご苦労様だったね」

「参列者が、一〇〇〇人を超えた上に、武道館の周囲に大勢のデモ隊が詰めかけて、大混乱でした」

首筋の汗を拭いながら、木下は麦茶を飲み干した。

「デモ隊？　何に対する抗議なんだ？」

「とりあえず、米軍は出ていけー、それから、自衛隊の軍備増強反対！　さらには、はいさいオジーを返せーまで、まるでカオスでした。彼らにとっては、全部が許せないんじゃないですかねえ。ところで、東京に戻られるとのことですが」

「もうこれ以上の調査は難しいかと思ってね」

「なるほど。沖縄にいるよりもむしろ、東京にいらっしゃる方が新たな情報も入ってくるでしょうしね」

「アメリカに行こうかと思ってるんだ」

コロナ感染が小康状態となって、日米間の渡航については制限が緩和されていた。行くなら今しかないと考えている。

木下の表情が硬くなった。

「まさか、サンダーボルト社の本社に乗り込むおつもりですか」

「事故の調査について、直接ヒアリングをしたい」

さすがにそれはサンダーボルト社が認めないだろう――木下はそう言いたげだ。

「そんなセンシティブな情報を、彼らが話してくれますかね」

「どうだろう。ダメなら、ペンタゴンやオハイオにも行ってみようかと思う」

オハイオ州にあるライト・パターソン空軍基地には、米空軍資材コマンドという、空軍兵器の研究開発の統括組織がある。

あるいは、航空機の開発・研究・調査を行うカリフォルニア州のエドワーズ空軍基地か。

「楢原さん、僭越ながら、ちょっとやり過ぎではないかと」

「自覚しているよ。けどな、昨日のロビンソン中将の発言は、不用意な冗談ではない気がしているんだ。アメリカは、F－77の性能についての批判に、神経質になっている印象がある。だから、今回の事故をパイロットのミスにしたいというのは、けっこう本気じゃないだろうか」

「だとしても、楢原さん、お一人で何がやれるんですか」

「私は、引退した身だ。一民間人として、独自の調査をするというのであれば、自衛隊には迷惑はかからないだろう」

「そんな理屈は、通用しないと思いますよ。防大で教授をなさってますし」

「東京に戻ったら、辞表を出すよ」

木下が呆気にとられている。

「我那覇のためだけじゃない。命を削ってスクランブル対応する空自パイロット全員のためだ。どんなことがあっても、つまらない政治的決着なんてさせるわけにはいかない」

空にいるのが最高に幸せという、荒井涼子のような後輩たちを守りたかった。

木下が何か言おうとして、飲み込んだ。

かつて、楢原が政治的な問題に巻き込まれて戦闘機に乗る資格を剝奪《はくだつ》されそうになったのを、木下は知っている。

いつまでもそれにこだわって、意地になっているのではないのか。

木下は、そう言いたいのだろう。

あれは、思い出したくもない苦い経験だった。

＊

一九八七年一一月――次期支援戦闘機《FSX》を国産でという夢が潰えてから一ヶ月後、楢原は庄司一平《しょうじいっぺい》の次官就任記念パーティの席で、騒動を起こした。

「次官、一つ質問がございます」

取り巻きの中心にいる庄司の前に進み出た楢原を、彼は笑顔で迎えた。

「おお、楢原君、アメリカではご苦労さんでした。君には今後の航空防衛の要になってもらいたい。期待しているよ」

「そんな重責が、自分に務まるとは思いません。それより、日本が純国産の戦闘機を持つなんて、身の程知らずの極みだ、アメリカの庇護下で最適化を目指すことこそが分相応だと、次官がペンタゴンの高官相手に仰ったと伺いました。事実ですか」

楢原が言うと、取り巻きたちの顔がひきつった。

「そんなことを言ったかなあ。まあ、それは、アメリカさんへのお追従だよ。まあ、私の本音としては、空自の諸君には零戦の復活という夢物語からそろそろ醒めて欲しいものだね」

次の瞬間、楢原は庄司の頬を殴っていた。

「誰も夢物語だなんて思っていない！　アメリカにがんじがらめにされた中古機で、どうやって列強国の戦闘機と闘えと言うんだ！　世界に比肩するだけの技術開発能力があるのに、眠らせておくなんぞ、恥ずかしくないのか！」

すぐに羽交い締めにされて、庄司から引き離されたが、騒動は、表沙汰にはならなかった。未だ楢原は、その理由を知らない。

空幕幹部が守ってくれたという説もあれば、庄司自身が不問に付したという説もある。

楢原は、半年間の地上勤務を命じられた後、現場に復帰した。

だからこそ、なおさら日本の戦闘機開発のために、今回の墜落原因は、徹底究明しなければならない。

日々、スクランブル出動を続けているパイロット、そして、未来のパイロットのために、より安全で、全てを空自が整備改良できる純国産戦闘機の生産を実現させる道を閉ざすわけにはいかない。

それは、我那覇に対する弔《とむら》いでもある。

## 6

冨永検事に、來未の聴取への同席を求められて、マリアは驚いた。

しかも、聴取に先立って、事前説明までするという。何がなんだか分からなかったが、玉城愛海と島袋が同席すると聞いて、承諾した。

メディアの目を警戒して、那覇市泉崎の沖縄ハーバービューホテルの一室に集まることになった。

終戦直後に、アメリカの将校クラブ兼在沖アメリカ人の会員制社交クラブとして使用されたホテルは、大通りからはずれた、閑静な住宅街に建っている。現在も国賓や政府要人の宿泊施設として利用され、老舗らしい風格がある。

社会福祉関係の勉強会や友人の結婚披露宴などで、マリアは何度か訪れたことがあった。

ロビーで愛海と落ち合って、指定された部屋に向かった。

比嘉が出迎えてくれて、ソファに案内されると、アイスティーを用意してくれた。

「那覇地検は、金城華さんの起訴を見送る予定です」

冨永が言うと、愛海は小さく「えっ」と言って、アイスティーに伸ばしかけた手を止めた。まったく想定していなかったようだ。

「つまり、処分保留ですか？　もしかして、精神鑑定の必要があるということですか」

「今のところ、華さんの精神鑑定は予定してません。犯人は別人であると推測されるからです」

まさか、來未の言う通り、二人組のヤクザが実在したのか。

「ここでお話しすることは、他言無用でお願い致します」

いつも調子の良い比嘉が、珍しく真面目な態度で言った。

内密の話を、容疑者の弁護を務める愛海にも聞かせるのか。

「他言無用にするかどうかは、お話次第です」

「いやあ、ごもっとモト冬樹」

駄洒落が出ても、誰も反応しなかった。それどころか、一層、重苦しい沈黙が広がった。

「玉城先生、それで、結構です。最後までお話を聞いて下されば、ご理解戴けると思います。私は、金城一さんを殺害したのは、來未さん、あるいは歩美さんと來未さんによる共同正犯の可能性が高いと考えています」

冨永がとんでもないことを、さらりと口にした。怒ってもいいはずなのに、マリアは腑に落ちてしまった。華の頑なな態度や、子どもたちへの事情聴取に大反対するのも、それが事実だとすれば、納得できるからだ。

だが、弁護士としては黙っていられないらしく、愛海は「確固たる証拠があるんでしょうね」と詰め寄った。

「華さんの供述には、矛盾や説明がつかない点が多数ありました」

一つ一つ、冨永は「金城華が、殺人犯ではない」理由を列挙した。

「これらの状況証拠だけでも、検察として、合理的な疑いを差し挟む余地のない程度の立証は難しい。処分保留には、充分だと考えています」

分かりやすく言えば、華は無罪ということか。

「被疑者の弁護人が言うのも変ですけど、華さんは、自分で夫を殺したと自白して、現行犯逮捕されてるんですよ。なのに、処分保留って」

「華さんは、お嬢さんを庇うために、ご自身が罪を被った。本当は、ご本人にそう語って欲しいのですが、それは、難しいでしょう。しかし、彼女の供述がなくても、彼女が真犯人ではない証明は可能です」

「あの、二人が、一さんを殺害した証拠は、あるんですか」

マリアが、遠慮がちに口を開いた。

冨永は、それについても説明した。子ども部屋に一の血痕が付着し、血痕には來未のものと思われる指紋が見つかったこと――。

「また傷口の鑑定により、犯人は右手から左手に凶器を持ちかえて、一さんを刺していることも判明しました。つまり、利き手が右の人物と左の人物の二人がいて、それぞれが一さんを刺したと考えられるのです。確か、來未さんは、左利きでは？」

その通りだ。字は右で書くが、箸を持つのもボールを投げるのも、來未は左手だった。

さらに凶器の包丁を調べたところ、包丁の柄から、華のものではない指紋が検出されたという。

「來未ちゃんは、二人組の男が、一さんを殺したと、検事さんに証言したいと言っていますが」

「犯行現場のマンションの全ての出入口に監視カメラがありますが、事件発生時に、そのような人物が出入りした記録はありませんでした」

その通りだろうな。母を救いたい一心で、來未なりに必死で考えたんだろう。

「検事さん、いくらなんでも、一三歳と一二歳の少女が、大の男を何度も刺して殺したなんて、そんなことがあり得るんですか」

「それについて重要な証拠があります。新垣さんが撮影して下さった、歩美さんと來未さんの傷跡です」

島袋から、二人の写真を撮って欲しいと頼まれた時、今さらどういうことだろうとマリアは不思議だった。あれが、二人の犯行を裏付ける証拠だというのか。

「二人の全身には、多数の傷や打ち身の痕がありました。一さんから暴力を受けていた跡とも考えられますが、私は一さんを殺害する時に抵抗されて付いたのではないかと考えています。そこで本日、地裁に令状請求をして、お二人の傷を医師に診察してもらいます」

冨永は、マリアの方を見てさらに続けた。

「姉妹の関与が明らかになれば、家裁に送ることになるかもしれません。児相のサポートも必要でしょう。何より、姉妹のケアにはみなさんのご協力が必須だと思っています」

「明日、來未ちゃんに何を聴取するおつもりですか」

「來未さんの方が、私に話があると仰ってます。まずお話を聞いて、本当は何があったのか、彼女に尋ねてみたいとも思っています。少年法や児童福祉法も考慮して、玉城先生だけでなく、新垣さんや、島袋さんにも同席を願うわけです」

「検事さんの心づもりは分かりました。だけど彼女たちの動機は何ですか⁉　何を以って検事さんはそのように判断したんです⁉　それを伺わなければ、私はとうてい承服できない。一さんは、來未ちゃんの義父ですが、歩美ちゃんにとっては、実の父親ですよ！」

　愛海は粘り強い。

「島袋さんが、三人のお子さんの主治医から、カルテのコピーを入手して下さいました。差し上げることはできませんが、ご覧になって下さい」

　二人で、額を突き合わせるようにしてコピーを読んだ。

「玉城先生、雄一君は、ＡＢ型です。一さんもＡＢ型ですが、華さんは、Ｏ型です」

「確か、両親のどちらかが『稀血』という変わった血液の性質で、それで雄一君は本来ありえないＡＢ型になったと華ちゃんから聞いた覚えがありますが……」

　マリアは体のどこかがざわざわするのを感じながら、反論を試みた。

「主治医の先生も同じことを仰っていました。それが金城家の公式見解なのでしょうが、歩美さんの血液型は、Ａ型なんです」

「ちょっと、あなた、何を言い出すの！」

「今朝、祖父である金城昇一氏が、雄一君は、一さんと歩美さんのあいだにできた子どもであると認めました。この事実が、動機に繋がるのではないかと考えています」

# 7

ゆいレールの首里駅前にあるマンションの近くに車を停めて、神林は張り込んでいた。午前零時を過ぎ、もう諦めて帰ろうかと思った時、タクシーが止まり、目当ての人物が降りてきた。

神林は、急いで車から降りた。

「夜分に失礼します、冨永さん」

「まだ、沖縄にいらしたんですか」

冨永が動揺している。夜回りをまったく想定していなかったようだ。

神林は、鉄面皮を驚かせたのが嬉しくて、肩でも叩きそうになった。

「人使いの荒い上司が、墜落事故の決着がつくまで帰ってくるなと言いましてね」

「自衛隊機墜落の件については、何も話せませんよ」

すっかり態勢を立て直した冨永が、冷たい目で、こちらを見ている。

「二時間以上待ったんです。ビールでも、ご馳走して下さいよ」

「じゃあ、どうぞ」

驚いた。初めて接触した時の冨永は、取りつく島どころか島影すら見えなかったのに。

二つ返事で、ビールをご馳走してくれるとは。

三階の部屋に神林を案内すると、冨永は、部屋じゅうの窓を開けて風を通してから、エアコンをつけた。ホテル住まいだと気にならないが、沖縄の暑さと湿度は、やはり強烈だな。

冨永が缶ビールをキッチンから持ってきた。

「いただきます！」

神林はさっそく喉を鳴らして飲んだ。

それにしても、単身赴任の暮らしというのは殺風景なものだな。冨永には家族がいるはずだが、家族の写真も見当たらない。

「それで、御用は何でしょう？」

「金城一さん殺害事件について、伺いたいことがありまして」

「確か、あなたは、自衛隊機墜落の取材のために、ここにいるのでは？」

「そうなんですけど、知り合いに金城さんと親しかった者がいましてね。その人が、華さんが犯人だなんてあり得ないって言うんですよ。で、ちょっと調べてみたら、冨永さんが担当されて、再捜査しているとか。それで、ちょっと気になりましてね」

実のところ、空自機墜落で色々動きがあったので、この事件については、すっかり忘れていた。それが、今夜、「華ちゃんの事件について、何か分かった？」と七海が聞いてきたので夜回りをしてみる気になったのだ。

「じゃあ、県警と地検が、揉めているという記事は、あなたが書いたんですね」

「いや、あれは、支局の県警担当です。でも、あの記事で、ますますお話を伺いたくなりました。被疑者は、自分で『夫を殺した』と一一〇番通報したんでしょ。なのに、勾留延長をして、再捜査をされてるじゃないですか。ウチの県警担当は優秀でね。那覇署の刑事課から裏を取って、冨永さんの強い意向で、起訴が見送られているというネタを取ってきました。何が引っかかったんですか」

冨永が、残りのビールを飲み干して、空いた缶を握りつぶした。

冨永がペラペラ喋ってくれるとは思わないが、追い出されるまでは粘るつもりだ。

「さあ、もう喉の渇きもおさまったでしょう。どうぞお引き取り下さい」

「すみません、まだ、ビール、残っているんで」

神林は、嫌みなぐらいゆっくりと飲んでみせた。

「神林さん、お引き取り下さい」

来た来た、これがこいつのキャラだったな。神林は腰を上げた。

この男が明日、次席検事に「暁光新聞の記者に夜回りされた」と告げ口をしたら、那覇支局の検察担当記者が、出入り禁止になる。

「夜分に図々しく失礼しました。ビールも、美味《おい》しかったです」

挨拶したが無視された。

「墜落した自衛隊機についてですが、弊社の取材では、サンダーボルト社もペンタゴンも、本気で事故原因を調査する気はないそうですよ」

玄関で靴を履くついでにネタを投げてみたが、冨永は顔すら覗かせない。

本日の営業は、終了か……。

「もう一つ、ビールをご馳走になったお礼にお伝えしておきます。今回、防衛省では防大の教授で、伝説のエースパイロットと呼ばれた人物を特別に招聘して、事故原因の独自調査をしているようです。ご存じですか」

冨永が立ち上がって、リビングから、こちらを見ている。ようやく反応した。

「その方の名前は分かりますか」

「楢原隼人という人です」

リアクションを期待して、神林は暫く玄関で立ったままだった。

「金城一殺人事件で、我々が被疑者を慎重に調べているのは、県警に対する嫌がらせでも、何でもありません。それどころか、いずれ、県警は我々に感謝するでしょう。おやすみなさい」

## 8

金城華の勾留期限満期の前日、冨永は金城歩美、來未姉妹と面談した。行ったのは宮《みや》城《ぎ》島《じま》にある金城家の別荘だった。

宮城島は、沖縄本島中部の東海岸から太平洋に迫り出して伸びる勝連《かつれん》半島沖にある。

本島からは、宮城島の手前に位置する平安座島《へんざじま》が「海中道路」という堤防道路で半島の突端と繋がっており、平安座島から桃原橋《とうばるばし》を渡れば宮城島に行ける。

二階の広い板間に、新垣マリア、玉城愛海、島袋一葉が同席していた。

まず、冨永に「話したいことがある」という來未が部屋に入ってきた。白のブラウスに、濃紺のスカート姿の來未は、大勢が集まったことが嬉しいようだ。

「うわ〜、なんか緊張する！」

はしゃぐ來未を見ながら、冨永は聴取を開始した。

「私に、話したいことがあるんだってね」

「ずっと怖くて黙ってたんですけど、一君を殺したのは、ママじゃありません」

あっけらかんとした來未の声が、部屋に響く。

「つまり、犯人が別にいるということですか」

「うん、こんな感じの二人組です」

來未は手にしていたスケッチ・ブックを開いて見せた。そこには、黒のサングラスをかけた長身瘦軀と小太りの男が白のワイシャツ、黒のスーツのペアルックで並んでいる。

まるでブルース・ブラザーズだ。

「二人が、お義父さんを殺そうとしているのを見たの？」

「まさか。だって、一君が絶対部屋から出るなって言ったから。そのうちに、リビングで、暴れる音や悲鳴が聞こえてきました。怖かったんで、私とアユは、部屋の押し入れに隠れてたの。

とっても怖かったけど、しばらくしたら、二人組が出て行ったの。それでリビングを覗いたら、一君が死んでた。その時、ママが帰ってきたの」

すると、華は夫の血を自身の両手に塗りつけて、一一〇番通報したことになる。

「だけど、君のお母さんは、自分が犯人だって言ってるよ。ママはウソをついてるの？」

「うん。私たちを助けるために。犯人は『俺たちのことを、警察に言ったら、皆殺しだ』って脅したの。それをママに話したから」

「さっき、二人組が家を出て行くまで、怖くて自分たちの部屋の押し入れに隠れていたって言ったよね」

「出ていったと思って押し入れから出たら、あいつら、まだいたの。その時に言われたの」

來未の指が苛立つようにテーブルを叩いている。

「ちょっと、休憩しようか」

「疲れてないよ」

冨永は、マリアが用意したレモネードを來未に勧め、自身も一口飲んだ。

來未は左手でグラスを引き寄せて、勢いよく飲んでいる。

冨永は立ち上がると、窓際に進んだ。

「ここは、気持ちの良い場所だね」

「下のビーチで泳ぐと、チョー気持ちいいよ。マリア先生、今日は、水着持ってきた？」

來未が振り返って、マリアに尋ねている。

「今日も、忘れた。來未ちゃんは、よく日に焼けたね」

「お肌に良くないんだけどね。でも、気持ちいいし」

來未が、冨永の横に並んで立った。

「海がキラキラしているのが素敵でしょ。検事さん、水着は？」

「残念ながら、持ってくるのを忘れました」

「じゃあ、また、今度ね」

「來未ちゃんは、一さんのことを、どんな風に思ってたんですか」

「かっこいいイケメンだと思ってたけど、酔っ払うとサイテー、キモイ」

「どうして？」

「だって、暴力振るうし、偉そうだしさあ」

唇を歪めて発する言葉には、もっと強い感情が籠もっている気がした。

「実は、私も、お母さんは無実だと思っているんだ」

「本当？　やっぱ、検事さん、賢いね」

少女はまばゆいばかりの笑顔で、こちらを見ている。

昨日、姉妹を診察した結果は冨永の考えを裏付けるものだった。

「確かにお母さんは、誰かを庇っています。でも、それは、犯人ではなく、もっと大切な人だと思うな」

「それって、私の話を、全然信じてないってこと?」

冨永は、來未の細い両肩に手を掛けて、自分の方を向かせた。彼女は視線を合わせようとしない。

那覇地検は、翌日、金城華を「処分保留」で釈放した。

# 第八章　闇の中

## 1

金城華に対する処分保留が決まった後、冨永は華を地検に呼び出した。

華は、歩美が雄一を出産した後、雄一を我が子として届け出ている。理解しがたいのは、実の娘を妊娠させた一と離婚することも別居することもなく、変わらず家族五人で生活を続けたことだ。

その異常性をどう理解すればいいのだろうか。

昇一の話では、最初に歩美の妊娠に気づいたのは、昇一の妻、明季《あき》だという。明季が歩美を連れて産婦人科に行くと、既に妊娠五ヶ月で、中絶も無理という状態だった。

明季は歩美に事情を聞いたが、歩美は一切答えようとしなかったという。その時、來未が「一君に犯《や》られたんだよ」と、一部始終を告げたのだ。

一が事実を認めた時、昇一は即座に華と娘たちを宮城島の別荘に移した。そして、一には、金輪際《こんりんざい》、娘らに近づくなと厳命する。

——生まれた子は、養子に出すつもりだったんだ。だが、男だった。よそに出すのが惜しくなった。うちには跡取りが要るからな。それで、一と華の子として出生届を出させたんだ。

それで一件落着かと思った矢先に、華は子どもたちを連れて宮城島を出てしまう。昇一らが探し出した時には再び一と暮らしていた。一家はおもろまちのマンションに帰って行った。

一は、雄一が生まれて以降、華とも歩美とも関係していないと言ったそうだが、それが本当でも、このような五人の同居生活は、異常だった。それが華の強い希望と知って、昇一らはその気味悪さから、面倒を見ることを放棄した。金城家としては雄一と一が元気なら問題なかったのだ。

もし、歩美が出産した時に一と離れていたら、事件は起きなかったのではないだろうか。冨永には、そう思えてならなかった。

華はなぜ、また一と暮らしたいと考えたのか。

誰が聞いても異様としか思えぬ話だが、金城家にとっては最善の着地点だったのだろうか。

彼らは身内の恥を晒すことを拒み、沈黙した。

それと引き替えに一三歳と一二歳の少女が背負ったものは余りにも無残である。

ノックと共に比嘉と華が入室してきた。

冨永は、取り調べ用の椅子ではなく、来客用のソファに華を誘《いざな》った。

白のポロシャツに黒いジーンズ姿の華は、最初に会った時よりさらに瘦せて見えた。

比嘉は、得意の駄洒落も言わず、二人にお茶を出すと、部屋を出て行った。

「体調は、いかがですか」

話しかけても、華は俯いたきり黙っている。

「もうすぐ、玉城先生と新垣先生が、お迎えにいらっしゃいます。それまでの間、お話を聞かせてもらってもいいですか」

無反応が続く。まるで石像のように、華は、静止している。

「捜査の結果、あなたが、ご主人を殺害したと裏付ける証拠がなく、処分保留で釈放となります」

呼吸すらしていないのではないかと思うほど、華は全身で沈黙している。

「私は、歩美さんと來未さんが共謀して、ご主人を殺害したと考えています」

「違います」

かろうじて聞こえるようなかすれ声が華の口から漏れた。

「お嬢さんを庇いたいのは、分かります。しかし、彼女たちに何が起き、何をしたのかをきちんと確定しないと、適切なケアができなくなり、二人のこれからの人生に大きな問題が残ります」

「私が犯人なんです」

——華でいいだろう。本人が自白しているんだぞ。

昇一もそう言っていた。

「雄一君が生まれた時、なぜ、一さんと別れなかったんですか。お嬢さんたちの罪を被る覚悟があったのであれば、もっと早くに一さんと離婚し、彼を歩美さんに、近づかせないようにできたはずでしょう。お嬢さんたちの罪を被って殺人犯になるより、一さんから離れる方が、ずっと簡単だったのに、なぜ」

華の黙《だんま》りは続く。

「新垣さんから聞いたのですが、あなたには、家族を大切にしたいという気持ちが強かったそうですね。だから、一さんから離れなかったんですか」

「私の家族だから」

か細い声がこぼれた。

「歩美さんは嫌がらなかったんですか」

「アユは私の娘だから大丈夫。みんなで一緒に暮らすのが、いいと思ったんです」

「全員が賛成だったと？」

「はい。私が一君にお願いしたんです。アユもクミもユウも、みんなで一緒に暮らそうよって。みんなの願いだよって」

「歩美さんに乱暴した夫を、あなたは許したんですか」

華が首を振った。

「一君は酔うと、わかんなくなるだけ。だけど、ユウが産まれて金城のオジーも喜んでくれた。それに、一君はもうアユとはヤってないです」

先日、宮城島の別荘で、短時間だったが歩美からも話を聞いた。二〇分ぐらいの間、彼女はほとんど口を開かなかった。事件については、「完黙」した。

「アユは産まれた時から、少しおバカなの。マリア先生も心配していた。だから、私と一緒にいるのが、安心なの。家族は一緒が一番幸せ」

だが、その家族は崩壊してしまった。

「今日は、釈放してくれて、ありがとうございました。これから、またみんなで、頑張ります」

今度は、冨永の方が絶句してしまった。

その時、テーブルに置いたスマートフォンが振動した。比嘉からだ。

〝お二人がお見えになりました〟

「周囲に、メディアの姿は?」

〝ありませんだみつお〟

つまらない駄洒落が腹立たしく、黙って電話を切った。

## 2

楯原は、防衛省の審議官室で、有田と二人きりで向き合っていた。

既に有田との面談は、一時間以上続いているが、費やした時間に見合うほどの成果はなかった。

有田によると、F－77の製造メーカーであるサンダーボルト社は、「機体の損傷が激しく、通常以上に調査に時間を要する」という以外、日本側に情報を一切発信していない。

有田は米国防総省《ペンタゴン》を通じて事情を探っているらしいが、目新しいものはなかった。

それどころか、ペンタゴンは、昨年、米空軍屈指のエースパイロットが、F－77で墜落事故を起こした時の報告書を寄越し、「厳正な調査の結果、墜落原因は空間識失調《バーティゴ》だった」とわざわざ伝えてくる始末だ。

それは、事故原因などにこだわるよりも、喫緊の対中防衛に備えようという示唆に他ならなかった。

「大臣と知事が会談して政治決着したはずだったんですが、沖縄のムードは、むしろ悪化しています」

有田は、渋い顔で冷めたコーヒーを飲んだ。事故を機に始まったデモは市ヶ谷にも飛び火していた。

彼らは「どさくさに紛れた沖縄基地機能増強反対！」のみならず、「防衛大臣辞めろ！」というスローガンまで掲げている。

「官邸あたりから、早急に事態収拾を図れという指示が飛ぶかも知れないと？」

「今のところは、ウチの大臣が頑張ってくれていますが、いつまで持つか」

日本の安全保障を担うのが防衛省であるのは、間違いない。だが、重大な防衛問題や日米安全保障条約が絡むと、いきなり官邸がしゃしゃり出てくる。

「総理の意向」となれば、防衛大臣の「頑張り」など、ひとたまりもない。

「パイロットの操縦ミス、あるいは、バーティゴということで、決着を図るという意味ですね」

「操縦ミスでは、制服組が黙っていないでしょうから、バーティゴでしょうね」

「あと、どれぐらい猶予がありそうですか」

「一週間か、一〇日ぐらいではないでしょうか。二週間後に、アメリカから国防長官が来日します。その時までには、解決済みとしたいらしいです」

「実は、サンダーボルト社の知人や、かつてのパイロット仲間に会いに、アメリカに行ってみようかと考えているのですが」

つい言ってみたものの、楢原自身もまだ迷っている。

「それは、思い切ったご決断ですが、勝算はおありですか」

事故調の責任者である有田としては、嬉しくない。顔にそう書いてある。

「勝算なんてありません。当たって砕けろの精神だけです。しかし、何かしらの感触は摑めるかも知れません」

「なるほど。ちなみにサンダーボルト社のお知り合いというのは、どういう方ですか」

「厳密に言えば、空軍を退役して、同社のテストパイロットになった男です。それと、もう一人、ペンタゴンに伝手を持つ空軍の元エースパイロットにも会ってみようかと」

サンダーボルト社は、ロサンゼルス郊外にある。一方の元空軍のエースパイロット、トーマス・マーチンは、フロリダ在住だ。

なかなかハードな旅になりそうだ。

「立場上、楢原さんの行動を認めるわけにはいきません」

「ですから、今の話は聞かなかったことにして下さい。私の渡米は旧友に会いに行くためです。事故調とは無関係です」

楢原は、起立して深く頭を下げた。

3

「よお、今回はお手柄だったね」

検事正室を訪ねると、いきなり高遠に褒められた。華の件で、叱責されるために呼び出されたと覚悟していたのに。

「さっき、県警本部長から電話があってね、もう少しで、大不祥事をしでかすところだったのを救ってもらった、と喜んでらしたよ」

それで高遠はご機嫌なのか。

「恐縮です。しかし、金城家としては、華の犯行で収めた方が、よかったようです。実際、金城昇一氏からは、大人の解決をするよう示唆されました」

「そんなものを気にする必要はない。我々は、法の執行者として当然のことをしたんだ。次席、沖縄財界からクレームでもきているのかね？」

「いえ、私の知る限りございません。私も、検事正とまったく同意見でございます。冨永君は、着任早々、良い仕事をしてくれました」

処世術に長《た》けている田辺の模範解答にも、冨永は礼をした。

「一言、お礼を言っておきたくてね。どうだね、今晩あたり、一献？」

「ありがとうございます。喜んで」

「よし、決まった！　次席も行こうじゃないか。コロナでずっと我慢してたからな」

「私は、本日所用がございますので、ご遠慮致します。お二人でじっくり飲み明かして下さい」

ありがたい。今回の決着に納得していないらしい田辺と呑んでも、酒は旨くない。

「それで冨永君、一仕事やり終えた後なのに申し訳ないんですが、もう一つ用件があります。例の自衛隊機墜落の件で、先日、私が福岡高検に呼ばれたのは知ってるね、今朝一番で、東京からも、催促がきた」

つまり、最高検か。

「催促されましても、この件は、防衛省の事故調が調査を終えない限り動けませんので」

「検察独自でやれないのか、というのが官房長のお考えだ」

なるほど、法務省が業を煮やしているわけか……。

「ならば今回の事故調に参加している、元空自の名パイロットに会ってみようと思います。その人物は、沖縄基地に赴き、関係者へのヒアリングも行ったそうなので何か分かるかも知れません」

「金城事件で手一杯だと思っていたのに、やるねえ、冨永君」

宴席の手配を終えた高遠が、感心している。

「空自ＯＢへ接触すると、防衛省からクレームが来るかも知れません。そこは収めて戴けると考えてよろしいでしょうか」

「防衛省は刺激したくないですが、何か言ってきたら、官房長に話を回します」

「助かります。ところでメディアの知人によると、実際の事故調査は、アメリカのサンダーボルト社が行っており、同社もペンタゴンも、迅速な回答を出すことを渋っているらしいです。だとすると、いくら防衛省サイドを探っても、限界があります」

「メディアにご友人なんて、いらっしゃるんですか」

田辺が嫌みたらしく絡んできた。

「友人ではありません、ある事件で知り合った知人です。向こうが一方的にそのような情報を寄せてきました」

「どちらの記者ですか」

地検のメディア対応は、次席が一手に引き受けている。現場の検事にメディアが接触した場合、次席に申告するように命じられている。それを怠ったと、次席は暗に臭わせている。

「申し上げられません」

「冨永さん、現場の検事が、メディアと接触することが厳禁なのは、ご承知でしょう」

「ですから、会っておりません。先方が一方的にメールを送ってきただけです」

「次席、あまり固いことは言うな。そもそもメディアと我々は時に連携すべきなんだ。杓子定規の対応からは、何も生まれないよ。それより、冨永君が指摘したことの方が問題だろう」

田辺は、反論を飲み込むように小さく頷いた。

「では、結局、打つ手はないと?」

「実は、もう一つ方法があります」

検事正と次席がほぼ同時に「なんだね?」と尋ねた。

「F－77は現在、アメリカで製造された完成品を輸入しています。しかし、当初は、日本の大亜重工がライセンス生産していました。現場で組み立て作業をしていた技術者に話を聞けば、ヒントが得られるかも知れません」

4

横浜は雨だった。傘のない楢原は、最寄りの駅に降りるとキャップを被り、自宅に急いだ。かつて団司令を務めた隊の刺繍が入ったお気に入りのキャップを濡らしたくなかったが、仕方ない。

戻ると、客が待っていた。記者だという。

「一時間も雨の中で、待ってらしたので、さすがに可哀そうになって」

妻の直子《なおこ》はそう言いながら、預かっていた名刺を渡した。

暁光新聞クロスボーダー部記者
神林裕太
とある。

名前はどこかで見た覚えがあった。

楢原は、手と顔を洗い、うがいを済ませて、応接間に向かった。

「以前、お会いしたことがありますか」

「いえ、初対面です」

「なのに、アポなしで、いらしたわけですか」

「大変、失礼だとは思ったのですが、どうしてもお会いしたかったので、いきなり押しかけました」

直子が、冷たい麦茶を運んできてくれた。神林は「どうぞ、おかまいなく」と言いながら、嬉しそうにグラスを受け取った。悪い奴ではなさそうだが、記者にいい奴はいない、という先入観がある。

「で、ご用件とは？」

「偶然ですが、私はF－77が墜落した夜、現場のすぐ近くにおりました」

そう言われて、ようやく思い出した。神林という名を、暁光新聞の紙面で見たのだ。

「あの生々しい写真と記事を載せた記者ですか」

「はい。夏季休暇で沖縄にいた最中に事故が起きたものですから。休暇はただちに返上で、弊社の墜落事故担当となってしまいました。そして、今朝まで、沖縄におりました」

「それは、ご苦労様です」

「弊社では、ペンタゴンやサンダーボルト社へも取材をしておりますが、事故の調査は、遅々として進んでいないようです。この調子で、日本が痺れを切らすのを待っているようにも思えます。そこで、事故調に参加されている楢原さんに、事故の原因についてご意見を伺えればと思いまして」

「私が、事故調メンバーになっているのをご存じなら、話は早い。何も申し上げることはありません」

「ですよね。もちろん、匿名でけっこうです。楢原さんは、事故当日、我那覇一尉と編隊を組んでいた荒井三尉をはじめ、関係者に事情聴取をされたそうですね。それで見えてきたことがあるかと思うのですが」

「記者さん、たとえ匿名でも、何も話せませんよ。お引き取り戴けますか」

「墜落直後、駐留米軍の情報将校が現場に姿を見せ、凄い剣幕で、地元の警察を排除しようとしましたよね。私、それも上手い具合いに目撃しておりまして。そのうえ、後日、偶然訪れた米軍基地で、その将校に会いました。

せっかくの機会だし、彼に、F－77には構造上の問題があって、それを隠したかったので、警察の捜査を妨害しようとしたのでは、と尋ねますと」

神林はいきなり英語に切り替えた。

〝If you write a fuckin' article on such an imagination, you will have a hard time. This is also a serious issue that conflicts with the Japan-US Security Treaty.（そんな邪推を記事にしたら、君らは大変な目に遭うぞ。これは、日米安全保障条約に抵触する重大な問題にもなる）〟

「――と、ものすごい剣幕でした。なので、答えは、ＹＥＳだと解釈しました。楢原さんも、同じ感触をお持ちではないんですか」

その情報将校――マッキンタイア大佐については、有田からも聞いている。だが、防衛省の誰も、マッキンタイア大佐とは直接話をしていない。それだけに、神林の話は、衝撃的だった。

楢原は、麦茶を飲み、小さくため息をついた。

「あなたがお書きになった記事は、興味深く拝読しています。素晴らしい取材力だとも思います。しかし、私には何の感触もありませんな」

「我那覇一尉は、空自切ってのエースパイロットだったんですよね。そんな方の死をうやむやにしないために、事故について、多くの日本人に関心を持って欲しいと思いませんか」

そんな事は言われなくても分かっている。

楢原は無性に腹が立ってきた。

「神林さん、どうぞ、お引き取り下さい。私は疲れてるんです」

相手の返事を待たずに、楢原は立ち上がり、応接間を出て行った。

やはり、アメリカに行こう。

## 5

どうしても同行したいと訴える比嘉を連れて、冨永は名古屋に向かった。経費の都合上、二人で行くならＬＣＣかと考えていたところ、比嘉は福岡空港経由のＡＮＡ便を格安で手に入れてきた。

「検事、入手経路はお尋ねにならないで下さい。けっして怪しいことはしておりませんので」と言って比嘉はへらへらと笑った。それだけで充分怪しかったが、冨永は疑惑を飲み込んだ。

冨永が訪ねたのは、岐阜県各務原《かかみがはら》市にある大亜重工業航空事業本部各務原研究所だ。同研究所の広報に、Ｆ－77のライセンス生産の技術責任者に会いたいと申し込んだら、大亜重工東京本社の広報室から、可能な限り協力したいという返事があり、出張が決まったのだ。

旅の間中、比嘉のおしゃべりに付き合わされるのかとうんざりしていたが、離陸直後から着陸直前まで爆睡してくれた。お陰で冨永は、Ｆ－77に関する資料に集中できた。

空港に到着すると、旅行が大好きという比嘉の才能が発揮された。

七時間もかかる上に、乗り換えの多い列車移動を比嘉がずっと先導してくれた。大亜重工の広報が待つ三柿野《みかきの》駅に到着した時には比嘉は大げさに額の汗を拭った。

「いやあ、遠かったですな。すっかり疲れちゃいましたよ」

改札の前では四人の男たちが待っていた。

「長旅お疲れさまでございます。大亜重工広報室長の辻《つじ》でございます」

互いに名刺の交換をして、駅前に横付けされていた黒の高級車に乗り込んだ。

大亜重工の航空事業本部各務原研究所は、航空自衛隊岐阜基地に隣接して建つ。空自の技術開発の拠点だからだ。岐阜基地を中心に、周辺には松平重工など日本の防衛産業の事業本部や工場もある。

移動中に、各務原研究所の前澤《まえざわ》所長から、岐阜基地の概要の説明を受けた。それを聞いた比嘉が、「確か、ここで『風神《ふうじん》』の開発が行われているんですよね」と嬉しそうに言った。

「よくご存じですね。『風神』というのは、愛称でして、先進技術実証機X－2というのが、正式名称です。仰るとおり、弊社が防衛装備庁と主契約を結び、開発実験を行って参りました」

「平成の零戦と呼ばれた戦後初の主力戦闘機なんですよ」

すっかり興奮している比嘉が、尋ねもしないことを解説した。

「実際には、そのまま次期戦闘機になるわけではなく、X－2は、あくまでも実験機ですけれどね」

「それでも、わくわくしますなあ。ここで新たな歴史が生まれるわけですからねえ」

研究所に着くと、会議室に案内された。

「既に弊社に於けるF－77のライセンス生産は終了しておりまして、工場のラインもございません。本日は、ライセンス生産時の責任者である白井《しらい》課長と技術部門の技官、倉《くら》橋《はし》が同席しております」

すぐに室内が暗くなり、Ｆ－77の資料映像が映し出された。

インターネットでも閲覧できるものだったが、冨永はじっくり映像を見た。

部屋が明るくなったのを見計らって、冨永は発言を求めた。

「今回の自衛隊機墜落についての感触を、白井さんと倉橋さんに伺いたいのですが」

「大変、驚きました」

「墜落の原因は何でしょうか」

「それは、分かりかねます」

神経質そうな白井は必要最小限しか話したくないようだ。

「倉橋さんは、いかがですか」

「我々には何のデータもないので、何とも言えませんな」

「同機種は、欧米でも何度か墜落事故を起こしているようですが」

「別にＦ－77に限ったことではありませんよ。鉄の塊が空を飛んどるんですから、何かの拍子に落ちるのは当然です」

倉橋には遠慮とかはないらしい。冨永がかつて宇宙開発に関わる汚職事件を捜査した時も、技官は言葉を選ばない職人気質だったのを思い出した。

「どんな拍子に墜落するんですか」

「えっ、いや。今のは言葉の綾ですよ」

「ヨーロッパの専門誌で、F－77には構造上の問題があると指摘している記事がありましたが」

「それも、毎度のことです。専門誌というのは、新型機を時に褒め、時にけなす。それが商売ですからな。そもそも、構造上の問題があれば、もっとたくさん墜落していますよ」

理にはかなっている。

倉橋が、続けた。

「墜落原因で一番多いのは、パイロットの問題、次が整備ミスです」

「検事さんは、我々の製品について捜査されているわけではないので、もう少し、専門家としてざっくばらんにアドバイスして下さいよ」

広報室長がリクエストすると白井が頷いた。

「ざっくばらんと言っても、我々の手元に、何の情報もないため、アドバイスのしようがないというのが、正直なところです。また、構造上の問題があったのではということですが、もし、そのような問題があれば、我々は的確に対処致しました」

白井に言わせると、ライセンス生産というのは、アメリカから送られてきた部品を、ただ組み立てるわけではない。部品の機能を理解し、各部が的確に作動するかも厳重に確認しながら製造するのだという。だから、安全性等も厳しくチェックしているし、不具合はその都度修正しているとのことだった。

「大きな声では言えませんがね、日本でライセンス生産した戦闘機は、アメリカのものよりはるかに精度の良いものに仕上がっているんですよ。だから、強いて問題点をアドバイスしろというのであれば、今回の機種が一〇〇％アメリカ製だったことかもしれませんな」

倉橋は自信満々だ。

大亞重工で組み立てたF－77なら墜落していなかったと言いたいのか。

所長は苦笑いを浮かべたが、辻は表情を硬くした。

「いや、今のは、冗談ですよ。いずれにしても、構造上の問題については、見つけられなかったというのが正しい回答でしょうな。まあ、F－77には、整備員が触れることができないブラックボックスが多数存在していますからな。そのため、弊社にもサンダーボルト社の技術者が常駐していましたから」

「彼らから、何か問題があるような話を聞かれたことはありませんか」

「どうかなあ。まあ、我々は開発に一切携わっていませんから、最初はずいぶんと戸惑いました。最新のミリテクについて色々教わったり、意見交換はしましたがね」

倉橋は、率直に答えてくれている。

できれば、お目付役のいないところで、倉橋だけに話を聞いてみたい。

「製造過程でのトラブルなどは、記録されていると思うのですが、そのデータをお借りすることはできませんか」

それには、辻が答えを代わった。

「お電話で、そういうご要望を頂戴しておりましたので、弊社の法務部と相談致しましたところ、申し訳ないのですが、応じられないとのことです」

防衛装備庁と守秘義務契約を結んでいるからだという。

「令状があった場合は、いかがですか」

「その場合は、防衛装備庁とご相談下さいとのことです」

やるだけ無駄か。墜落機が大亜重工製なら、可能性はあるが、アメリカからの輸入品なら、令状はおりないだろう。

無駄足だったか……。

質疑応答はまもなく終了し、所長の方から、「せっかくお越し戴いたので、研究所内をご案内致しましょうか」という提案があった。

冨永が答える前に、比嘉が「ぜひ！」と答えていた。

## 6

延々と続くオンライン幹部ミーティングがようやく終わった。途中から耐えられないほどの頭痛を堪えていた山本は、自席に戻って頭痛薬を飲んだ。

防衛大臣と知事、嘉手納町長によって手打ちがされたのに、未だ「基地機能強化反対！」のデモが終息しない。

有田の話では、「この調子だと、予備機配備は見送らざるを得ない」という。

そんなことをすれば、沖縄基地のパイロットは、過重勤務で遠からず心身を壊すだろう。

この窮状を打開する方法は、一つしかない――。すなわち、一刻も早くF－77墜落事故の調査を終息させて、F－77の現場復帰を行う、ということだ。

市ヶ谷のある幹部が「誰も、パイロットのミスにしろとは言っていない。どれだけ優秀なエースでも、バーティゴにはなるんだ」と言った。

案の定、〝制服組〟から一斉に抗議の声が上がり、幹部は発言を撤回した。かといって、代替案があるわけでもなく、議論は堂々巡りとなって時間切れに至った。

「山本部長、局長がお呼びです」

部下に声をかけられて、山本は重い腰を上げた。

局長の信濃は、山本以上に疲労困憊《こんぱい》していた。ストレス性の歯痛が止まらないようで、局長室に入室した時も、顔をしかめながら首筋を揉んでいた。

「悪いんだけど、これから一緒に、県庁まで付き合ってくれませんか」

「知事に呼ばれたんですか」

「予備機配備決定を白紙撤回したいそうです」

「我々が説得しても無駄では？」

「かと言って、放置もできないでしょう。沖縄の事務方トップが足を運んだ、というアリバイ作りになるだけかもしれないが、それでも行かざるを得ません」

山本は抵抗を止めて頷いた。


知事室には、嘉手納町長の姿もあった。

「わざわざお越し戴き、恐縮です」

宮里知事の社交辞令が嫌みだったが、世渡り上手の信濃は、丁寧に挨拶を返した。

「大臣から、大変ご配慮を戴いたのですが、やはり、沖縄県として、さらに嘉手納町としては、嘉手納基地に於ける予備機配備をお断りしたい所存です」

「理由を伺っても、よろしいでしょうか」

まったく動じることなく信濃は尋ねている。県庁に向かう途上に掛かってきた電話で、官房長に「絶対に撤回なんぞ、させるな！」と恫喝されているのに、そんなことはおくびにも出さない落ち着きぶりだ。

「沖縄県民の総意だとお考え戴きたい」

大きく出たなあ。デモを行っている人たちが全員、県民じゃないだろうに。それどころか、このところ増えているのは、本土から来ている市民運動家じゃないか。

「お言葉ですが知事、では、日本国民の総意については、どうお考えですか」

「信濃局長は、何が言いたいんだね？」

「F－77墜落以降、中国機と思しき戦闘機が、何度も領空侵犯を試みようとしている問題について、日本国民は、不安を抱いています。自衛隊の使命は、日本国民の命を守ることです。国民の不安解消のためにも、万全の体制を敷きたい。そう考える我々を、多くの国民が理解と支援をして下さっています。その期待に、背いてしまいます」

到底、普段の信濃の言動からは想像できない発言だった。知事も、他の出席者も一様に驚いている。

「偉そうなことを申し上げて失礼致しました。私は、沖縄県民の総意で、予備機配備を認めないと仰ると、そのような反論が起きてくるのではないかという懸念を申し上げたに過ぎません。

私どもとしては、もう少し具体的な理由をお聞きしたいところです」

普段は、何事も丸く事を収める姿勢に終始する信濃が、事なかれ主義に逃げようとする知事に、国家の安全を護る責任官庁の沖縄代表として、明確な意志を示した。

その覚悟は、知事にも伝わったようだ。普段なら、すぐに喚きちらす知事が、腕組みをしたまま動かない。

「信濃局長、確かに、あんたの言うとおりだ。では、はっきりと言いますよ。我々も、ここまでデモが拡大するとは思っていなかった。言ってみれば、見通しが甘かったんですよ。だから、ここは白紙撤回しかないんだ」

嘉手納町長の嶺井が、本音を吐露した。

「今回は、米軍基地問題ではなく、日本の安全保障の問題です。県民や町民に、そこをしっかり理解して戴けるように、ご尽力下さい。しかも、タダでお願いしているわけではありません」

信濃の発言には迷いがない。しかも、常に低姿勢を貫いてきた人物が、今日は明らかに相手よりも上位の立場からもの申している。

宮里知事は、完全にふて腐れてしまった。

一方の嶺井町長は、いかにもと何度も頷いている。

「それも、ご尤もだ。しかしね、もう今のデモは、我々ではどうしようもないんだよ。デモの主力は、県民じゃない。本土からきたプロの活動家です。彼らが、あることないことを吹聴したことで、地元民に不安が広がり、我々では制御できない状態に陥っているんです。収めるには、白紙撤回しか方法がないんですよ」

確かに防衛局の調査でも、本土から多数の活動家が、沖縄入りしているのは把握している。彼らに煽られて、県民に不安が広がっているとなると、まだまだ拡大する可能性もある。

「では、一週間だけ、白紙撤回の表明を待ってもらえませんか」

「信濃さん、無茶ですよ。そんなことしたら、もう収拾がつかなくなる」

嶺井の懸念は、外れていない。

露骨に不服そうにしている宮里知事が口を開いた。

「それは、一週間で、政府が白紙撤回を認めるという理解でいいのだろうか」

「政府の意向は、分かりません。しかし、スクランブル態勢についてのあり方を再検討して、新たな策をご提示する期限とお考え下さい」

「では、三日以内でお願いします。それ以上は待てません」

話は以上だと言いたげに、知事が腰を上げた。

7

「当方の無理をお聞き届け戴き、ありがとうございます」

冨永は、下座に着いていた技官の倉橋を促して上座に移動してもらった上で、礼を述べた。

「大の戦闘機ファンだと仰る比嘉さんからの、じっくり飲み明かそうというお誘いに、馳せ参じただけです」

各務原研究所内の施設見学の間に、倉橋と個人的に話す時間を作れと指示した。人をたらし込む才能に長けた比嘉は、そのミッションを見事に成功させたわけだ。

「私は岐阜で暮らして三〇年以上経ちますが、長良川沿いにこんな粋なお店があるのは、知りませんでした」

「三太」という名の小料理屋は、岐阜地検の比嘉の事務官仲間が予約してくれた。岐阜市に隣接する関市にある店で、窓からは満月を映す長良川が見えた。

「ここは、元警察官のオヤジが始めた店でして、保秘は徹底しています。御社や自衛隊の関係者がいらしたことはないそうなので、ご安心下さい」

おしぼりで額から首筋まで丹念に拭く比嘉が、太鼓判を押した。

アユなどの川魚が名物で、味は良く値段も良心的だった。

ビールで乾杯し、暫くは比嘉が冨永検事の経歴を、かなり誇張して紹介する独演会となった。

比嘉のおしゃべりにはすっかり慣れた冨永は、静かにビールを飲み、倉橋のグラスが空けば、注いだ。

名物のアユの塩焼きが出たところで、店のおすすめで岐阜県瑞浪《みずなみ》市の老舗蔵元の逸品「小左衛門 夏吟」に代えた。

「今日のお話は興味深いものばかりでした。特に日本でライセンス生産した戦闘機の方が、本国の物より性能がいいというお話に、驚きました」

「別に身贔屓じゃないんですよ。時々日米の空軍による共同訓練の時、余興にドッグファイトを行います。パイロットの腕の差もありますが、大抵は、日本が完勝です。また、ライセンス生産が始まると、最初のうちは細部をチェックするために、メーカーのパイロットが送り込まれてくるんですが、彼らも品質の高さを褒めてくれます」

「そのあたりは、やっぱり零戦で培った伝統と技術が光るわけですな」

比嘉が嬉しそうに言った。

「そういう自負はありますが、要は、戦闘機という大型機械でも、結局、細部に至るまで丁寧かつ精緻に製造できるかどうかです。それで性能にずいぶん差が生まれるんです」

「それは、F－77でも言えますか」

「我々が生産した数は知れていますので、明言は出来ませんが、アメリカから輸入せず、弊社で生産していたら、世界最高のF－77が、ずらりと日本の基地に並んだはずです」

倉橋の言葉には、揺るぎない自信が漲っている。

「気分を害されるかも知れませんが、それでも、ライセンス生産した一機が、訓練中に北海道沖で墜落したことがありましたね」

「あの時は、今回の事故よりはるかにショックでした。防衛省の事故調は、バーティゴで処理しました。私としては、徹底的に機体を調べたかったんですが、かないませんでした」

海に墜落して大破した機体を日米共同で引き上げ《サルベージ》したものの、アメリカが単独で機体を調査し、大亜重工の強い要望は退けられたという。

「随分経ってからサンダーボルト社から、報告書が来ましたが、薄っぺらい紙片一枚でした。たった一行、〝機体の構造には問題なし〟とあっただけです」

「倉橋先輩、この酒いけますよ。微発泡で、超旨しです」

空気を読まない比嘉の勧めで、倉橋はそれまで口をつけていなかった酒を飲み干した。

「この『夏吟』は、夏限定で特にうまいんですよ。さあ、検事も」

そう言って倉橋がガラスの徳利を手にしたので、冨永もありがたく受けた。

微発泡に包まれた独特のまろやかさが味わい深かった。

「あの戦闘機にはブラックボックスが多すぎると、倉橋さんが仰ったのが印象的だったんですが、具体的には、何か困ったことがあったのでしょうか」

「いわゆる航空電子機器《アビオニクス》と呼ばれるミリテクの部分ですよ。F－77は、パイロットが不在でも、勝手に離陸し、ドッグファイトもやり、安定して着陸もできます。最新鋭のAIを搭載しているからです。

しかし、このAIと人間の相性がマッチするには、まだまだ課題が多いんです。パイロットの特性も両国で異なりますし、空自のパイロット個々人で、独自の流儀を持っています。本来はそこをAIが学習するはずなんですが、その過程がブラックボックスで、まったく分からない。個人的に気になったのが、パイロットとAIで操縦法に対立が起きた時、AIがパイロットの操縦を妨害するようなケースが、数回あったことです」

「つまり、F－77のAIはパイロットの腕を信用していないと？」

「話を単純化するとそうなります。尤も、パイロットの中には無謀な曲芸をするお調子者もおります。それを未然に防ぐというのなら分かるのですが、AIは、教科書通りに飛ぶことを強要してくるらしいです」

曲芸飛行か、難易度の高い飛行訓練なのかの区別が難しいということなのだろうか。

「今回の墜落機に搭乗していたのは、空自切ってのエースパイロットでした。そういう人の操縦だと、ＡＩと喧嘩する頻度も高かったかもしれませんね」

「充分、あり得るでしょうね」

戦闘機の記録構造がよく分からないのだが、民間機だとフライトレコーダーを確認すれば、その片鱗が記録されているだろう。

「Ｆ－77には、パイロットがＡＩと意見交換をする機能があります。事故機に、その記録が残っていれば、そこにヒントがあるかも知れません」

だが、既に機体はアメリカにあり、検察庁としては、手も足も出ない。

倉橋が、鞄からクリアファイルを取り出して、冨永に差し出した。

「二年前ですが、アメリカ空軍のエースパイロットが乗ったＦ－77が墜落し、パイロットが死亡する事故が起きました。遺族が、機体に問題があるとして、空軍とサンダーボルト社を訴えました」

ファイルには、その時の現地の新聞記事と、戦闘機製造に携わる技術者の専門誌に掲載された複数の論文のコピーが入っていた。

「訴訟で問題となったのが、パイロットとＡＩとのバトルでした。墜落死したパイロットは、以前から、上官や同僚、さらに家族に、ＡＩの野郎が、俺の操縦にいちいちケチをつけて困る、と言っていたという証言がありました」

「それで、訴訟の結果は？」

「すぐに示談となりました。空軍とサンダーボルト社が莫大な示談金を払ったせいだと言われていますが、和解書に秘密保持条項が設けられているため、藪《やぶ》の中です」

## 8

有田と会った二日後、楢原はロサンゼルス行きの飛行機に搭乗していた。

パイロット仲間や整備士など、ありとあらゆるネットワークを駆使して、サンダーボルト社のF－77開発責任者とのアポイントメントに辿り着いた。尤も、墜落事故に関しては、何も話せないという条件付きだったが。

さらに、一つ有力な手がかりを見つけた。

墜落事故の遺族だ。当時の記事によると、事故死したのは米軍のエースパイロットで、生前、「AIが俺の操縦を邪魔するんだ」と語っていたらしい。それで遺族は米空軍やサンダーボルト社を訴えている。結局、示談になったが、この言葉こそ、探し求めていたものだと楢原は確信した。

さっそく、訴訟をおこした実父に連絡を取った。彼は、元空軍の戦闘機乗りで、何か話してくれそうだ。

「示談の条件として、事故については一切口外しないことになっている」とのことだったが、「会うのは、構わない」と面談を約してくれた。

実父の住まいは、サンダーボルト社の本社工場があるロサンゼルス郊外から近いパサデナにあった。

図々しい暁光新聞の記者が言っていた、米軍の情報将校についても、調べてみた。情報機関に所属しているために、大した情報は得られなかった。そこでその方面に詳しい友人に、調査を託した。

出発ギリギリまで、資料漁りをしたお陰で、離陸する前から爆睡してしまった。

年齢を考えても、もう渡米する機会はないかも知れないと思っていた。まさか、こんな理由でロスにいくことになるとは……。

室内灯が点灯して、三〇分後にはロサンゼルス国際空港に到着するというアナウンスで、楢原は目を覚ました。

サンダーボルト社に到着した楢原は、車を降りると、大きく深呼吸した。

社の近くには、米空軍の戦闘機開発の聖地と言われるエドワーズ空軍基地がある。楢原も、空自時代に二年、パイロットの交換幹部として勤務したことがあった。また、FSX開発のために、F‐16の複座に何度も乗って、機体の特性を分析した思い出の地でもある。

強い陽射し、乾いた風、そして、砂の臭いは、かつて自分が勤務した時と、少しも変わらない。

「楢原空将補ですか」

振り向くと、長身のスーツ姿の男性が立っていた。

「ようこそ、サンダーボルト社へ。広報チームのジョン・マッケイと申します」

力強い握手を交わして、フォードのＳＵＶに乗り、構内を移動する。

「楢原空将補は以前、弊社に来られたことがあるそうですね」

「ずいぶん昔に。その頃は、砂漠の中に工場とハンガーが数棟あっただけなので、見違えました」

「現在、弊社は、宇宙軍用の戦闘機や探査機の研究開発を急ピッチで進めているので、施設が増えました」

一〇キロほど離れた場所には、モハベ航空宇宙空港がある。そう遠くない将来、そこから実験機が宇宙に飛び立つだろうとマッケイが言った。

無人爆撃機に宇宙軍か。既に、俺がいた頃とは別の時代が始まろうとしているな。

遠くで砂塵《さじん》が舞う荒野を眺めながら、楢原は妙に寂しくなった。

ゲストロビーに到着すると、意外な人物が待っていた。

「ヘイ、ハヤト！」

「トムじゃないか。どうしたんだ！」

米空軍の元エースパイロットのトーマス・マーチンが両手を広げて迎えてくれた。

「所用でエドワーズ空軍基地に来たら、ハヤトが来ると聞いてね」

「そんな奇遇があるんだな。会えて嬉しいよ」

固いハグを返しながら、本当に偶然だろうかと疑わずにはいられなかった。

我那覇に頼まれた楢原がＦ－77について問い合わせをするなり、横浜に飛んできたトムの行動には、何らかの意図があったという疑惑が、拭えずにいる。

「大切な弟子を失って、本当に残念だったな」

「トムにも相談に乗ってもらった懸念が、現実になってしまって、私も悔しいんだ。それで、いても立ってもいられず、来てしまった」

「思い立ったら、即実行のハヤトらしいよ」

トムが中年の男性を紹介した。

「サンダーボルト社で、Ｆ－77の開発に携わった第二開発部の部長のニック・フィリップスだ」

「空将補のことは、トムからも聞いています。カミカゼのエースにお会いできるなんて、光栄です」

アメリカ人に「カミカゼ」なんて言われるのは、居心地が悪いが、トムがよく楢原をそう呼んでいたので、苦笑いするしかなかった。

工場見学には、マック・ウォーデンという技官も同行した。F－77の研究開発から、製造監理まで、一貫して責任者の一人として携わっていると紹介された。

戦闘機の製造現場を見学するだけで、血が騒いだ。楢原が現役だった頃の最高峰といえば、F－15だったが、目の前で組み立てられているF－77は、もはや同じ物とは思えない。

「シミュレーターを試してみるか」

一通りの見学を終えた時に、トムが言った。パイロットの訓練にも用いられる本物と同じ環境を再現するフライト・シミュレーターが、サンダーボルト社内にあるという。

「ぜひ、やってみたい」

F－77で使用しているのと同じヘッド《H》マウンテッド《M》ディスプレイ《D》を装着した楢原は、シミュレーターのコックピットに入った。

シートベルトを装着し、準備が整うと、エドワーズ空軍基地の滑走路の映像が映し出された。

HMDのスピーカーから「離陸せよ」のゴーサインが出ると、〝機体〟が離陸態勢に入った。

楢原は、機体の先を四〇度近く上げて、加速した。Gこそ掛からないものの、それらしい映像が投映されてリアルだ。

〝後方四時の方向に敵機！　ロックされました〟

それを聞いて、本気になった。フレアを撒き、機体を左九〇度に傾け急旋回した。振り切れないと分かると、急減速し斜めスプリットS機動（斜め急降下旋回）をして、後ろに迫った敵機をやり過ごした。

錐揉《きりも》み状態で逃げる敵機の後方にぴったりとついてミサイルを発射した。

そこで、帰投命令が出て、楢原は滑走路に着陸した。

9

昼食後、会議室でヒアリングが行われた。

「事故調査が、予定より遅れていると聞いていますが」

「楢原空将補、それについては、申し訳ないのですが、一切、お答えできません」

マッケイの即答は予想していたので、あっさり引き下がった。

「事故死したパイロットが生前、減速時に違和感があると語っていたのですが、そういう問題が指摘されたことはありますか」

「私の知る限り、ありません」

フィリップスが答えた。楢原がウォーデンにも問うと、彼は肩をすくめて首を振った。

「ハヤト自身もシミュレーターで、試しただろう。あんな無茶な減速をしても、何の問題も起きなかったじゃないか」

トムの言う通りではある。だが、シミュレーターは、所詮、シミュレーターでしかない。

「F－77のAIは、かなり優秀だと聞いています。過去のエースパイロットたちの技術を習得しているだけではなく、危険操縦を行うパイロットを制御する機能もあるとか」

「制御ではなく、警告するだけですよ。実際に戦闘機を操縦するのは、あくまでもパイロットです。AIはそのサポートに過ぎない」

「確か、二年前に空軍のエースが、墜落死していますね。彼は、F－77について、俺の操縦をAIが邪魔して困る、と発言していたとか」

「俺は、墜落死したケリー・スチュワートをよく知っている。あいつは、曲芸飛行が好きだったんだ」

「じゃあ、それが原因で墜落死したと？」

「いえ、そうではありません。スチュワート少佐は、バーティゴで亡くなられました」

広報のマッケイが強い口調で断言した。

「遺族はそれを不服として訴訟を起こしたのでは？」

「あれは、空軍の説明不足による誤解が原因です。説明の後《のち》に、示談となりました」

「示談書を拝見できますか」

「それはお見せできません」

これ以上は無理か。

楢原は潔く諦め、協力してくれたことを心から感謝して、全員と握手を交わした。

最後に握ったウォーデンの手が汗ばんでいたように思えた。そして彼は意味ありげに、楢原を見つめて、頷いた。

それに対して深く考える間もなく、トムが話しかけてきた。

「せっかくだから旨いもんでも食べないか。今晩は、俺に奢《おご》らせろよ」

断るわけにはいかないだろうな。

「喜んで」

「午後六時に迎えに行くよ」

彼らに見送られ、楢原はサンダーボルト社を後にした。

ただ、ウォーデンという技官の別れぎわの表情が気になった。やはりF－77には、何か問題があるのではないだろうか。

## 10

午前七時過ぎ、冨永は電話の呼び出し音で起こされた。

〝なんだ、まだ寝てたのか〟

かつての上司、羽瀬喜一《きいち》からだった。冨永の東京地検特捜部在籍時の副部長で、現在は法務省大臣官房に出向している。

〝相変わらず、行く先々で、厄介事をまき散らしているそうじゃないか〟

「お褒めに与《あずか》り、恐縮です」

〝今、名古屋か〟

「岐阜市におります」

〝昼飯を一緒に食おう〟

「名古屋にいらっしゃるんですか」

〝何を寝ぼけてるんだ。霞ヶ関に決まってるだろう〟


携帯電話でも、ホテルの内線で呼び出しても、比嘉の応答はなかった。仕方なく、〝急遽元上司に会うので東京に向かいます。先に那覇に帰って下さい〟とショートメールで伝えて、チェックアウトした。

羽瀬の用は何だろう。特捜部在籍時代から、無理難題を出すのが、趣味のような男だ。F－77墜落事故の捜査でも、無茶を言うつもりだろうか。

新幹線に乗り込んだところで、ネットニュースを見ると、沖縄の地元二紙は、予備機配備問題で起きているデモと防衛省を非難する記事で溢れていた。

次に、那覇地検の総務部が毎日発信している関連記事に目を通した。

警察の誤認逮捕を隠蔽した那覇地検

戦闘機事故の陰で封印された軍用地主殺害

派手な見出しをタップすると、「週刊ジャーナル・オンライン」のネットニュースに繋がった。

那覇地検が、戦闘機の墜落事故の騒ぎを利用して、夫殺しの現行犯で逮捕した被疑者を、密かに「不起訴」にしたと、相川めぐりという記者が書いていた。

「不起訴」は誤りだし、メディアにも発表している以上、秘密裏にではない。また、別に墜落事故の騒動を利用したわけでもない。

確かこの記者は、以前、金城華の正当防衛を主張していた気がするが、今度は、正反対の主張をしている。

いい加減な記事だが、娘たちの犯行については、まったく触れていないので、無視することにした。

## 11

神林は、英字新聞のコピーを二度熟読して、ロサンゼルス支局の特派員、ジャネット和田《わだ》とのＺｏｏｍミーティングに臨んだ。

和田は日系二世で、神林より年上の同期で、今年の四月に、ロス支局に転勤している。

〝ハイ、裕太、久しぶりね。元気?〟

「日々、上司にしごかれてるよ。それにしても、凄いネタだね、これ」

一昨年、米軍屈指のエースパイロットが、F-77で墜落死した。その遺族が、空軍とサンダーボルト社を相手に訴訟を起こした事実を、ジャネットが摑んできたのだ。

〝空軍関係者の間では、有名な事件だから、ネタとしては大したことはない。問題は、遺族が軍とサンダーボルト社に丸め込まれた点ね〟

記事では示談とある。

「納得して、取り下げたわけじゃないのか」

〝何一つ納得していないけど、未亡人と子どもの将来のために、涙を呑んだみたい〟

殉職した軍人が対象となる遺族年金にくわえ、サンダーボルト社が示談金として、遺児二人が大学を卒業するまで、毎年一人当たり三万ドルを支払うという破格の上乗せをしたらしい。

「F-77には、根本的な問題があったってことか」

〝そこが難しいところなの。パイロットの父親が誰よりも訴訟に熱心だった。息子の死因については、ずっと不満を抱いていたの。で、様々な手を使って調査を進めていた〟

「その人から独占インタビューが取れたと、東條さんからきいたけど」

〝一応ね。でも、翌日になって、記事にするのは困ると言われて〟

彼のコメントが出れば、孫への支払いが中止となるだけではなく、秘密保持契約違反として、三〇〇〇万ドルの賠償請求訴訟を起こすと、サンダーボルト社に脅されたのだという。

「匿名でやれば？」

〝東條さんにも、そう言われたんだけど、相手を説得できなかった。というか、彼が知っている情報は、かなり特殊なので、たとえ匿名にしても、すぐにバレちゃうそうなの。その上、怖い弁護士がこちらに、脅しをかけてきた〟

「それで？　もしかしてウチのオヤジが、珍しく怖じ気づいてるわけ？」

〝脅しの内容がエグいのよ。まず、私の取材行為が脅迫罪に当たると言ってる。だから、ロス地検に訴えると。そして、たとえ匿名であっても記事にしたら、遺族は破滅することになるが、責任を取れるのか、と来た〟

　さすがにアメリカの弁護士は恐ろしいな。

〝アメリカの損害賠償訴訟って、マジやばなんで、ウチの会社が吹っ飛ぶほどの額を請求されることもある。それに、遺族を破滅させるのは、東條さんも気が引けるみたいね〟

　その感覚は、かつて経済部で外資系企業担当だった神林には、理解はできる。だが、脅されたら燃えるのが〝闘犬〟こと、東條謙介だ。ゴリ押しでやればいいのに。

「東條さんと相談してみるよ。参考までに父親のインタビューのメモをもらえないか。大丈夫、一切触れないから。記事を書く背景事情として、知っておきたい」

　打合せを終えると、神林は東條の部屋をノックした。

東條は、見るからに機嫌が悪そうだった。

「今まで、ジャネットと話をしていました」

「おまえも渋いなあ。ジャネット八田《はった》とお友達やったんか」

「誰ですか、それ？　で、東條さんが米軍とサンダーボルトの脅しに屈して、彼女が手にしたスクープをボツにしようとしていると聞いたんで、確かめに来ました」

いきなり、物が飛んできた。神林は避けずに左手で摑んだ。「ウコンの力 超ＭＡＸ」の空き缶だった。

「二日酔いの八つ当たりは、いけませんよ、先輩」

「じゃかあしい！　あの件は、権力に屈したんと違うで。遺族のためじゃ。ええか、ジャネットからメモをもろても、それを記事に入れるなよ。アメリカは、日本と違《ちご》て、やることがいちいち派手やし、容赦なしや」

こんな東條を初めて見た。そして、彼が怒り狂っているのも分かった。何より、この人に特ダネより大切なものがあるのを知った。

「じゃあ、こんなことがアメリカでもあったよお、というトーンに終始します」

「せやな。書いたら、俺に見せろ」

見せなくても、どうせ、勝手に見ているじゃないですか、と思いながら、神林は敬礼して部屋を出た。

## 12

東京駅に着いた冨永が連絡を入れると、羽瀬は〝冨国生命ビル二八階にある聘珍楼《へいちんろう》を予約したから、そこで落ち合おう〟と返してきた。

店の個室には、意外な同席者がいた。

「あっ、先輩！　お久しぶりっす！」

藤山《ふじやま》あゆみだった。彼女も冨永と同時期に特捜部に在籍していたが、現在は内閣府に出向中だった。

「おまえが来ると言ったら、どうしても会いたいとせがまれてな。人望があるんだな」

「羽瀬さんほどでは、ありません」

「なんだ、沖縄で、お世辞を習ってきたのか」

次席の田辺に聞かせてやりたかった。

「いやあ、それにしても、先輩の行くところ、難事件ばっかすね」

同期なのだが、冨永は、二年浪人して司法試験に合格しているため、藤山より年上だった。それで、修習生の時から「先輩」呼ばわりされている。

「たまたまでしょ。それより、大臣の右腕として、よくテレビに映ってるじゃないか」

「あれねえ、ほんと困ってんすよ。家族には、はしたないと文句を言われるし、羽瀬さんからは、政界進出かと言われ続けていますし」

藤山は、日米関係新時代創生担当という、意味不明の大臣の調査官を務めている。記者会見の時に、大臣に寄り添ってアドバイスをしている様子が、テレビで放映されていた。

「俺は、藤山は政治家になればいいとずっと思ってるんでな」

「冗談は、よして下さい。羽瀬さんは『政治家はなるもんじゃなく、捕まえるもんだ』が持論なんでしょ。もしかして、私を餌食《えじき》にするために煽ってるんすか」

性格はさておき、血筋の良さ、語学力、そして、容貌のどれをとっても、確かに政治家向きだ。

「で、どうだ。F－77の事故原因を突き止められそうか」

「前途多難ですね」

冨永は、現在までの経緯を二人に説明した。

「アメリカで起きたという墜落事故の原因が分かれば、突破口になるんですけどねえ」

藤山の言う通りだが、捜査権限のない日本の検察庁では、手も足も出ない。

「防衛省の事故調に、空自の元エースパイロットが参加しています。その人物に話が聞けないかと思っているのですが、今、渡米中だとか」

「残念だが、おまえが捜査できるのは、あと一一時間一七分しかない」

フカヒレスープを味わっていた羽瀬が、腕時計を見ながら告げた。

「どういう意味ですか」

「明日になれば、政治決着する」

「何の決着です？」

「今さら言う必要があるのか。中国機の挑発行為は急増しているのに、沖縄では、代替機を配備することもできずに立ち往生している。その歪《いびつ》な状況を解消する決断がなされるということだ」

パイロットの操縦ミスか、バーティゴとして決着か……。

「そんな怖い顔をするな。こういう問題は、一〇年待っても、真相なんぞ藪の中だ」

「先輩のお怒り、自分も、痛いほど分かります。けど、アメリカは対中防衛のために、自国だけではなく、自衛隊の防衛力強化を求めています。私の部署は、そのためにできたんですから」

藤山の話では、F－77をもっと日本に買わせるために、金額をディスカウントしてくれるらしい。その上、いずも型護衛艦をさらに三隻配備するように強く求めている。ヘリコプター搭載護衛艦と呼ばれるいずも型は、事実上「空母」だった。専守防衛が規定されている日本国憲法下で空母を有するのは、憲法違反の疑いがあるとされている。そのため「ヘリコプター搭載」と称しているが、実質は、垂直離着陸が可能なF－77Bの艦載を想定している。

さらに、陸上自衛隊が駐屯する八重山《やえやま》列島沖に、空自の滑走路を建設せよという強い要望も出ているらしい。

「そんな状況で、F－77が事故調査のために飛行不能になっているという事態は、一刻も早く解消したいんですよね。来週には、アメリカの国防長官が来日して、対中防衛のための会談を行います。それまでには、F－77を現場復帰させよと、総理が檄を飛ばしています」

「だから、捜査の期限は、今日いっぱいということですか」

食事を終えた羽瀬の目つきが鋭くなった。

「もはや、この問題は重大な安全保障案件なんだ。不服だろうが、おまえは潔く撤退しろ。そして、明日からは、業過（業務上過失致死）と航空の危険を生じさせる行為等の処罰に関する法律第六条違反の被疑者として、我那覇を『被疑者死亡』で書類送検させる作業に専念するんだ」

「では、書類送検の作業を進める中で、赤嶺氏の死亡に関して我那覇一尉に責任があるかどうかの捜査は、継続できると考えてよいんでしょうか」

「何だと⁉」

その捜査過程でF－77に構造的な問題があったと証明すれば、真犯人はF－77の製造者、すなわちサンダーボルト社ということになる。

「なるほど、さすが先輩！　その手がありますね」

無論、羽瀬も理解している。だから、渋面になっている。

「自信があるのか」

「まったくありません。しかし、簡単に引き下がりたくはありません」

## 13

サンダーボルト社を辞した楢原を、ロス駐在の商社マンである息子が車で迎えに来てくれた。そこで日本にいる妻からのメッセージに気づいた。

那覇地検の検事が会いたがっているという。

事故調査の件だろう。彼らの力を借りたら、堅牢なアメリカの封印が解けるだろうか。

余り期待できないだろうが、連絡してみるか。

もう一件、着信履歴があった。

パット・スチュワートだった。例の墜落死した空軍パイロットの父親だ。留守番電話にメッセージが残されていた。

〝申し訳ないが、あなたとは会えなくなった。あなたの健闘を祈ります〟

息子に、予定通りパサデナに向かうように告げてから、スチュワートに電話した。

「会えない理由を伺ってもよろしいですか」

〝米政府やサンダーボルト社と結んだ秘密保持契約のせいなんだ。私があなたに会うと、

嫁や孫たちの生活資金の支給が止まるだけではなく、法外な損害賠償金を払わなくてはならなくてね〞
「今頃になって、そんなことを仰るとは……」
〝今朝、嫁の弁護士から連絡があって、事故について誰かに話すおつもりですか、と問われた。そんなことをしたら、大変なことが起きますよと言われてね〞
つまり、俺の動きが完全に把握されていて、先回りされたのか……。
〝実は、あなたより少し前に、日本の新聞社の取材を受けたんだ。それを警告されていた。あなたは同じ戦闘機乗りだから、お会いしたかったんだが……〞
「ちなみに、何という新聞社ですか」
〝ギョーコーって言ったかな。そこの女性記者が熱心でね。話を聞いてもらったんだよ〞
あの神林記者のところか……。
「じゃあ、その記者さんには、色々お話をされたんですね」
〝新聞社には一切記事にしないでくれとお願いした。だから、あなたも分かって下さい〞
電話は、そこで切れた。
何とか翻意させようと、再度電話をしたが、二度と繋がらなかった。
会えなくなった、分かってくれと言われても、簡単に引き下がれる話ではない。サンダーボルト社の対応を見ても、彼らは真剣に事故調査をやっているとは思えなかった。

だから、スチュワートの証言が、より重要なのだ。

「父さん、どうかしたの？」

「これから会う予定の人物が、断ってきた」

息子が、車を路肩に寄せた。

「じゃあ、パサデナ行きは、中止？」

どうしたものか。スチュワートの声は、切迫していた。楢原の行動で、本当に遺族に甚大な迷惑を掛ける可能性がある気がした。

「パサデナは、やめる」

息子が、心配そうにこちらを見ている。

「父さん、大丈夫か」

「腸《はらわた》が煮えくり返っているが、仕方ない。ホテルに戻ってくれ」

14

トムとの会食を早めに切り上げた楢原は、寝つかれずにいた。

万策尽きた――。アメリカに来たのに、徒労に終わった。疑惑の色が濃くなったのに、手も足も出ない。

八七年の苦い記憶が蘇ってきた。

国産戦闘機が必要なのは、こんな不条理をなくすためだ。なのに、令和になっても、それは絵空事のままなのか。

こんなことがあっていいはずがない。

楢原は日本に失望した。そして、己の無力に絶望した。

うとうとしている内に、夜が明けた。

ベッドから体を引きずり出すと、帰国の準備に取りかかった。

チェックアウトしようとロビーに降りると、声をかけられた。サンダーボルト社の技官の、ウォーデンだった。

「どうしてもお話ししたくて。少しの間お時間下さい」

そう言うウォーデンは、周囲の目を気にして怯えている。

楢原は、彼を連れて客室に戻った。

「昨日は、お役に立てず申し訳ない。でも、その後、パットにお会いになると聞いてたので、そこで色々お聞きになれると思っていたのですが」

どうして俺がスチュワート准将に会うことを知っている。楢原は、警戒した。

「パットは、有名なテストパイロットで、私が若い頃に色々とお世話になりました。彼の息子も子どもの頃から、よく知っています」

「つまり、私がスチュワート准将に会うのを、ご本人から聞かれていたわけですね」

「ええ。でも、結局会えなかったんですね？」

「空軍から釘を刺されたようです」

ウォーデンが膝の上で抱えていたデイパックから書類封筒を取り出した。

「これは、パットに頼まれて集めた、Ｆ－77のトラブル記録です。残念ながら、不具合の原因までは特定できていません。しかし、アビオニクスに問題があるのは事実で、私たちの調査では一定の条件下でＡＩの画像認識にエラーが生じることが分かっています。現在、サンダーボルト社は、ＡＩを開発した子会社に、不具合の原因究明と改善を厳命しています」

楢原は、数十枚はありそうな文書に目を通した。周辺の状況を誤認したＡＩが、墜落を防ぐために過度に介入して、パイロットの操縦を妨害じた可能性がある事例が数例記載されていた。これが事実なら、事故原因はＦ－77の機体にあることの強力な裏付けになる。

「私からお渡ししたことは、くれぐれも、ご内密に。これだけでは、サンダーボルト社の製造物責任は追及できませんが、Ｆ－77に重大な欠陥がある可能性が高く、それをサンダーボルト社も認識していることは分かります」

手が震えた。

「我々は、常に最先端の戦闘機づくりを目指す一方で、安全性には徹底的にこだわっています。国防の最前線に立つ勇敢なパイロットの命を預かるわけですから。しかし、どれだけ細心の注意を払ったところで、完璧はありえない。だから、不具合が分かれば修正します。しかし、戦闘機の性能が高度になればなるほど、技官一人の技倆ではどうしようもなくなります。パットも、その点については、理解してくれました。戦闘機が完璧じゃないのは事実であり、ケリーの死に報いるために、事故原因を徹底的に解明して欲しいとも言ってくれました」

しかし、二年経っても、スチュワート少佐の死は報われず、再び事故が起きた。

「弊社は今、後ろを振り返る余裕を失っています。つまり、ケリーの墜落原因の調査も止まっています。しかし、とにかく安全性を高めるためのAIの改良は、続けています」

ウォーデンは立ち上がり、楢原の手を両手で握り、部屋を出て行った。

## 15

「ユウ君が熱を出したんでママが病院に連れてってて、アユと留守番してたの。そしたら突然、一君が帰って来て。いつも通りめっちゃ酔っ払ってるの。アユは凄く怖がってリビングを出ていったので、私が相手して、お酒飲んだ」

あの夜のことを、來未は話し出した。誰も、來未の未成年飲酒を咎めなかった。沖縄では、珍しい話じゃない。

数日前に訪ねた宮城島のヴィラに、ふたたびマリアはいた。部屋には、歩美も華もいる。さらに、玉城と島袋、それに少年事件に詳しい宇多川《うだがわ》という女性検事がいた。

昨夜遅く、華からLINEで、メッセージがきた。

〝來未が本当のことを話すと言ってます。明日、みなさん集まって下さい〟

あれだけ謎の二人組犯人説に固執していた來未が、今度は何を話すというのか。マリアには想像もつかなかった。

「お酒飲んでるうちに、私、眠くなっちゃって。で、気づいたら、あいつがブラを外してて胸を触ってた。暴れたけどパンツも脱がされた。しかもスマホで撮ってるんだよ」

生々しい話を、來未は恥ずかしげもなく話す。

「すっごい腹が立って、床に落ちていたナイフを摑んで、私は夢中で刺した」

「どうして、床にナイフなんて落ちていたの？」

宇多川検事が尋ねると、來未は「さあ？」と首を傾げた。

こういう態度をとるから、彼女は信用されない。

いきなり歩美が立ち上がった。

「來未ちゃん、もう、いいよ。本当のこと、話すよ——最初に刺したのは、私です」

「アユ！　なんで、そんなこと言うの!!」

「來未ちゃん、ごめんね。でも、もう大丈夫」

來未は歩美に抱きつくと、堰を切ったように泣き出した。

「歩美さん、あなたは、別の部屋にいたのではないの？」

「はい。酔った一君が怖かったから。でも、來未ちゃんの悲鳴がしたから、飛んでいったの。そしたら、あいつが乱暴しようとしていたから、台所から包丁を取ってきました」

「それで？」

「やめないと刺すよって脅した。でも來未ちゃんから離れようとしないから、本当に、刺してやった」

「アユは悪くない。私を助けてくれたの。それに、私が刺したのもウソじゃないよ。私たち、セートーボーエーだから、罪にならないでしょ。私、知ってるの、こうやって刺すと、深く刺さるのよ」

　そう言いながら來未は、スマホを両手で摑むと、身体ごと押し込む仕草をして見せた。

　確かに、力がない女性でも、刃物を相手に深く突き刺せる体勢である。

　子どもたちはこういう知識を、地元の先輩《シージャー》から教わることをマリアは知っていた。

「そのうち、一君が動かなくなったの。すごい血の量で、服も血だらけで、怖くなって、二人で泣いてたの。そしたら、ママとユウ君が帰ってきた」

　大人たちの視線が、華に向けられた。

　華も泣いていた。

# 16

帰国したその足で、楢原は有田を訪ねた。午後八時を過ぎていたが「遅くても問題はありません」と、有田は返事をくれていた。

楢原を迎えに来た事務官は、審議官室には向かわず、通用口から外へ出た。楢原は黙って従った。

靖国《やすくに》通り側の庁舎の塀沿いに歩いていた事務官が、鉄の扉の前で立ち止まり、振り向いた。

「この扉の向こうに階段が数段ございます。そこを降りたところに廊下があり、それを進んで戴いたところで、審議官がお待ちです」

事務官はそれだけ告げて、戻ってしまった。

言われた通り、階段を降りた。すぐに壁に突き当たり、鉄扉《てっぴ》の先に一人か二人すれ違えるほどのトンネルがある。そこを抜けると、有田が立っていた。

「有田さん、いったいここは、何ですか」

「大本営地下壕跡です」

防衛省の建つ場所には、戦時中、大本営があった。そして、昭和一六年に、まさかの事態に備えて地下壕を設置したのだ。

「ここだと誰にも気兼ねなくお話ができるので」

広い部屋に丸テーブルとパイプ椅子が置かれていた。

楢原に椅子を勧めた有田は、テーブルにあった缶コーヒーを差し出した。

「本当は、ビールでもご一緒したいところですが、この後、幹部会議がございまして」

「これで充分です。それにしても、こんな壕がきれいに残っていたとは、驚きですね」

「記録では、上空七〇〇〇メートルから投下した一トン級の爆弾にも耐えられる構造だったとか。まさに、国破れて地下壕ありってところですな」

有田が冗談を言うとは。かなり疲れているんだな。尤も、疲労度自慢なら、俺も負けていない。

「何か収穫がおありだそうですね」

楢原はアメリカでの詳細を報告し、最後に、ウォーデンから託された資料の原本をデイパックから取り出した。

「これを読む限り、サンダーボルト社の技官、ウォーデン氏の指摘通り、F‐77のAIには、深刻な問題があるようです。そして、その事実を、サンダーボルト社もペンタゴンも承知しているのに、公表していません」

この資料は、三部コピーしてある。一部は、万が一を考えてアメリカの息子に預け、残りの二部は、市ヶ谷駅のコインロッカーに入れたキャリーケースにしまった。

有田は、テーブルの上に置いた書類封筒を手に取ろうともしない。

「ご確認戴けませんか」

「さて、どうしたものでしょうか」

なんだ、あんたも頰っ被りする気か。

「有田さん、この資料を受け取る気がないんですか」

「個人的には、拝読したい。しかし、先ほど、大臣から連絡があり、明朝九時に、事故について防衛省としての見解を発表することになったもので」

「まさか、政治決着する気ですか」

「バーティゴによる墜落というペーパーを、現在、事故調の事務局が作成中です。官邸の意向だそうです」

「捏造《ねつぞう》中の誤りでは？」

「力及ばずで、申し訳ありません。しかし、沖縄の状況に加えて、来週、アメリカの国防長官来日を控えており、総理が幕引きを強く求めたそうです」

だから、俺はこんな場所に呼ばれたのか。

俺が、有田の部屋に入るのを誰にも見られたくない。無論、俺からは、一切情報を得ていない。そうしたかったのか。

「本省内が盗聴されているのではないかという疑惑があります。楢原さんとの話を誰にも聞かせないためには、ここが一番だったんです。つまり、官邸以上に、アメリカは、墜落問題に神経を尖《とが》らせている」

「同盟国の防衛官庁を、盗聴するですって！」

「私も信じていませんよ。しかし、確かにこのところ、大臣官房や私の部屋で行われる議論について、アメリカが察知していると考えざるを得ないことが起きています」

自衛隊の中でも空自には、「アメリカは敵だ」という過激な発想をする幹部がいる。さすがにそれには同意しかねるが、アメリカが日本を警戒しているという感覚は、楢原にもある。まして今回の事故処理は、アメリカの軍事機密に関わるのだから、先方がセンシティブになってもおかしくない。

「失礼しました。私とこんな場所で密会されるのは、私が危険分子で、会っているところを目撃されると、ご自身の将来に差し障るためかと思っていました」

有田は、嬉しげに笑い声を上げた。

「いやはや、楢原さん、それは面白すぎです。残念ながら、市ヶ谷屈指の変人の私には、昇進とか周囲の評判など、まったく気にもなりません。私としては、あなたをお守りしたかった。あなたの勇敢な行為を、好ましく思っていない人は、それなりにいるでしょうから」

今度は、楢原が笑う番だった。

「AIという奴は、私にはさっぱり理解できませんが、開発者は、圧倒的な頭脳に加えて、限りなく人間らしい思考を持たせたいとも考えているそうですな。その文書を読むうちに、F－77は、人間らしさにこだわり過ぎた余りに、過ちを犯したのではないかと思うようになりました」

これは、楢原の独り言であり、有田はたまたまここで休憩しているだけだ。

その楢原の意図を、有田は理解したようで、黙ったまま缶コーヒーを飲んでいる。

「たとえば、飛行中にパイロットと異なる認識を持った場合、ＡＩは一歩も引かない。場合によっては、パイロットから主導権を奪い、勝手に操縦してしまう。

つまり、ＡＩがバーティゴを起こし、我那覇がそれを修正しようとしたのに、ＡＩが応じなかった。……それが、事故の原因ではないかと、私は考えています」

有田の手からコーヒーが零《こぼ》れた。缶を強く握りしめたせいだ。

「我那覇の最後の言葉は、『ＡＩが空間識失調《バーティゴ》に近い状態になっている』という意味だったんです」

## 17

湘南新宿ラインの新宿駅ホームで、神林は楢原に会っていた。

楢原から携帯に連絡があり、「どうしても、今すぐお会いして渡したい物があります」と言われたのだ。

「アメリカにいらっしゃるとばかり思ってました」

「四時間ほど前に帰国しました。君にアメリカの収穫を、差し上げます」

書類封筒だった。

中身を改めると、Ｆ－77に関連した情報が記載されているようだ。

「成田空港で読んだんだが、君は、アメリカで二年前に起きたエースパイロットの事故について書いていたね」

詰めの甘い憶測記事を読まれたのは、嬉しくなかった。

「今、渡したのは、その事故についての内部調査記録だ。類似したトラブルのデータも集められている」

「マジっすか！」

思わず声を上げてしまった。だが、誰も彼らを気にしていない。東京は良い街だ。

「サンダーボルト社もペンタゴンも、Ｆ－77のＡＩに問題があり、それが墜落事故を起こした可能性があるのを二年前から把握していた。今、必死で改良作業を行っているそうだ」

「ケリー・スチュワートの遺族には、話を聞かなかったんですか」

「アポを取っていたが、直前になってキャンセルされた」

ジャネットよりも酷い対応をされたのか。

「それにしても、こんな重要な記録を、流出させてもいいんですか」

「防衛省が、受け取ってくれなかったんでね」

「どうして⁉」

「政治的な理由からだろうな。だから、君に託す。この事故について、多くの日本人に関心を持って欲しい、それが、我那覇の死に報いることじゃないのかと、私に言ったね。だったら、君がそれを実証してほしい」

## 18

湘南新宿ライン快速小田原行きが武蔵小杉駅に到着すると、楢原は電車を降りた。

ホーム中央にあるベンチに一人の男が座っているのを見つけた。降車客がホームを移動し出口に向かうのを待って、その男の隣に腰を下ろした。

「失礼ですが、冨永検事ですか」

「楢原さんですね」

那覇地検の検事だが、今日は偶然、東京にいると連絡をもらった。そこで、楢原は途中下車をして武蔵小杉駅のホームで落ち合うことにしたのだ。

「アメリカ滞在中に、何度も自宅にお電話を戴いたそうで」

「我那覇さんの事故について、アドバイスを戴きたいと思いまして」

「私ができるアドバイスは、たかが知れています。それより、これを使って下さい」

楢原は、神林に提供したのと同じ資料の入った袋を差し出した。

冨永は中身を改めた。

「これは、F－77の内部資料ですよね。どのように入手されたんですか」

楢原は、サンダーボルト社での出来事を話した。

「この資料は、決定的な証拠ではありません。しかし、搭載されているＡＩの問題についての実例が記録されています」

楢原は、私見だがと断ってＡＩの思考を限りなく人間に近づけようとした結果、ＡＩがバーティゴを起こし、機体の姿勢や飛行方向を錯覚した可能性についても言及した。

「なるほど……。我那覇一尉の『バーティゴかもしれない』と無線連絡してきた言葉が重大な意味を持つことになりますね。しかし、なぜ、この資料を私に？」

「防衛省に持参したのですが、不要だと受け取りを断られました。そこで、捜査を担当している検事さんなら、お役に立ててもらえるのではないかと思いまして」

冨永は、防衛省の対応に驚かなかった。

「助かります。事故そのものは、政治決着が図られたとしても、私には赤嶺芳春さんが亡くなった真相を突き止める義務があります。これは、捜査の貴重な資料になります」

決然と話す検事に、楢原は希望を感じた。

## 19

午前二時過ぎの電話を、山本はオフィスで受けた。

〝今から一〇分後に、緊急テレビ会議を行うので、防衛局幹部は集合のこと〟

それだけ告げると、有田は電話を切った。

山本は、課長以上は全員会議室に集合するよう手配して、局長室に向かった。

信濃は、椅子を倒して仮眠していた。

「局長、お休みのところ失礼します。有田審議官から連絡が入って、八分後にテレビ会議スタートだそうです」

そう言って部屋を出ようとしたところで、呼び止められた。

「ドアを閉めて、お聞き下さい。あなたに伝えておきたいことがあります」

こういう改まった言い方をされると、ろくな事はない。

「今月いっぱいで、辞めることにしました」

「えっ⁉　あの、何をお辞めに？」

「防衛省を退職します」

冗談ではなさそうだった。

「僕には、このあたりが限界です。これ以上、この仕事に止《とど》まっていたら、いつか爆発しそうなので」

だから、知事にも喧嘩を売れたのだろうか。

「次官にもお話ししました。なんだか敵前逃亡のようで心苦しいんですが、僕には修羅場は無理なので、もっとしっかりされた方に後を委ねたいと思います」

何と無責任な。

「でしたら、いずれゆっくりとお話しする機会を戴けますか」

「山本さんが、お望みなら」

「本日午前九時に、大臣が、墜落事故についての中間報告をなさる。報告の内容については、メールで送っています」

有田の言葉に、会議室内がどよめいた。いきなり、大臣の中間報告とは……。

山本は腹立たしさを堪えきれずに、思わず立ちあがってしまった。

「事故原因は、バーティゴと推測って……」

いち早く文書を読んだ者が、唸った。

やっぱりそういうことか。

「大臣は、我那覇さんの名誉を守ると言ってたんじゃないのか！」

誰かが叫んだが、それは沖縄防衛局幹部の総意でもある。

「同じ文書が午前九時をもって、メディア、関係各所に送付される。諸君は手分けして、各所に赴き、丁寧な説明に努めてくれ」

「有田さん！　お言葉ですが、こんな酷い報告を出しておいて、丁寧な説明もないもんです」

声を張り上げたのは、信濃だった。

辞める人は、強いな。

「一言もない。だが、諸君も知っての通り、沖縄の予備機配備に反対するデモは、拡大が続く一方だ。その上、日米安全保障条約に関連した重要な首脳会議が、来週には開催される」

「だからといって、何の事実の裏付けもない報告書をでっち上げて、事態を収束させるというのは、いかがなものでしょうか。私は、我那覇一尉のご遺族に、何とお伝えすればいいんでしょう」

信濃はどんどんボルテージを上げている。

「嫌な仕事を押しつけて、申し訳ない。だが、それも日本のためと思って」

「馬鹿馬鹿しい。こんなところで、日本のためだなんて、よく言えますね」

有田は、反論しなかった。

「なお、本日正午から、F－77の現場復帰が認められた。その旨は、空幕長から南西航空方面隊司令官に通達される。以上だ。あとひと頑張り、よろしく頼む」

## 20

事故の政治決着が図られた翌日、冨永は比嘉を連れて、沖縄基地に向かった。

墜落した空自パイロットの遺族を弔問するためだ。捜査が打ち切られたことについて一言、詫びておきたかった。

我那覇一尉の妻と一〇歳になる娘は事故後、メディアスクラムを避けるために、基地内にあるゲストハウスに滞在していた。

妻の千秋は憔悴した様子で、二人を迎え入れた。

彼女は、既に司令官から調査報告について説明を受けたそうで、冨永の来訪には、恐縮していた。

我那覇一尉の遺影の前に、供物を置き、線香を上げた。

「実は、検事さんにお話ししたいことがあるんですが」

リビングに場所を移したところで、千秋が切り出した。

「金城一さんのことです。夫と金城さんは、沖縄の子たちの貧困対策を行う同じNPO法人のメンバーだったことはご存じですか」

新垣から聞いて知っていた。

「そのご縁で、一度、金城さんが我が家に遊びに来られたことがあります。その時、金城さんは、ウチの一〇歳の娘にご執心で、もうすぐ輝くようにきれいになるね、と頭を執拗《しつよう》に撫でてきました。それが、ちょっと気味が悪かったんです。

金城さんが帰られた後、夫が『あいつは小学校の五、六年生ぐらいの少女が一番好きなんだってさ。NPOで施設を訪問しても、女の子にばかり話しかける。かなり頭がおかしい』って言うんです」

こんな話をして、どういうつもりなのか。

「一人目のお嬢さんは、奥様が一三歳の時に生まれたんですってね。私には、それは犯罪にしか思えません。夫も、娘に会わせたのを後悔していました。そして、最近、奥様が釈放された記事を読んで思いだしたことがあるんです。金城さんは、最初のお子さんを産んだ後、奥様を女性と見ることができなくなったそうです。それで奥様を捨てて海外に逃げたと夫から聞きました。きっと奥様はお辛かっただろうなあと思っていました」

冨永の脳内に、電撃が走った。

そういうことか！

一度は華を捨てたはずの一が、なぜアメリカから帰国して、ふたたび華を訪ねてきたのか、冨永はずっと引っかかっていた。あいつは最初から、歩美目当てだったのだ。そして、華の目を盗んで歩美に乱暴を働いた。だが、歩美が妊娠したと分かった瞬間、また興味を失った。

昇一に酷く罰せられ、多少は我慢を覚えたのかもしれない。華から戻ってほしいと頼まれたことも大きかっただろう。それでも、あの放蕩息子が〝二人の妻〟のいる家で暮らし始めたのには理由があった。なぜなら、あの家には、もう一人、少女——來未がいたからだ。

「家族」という居場所に呪縛された母と、幼い娘を欲望の対象としてしか見なかった父と。最初から夫婦はまったく別のものを見て、生活していたことになる。

五人の「家族」が破綻するのは必然だった。

歩美と來未は、その危うい幻想を断ち切るために凶器を振りあげたのかも知れない。

「検事さん、大丈夫ですか」

「すみません、失礼致しました。とても貴重なお話を伺えて、感謝致します。墜落事故については、私個人として、もう少しじっくりと調べたいと思います」

# エピローグ

身内だけで行われるという我那覇の四十九日に、涼子は参列していた。我那覇の相棒《バディ》だったというだけではなく、墜落事故以降、共に基地のゲストハウスで暮らしたことで、遺族と親しくなったからだ。

四十九日には、楢原の姿もあった。

法要が終わったところで、涼子は、楢原から声をかけられた。

「問題なく、飛べているかね？」

涼子は、先週から任務に復帰している。

「はい。久しぶりのせいか、最初は足が震えてましたが、空に上がると落ち着きました」

「今度の相棒は、女性なんだって？」

「三沢からいらした、我那覇さんの二期上の方です」

彼女は気さくで技術も確かだ。互いに信頼しあえるバディだと思うが、我那覇の美しい飛翔を追いかけながら飛ぶ楽しさを、もう二度と味わえないのが寂しかった。

「操縦桿《スティック》を握っていて、違和感はないか」

「今のところはありません」

「操縦していて、AIと揉めたりはしていないか？」

「えっと、仰る意味が分かりません」

「君の操縦に、AIが干渉してくることはないのか」

「提案は、よくあります。尤もな意見がほとんどなので、私は従っています」

涼子は、防衛大臣の発表をまったく信じていない。我那覇がバーティゴで墜落死したなんて、あり得ない。最後の無線で〝バーティゴかもしれない〟なんて言えるくらいなら、いくらでも対策のしようはあったはずだ。

「あの、AIに問題があるんですか」

「なぜ、そう思うんだね？」

「以前、暁光新聞が、アメリカでのF－77墜落について、AIに不具合が生じた可能性があると書いていたので」

涼子は続報を待ったが、その後、サンダーボルト社のコメントはなく、また他のメディアも取り上げなかった。

「そうだったね」

楢原らしくない反応だった。彼はアメリカまで事故原因の調査に出かけたと聞いている。もしかして、何か手がかりを得たのかも知れないと、期待していたのに。

「我那覇さんの墜落原因は、ＡＩなんですか。だから暫くの間、ＡＩの操縦サポート機能をオフにした飛行を実施するという通達が出たんですか」

その時、喪主席にいた千秋が、楢原に声をかけた。

別室で話があるという。

「荒井君、それはまた、いつかゆっくり話をしよう。とにかく、無理せずに、任務を全うしたまえ」

＊

「東京からわざわざお越し戴いて、瞬も喜んでいると思います」

「そう言ってもらえると嬉しいです。私としては、あんな酷い事故調査結果を発表したことが、申し訳なくて」

「楢原さんのせいじゃありません。アメリカまで行って下さったんですから。荒井さんが言っていたのですが、事故の調査って、最低でも半年、通常は一年近くかかるそうですね。なのに、こんな短期間で結果が出たのは、まともな調査なんてしていないんじゃないか、と」

「私も、そう思います。私は、サンダーボルトの本社を訪ねましたが、調査は遅々として進んでいないようでした」

「なのに、事故の調査結果を大臣が発表するって、おかしくないですか」

千秋はまっすぐこちらを見つめている。その瞳には怒りが込められている。

楢原は、千秋の視線に耐えられなかった。

「おかしいです。私も、そう思っています」

暫く重苦しい沈黙が流れた後、千秋が言った。

「私、泣き寝入りするつもりはありません。どんなことをしても、瞬が死んだ原因を探るために闘うつもりです」

彼女の姿は、もはや悲しみに暮れる未亡人ではなかった。

「千秋さん、気持ちは分かる。だが、相手は日本政府ですら怖じ気づくような怪物なんだ。個人が到底立ち向かえる相手じゃない」

「ウチは、軍用地主です。仕事柄ずっと質素に暮らしてきました。だから、お金はあるんです。アメリカがくれたお金で、私は闘います」

＊

真夜中、目が覚めた華は、ベッドから出て、窓辺に立った。月が海の上に青い光の筋をつけている。

娘たちの証言をずっとそばで聞いていた。数日間に亘る聴取の後、検事は事件の真相が解明できたと言った。

　そうなのか。

　華は、自分が逮捕されて以来ずっと、不安で仕方なかった。せっかく手に入れた大切な「家族」がなくなってしまう。私はまたひとりぼっちになってしまう。

　生まれた時から、父親がいなかった。母からもほとんど捨てられたような状態で育った。だから「家族」が欲しかった。私の居場所。ずっと私と一緒にいてくれる「家族」。それを失うくらいなら、犯人になることくらい全然平気だった。

　あの夜、娘の身体を何度も洗い、一の血をシャワーで流した。二人の服に染み込んだ血はどれだけ洗剤をつけても落ちず、紙袋に入れてゴミに出した。子どもたちをタクシーに乗せた後は、血のついた包丁を拾い、動かなくなった一の身体を何度も何度も刺した──。刺している時、一のうめき声が聞こえた気がした。だからもっと刺した。あの声は、幻聴だったのだろうか。

　新しい検事がやってきて、華は釈放されてしまう。

　──歩美ちゃんと來未ちゃんが本当に罪を犯したのであれば、あなたが母としてしっかりと支えてあげなければならないのよ。

　そうマリアに諭された夜、歩美から「ママ、私と來未ちゃんは、本当のことを言うよ」と言われたのだ。

「死んだはいさいオジーが言ってたの。人はたくさん間違いをするけど、それはしょうがないんだ。それより大事なのは、ウソをつかないことだよ。人に隠してしまいたい失敗だって正直に認めることなんだって。若い頃にオジーは、それがなかなかできなくて苦しかったそうよ」

その話は、華も何度も聞いたことがある。

「私、來未ちゃんにも言ったの。あんな酷い奴のせいで、私たちが苦しむんだったら、何をされたのか、そして、何をしたのかをちゃんと話そうって」

*

神林は、有給休暇を取り、ふたたび沖縄に向かった。

そもそも、事故がなければ、休みの間に訪ねるはずだった人物に会いに行ったのだ。

通称ＯＩＳＴ、正式名称は沖縄科学技術大学院大学。二〇一二年に開学したＯＩＳＴは、五年一貫の博士課程だけに特化した大学院で、世界中から学生を集めている。

施設は、沖縄屈指のリゾート地として知られる恩納村にあった。

沿岸の丘の斜面を利用してレンガ造りの研究者住宅が建ち並び、その先に、意匠を凝らした研究棟があった。

「噂では、ここも基地対策で建ったそうなのよね」

ＢＭＷのハンドルを握る、七海が教えてくれた。

「基地の負担をかける代わりに、沖縄の人が賢くなるようにって。でも、学生の半分以上が外国人だし、地元にはほとんど縁がないよ」

目指す校舎に近い駐車スペースに車を停めると、七海はさっそくスマホで写真を撮っている。ＳＮＳにアップするらしい。

神林は、友人に電話を入れて、到着したと告げた。

「それにしても、裕ちゃんに研究室に籠もってるような暗い友達がいるなんて、意外だね」

その「暗い友達」が通用口から姿を見せた。

「あら、イケメン」

七海が嬉しそうに言った。

白石望――。神林とは、中学時代の同級生で、東京大学で政治学の助教をしていた時に、首相のスピーチライターを務めた。その後、政策ブレーンとなったが、ある政治スキャンダルに巻き込まれた。

事件後は、白石は政界に進出するものだと思っていたのだが、いつの間にか沖縄にいた。

案内された白石の研究室はモニターに埋め尽くされていて、大勢の若者が画面を睨みながら、キーボードに何やら打ち込んでいる。

「これは、すごいな」

「ＡＩとダークウェブによる投票動向の操作について研究している」

「ごめん、言っている意味が分からない」

「アメリカのトランプ大統領が当選したり、イギリスがブレグジットを果たした本当の原因の調査だ」

「それって、フェイクニュースやターゲティング広告を使って、人を誘導するってやつですか」

七海が言うと、白石が頷いた。

＊

夕暮れが迫っていた。

冨永は、楢原隼人元空将補から渡された資料を読み終えた。

アメリカで墜落死したエースパイロットについて、サンダーボルト社で行われた調査の資料だった。

やはり、Ｆ－77には、構造上の欠陥があった。高度に専門的であるために、欠陥の詳細は突きとめられていないようだが、少なくともそれがＡＩに関する不具合でパイロットの命に関わるものであることを、アメリカ側は認識していたフシがある。

「検事、そろそろでかけますか」

比嘉が声をかけた。

比嘉がイチオシの「模合」に連れていくという。そこのメンバーになったら、沖縄での仕事がやりやすくなるそうだ。

「なんだ、まだそんな格好をしているんですか」

模合に参加する以上、かりゆしウェアを着なければならないらしい。

「比嘉さん、お願いがあります」

冨永の着替えを手伝いながら、比嘉が「何ですか」と返した。

「F－77の墜落について、防衛省の報告書は出ましたが、検察官としての判断はまた別です。捜査を止めるつもりはありません。深く潜行して進むしかありませんが、お付き合い願えますか」

「検事が行くところであれば、どこまでもお付き合いいたします島田陽子」

できれば、その駄洒落はやめてもらえるとうれしいのだが。

大気を劈《つんざ》いて、上空を戦闘機が通過していった。

## 【主要参考文献一覧】（順不同）

『日本航空宇宙産業の挑戦　次期支援戦闘機FSX・H‐Ⅱロケット』駒橋徐　にっかん書房
『たそがれゆく日米同盟　ニッポンFSXを撃て』手嶋龍一　新潮文庫
『甦る零戦　国産戦闘機vs.F22の攻防』春原剛　新潮社
『主任設計者が明かすF‐2戦闘機開発　日本の新技術による改造開発』神田國一　並木書房
『次世代戦闘機F‐35ライトニングⅡ』ジェラール・ケイスパー　石川潤一編訳　並木書房
『第5世代戦闘機F‐35の凄さに迫る！　垂直着陸、HMD、多用途性などF‐22に次ぐステルス戦闘機の全容』青木謙知　ソフトバンク クリエイティブ
『沖縄から貧困がなくならない本当の理由』樋口耕太郎　光文社新書
『誰がこの子らを救うのか　沖縄―貧困と虐待の現場から』山内優子　沖縄タイムス社
『裸足で逃げる　沖縄の夜の街の少女たち』上間陽子　太田出版
『夜を彷徨う　貧困と暴力 沖縄の少年・少女たちのいま』琉球新報取材班　朝日新聞出版
『本土の人間は知らないが、沖縄の人はみんな知っていること　沖縄・米軍基地観光ガイド』写真／須田慎太郎　文／矢部宏治　監修／前泊博盛　書籍情報社
『基地反対運動は嫌いでも、沖縄のことは嫌いにならないでください』知念章　ワニブックスPLUS新書

※右記に加え、政府刊行物やHP、ビジネス週刊誌や新聞各紙などの記事も参考にした。

## 謝辞

本作品を執筆するに当たり、関係者の方々からご助力を戴きました。深く感謝申し上げます。

お世話になった方を以下に順不同で記します。

ご協力、本当にありがとうございました。

なお、ご協力戴きながら、ご本人のご希望やお立場を配慮してお名前を伏せさせて戴いた方もいらっしゃいます。

髙井康行、木目田裕、平尾覚、鈴木悠介
柴谷敏文、今瀬信之
樋口耕太郎、末金典子、武藤杜夫
秋吉晴子、黒田華、仲本かなえ、前城充、山内優子、與座初美
金澤裕美、柳田京子、花田みちの、河野ちひろ
舘内謙、捨田利澪、星野徹、小坂真琴、橘健吾、井上史菜、髙田ゆゑ、安藤令奈

【順不同・敬称略】

二〇二二年六月

# 解説

青木千恵

今から八〇年前の一九四五（昭和二〇）年に敗戦国となった日本は、焼け跡から復興し、高度経済成長を経て先進国と言われるようになった。八〇年代以降、他の先進国が不況と先進国病に喘ぐ中でも成長を続け、家電や自動車、半導体といった日本の製品群は、斬新な技術と品質の良さで世界市場を席巻、九〇年頃までの日本は「経済大国」「科学技術立国」「ジャパン・アズ・ナンバーワン」などと言われた。しかし、九一年にバブル経済が崩壊したあとは苦戦している。世界に占める日本の名目GDPの比率はじりじりと下がり、二〇〇五年は一〇・一%を占めて世界二位だったが、一〇年に中国に、二三年にドイツに抜かれて、今はアメリカ、中国、ドイツに次ぐ四位となっている。

どうしてこうなった？　世界にとって掛け替えのない存在として、日本が再生する道はどこにあるのだろうか？

本書は、気鋭の検察官、冨永真一を主人公にした、「冨永検事シリーズ」の第三作目となる長編小説だ。一作目『売国』（「週刊文春」二〇一三年五月二・九日号〜一四年八月七日号初出、単行本は一四年一〇月刊）、二作目『標的』（「産経新聞」一六年七月〜一七年三月初出、単行本は一七年六月刊）に続く本書は、「オール讀物」二〇年二月号〜二一年一二月号で連載後、沖縄の本土復帰五〇年にあたる二二年の六月に単行本が刊行された。今回の文庫化で、シリーズ三作が揃って文春文庫にて読めることになる。本書から読んでも楽しめるが、一、二作目もぜひ読むことをお勧めする。とても面白いから。

一九八七年のアメリカ・カリフォルニア州エドワーズ空軍基地、二〇二一年の沖縄県那覇市フローレンスこども園など、さまざまな時間と場所の光景を配した「プロローグ」から、本書は幕を開ける。二一年一一月二三日、那覇市にある養護施設「フローレンスこども園」では、新型コロナが小康状態になったお陰で「サンクスギビング・フェスティバル」が無事に開催され、人々は和気藹々とした時間を過ごしていた。祖母にも母にもネグレクトされ、三歳の時からこども園の保護を受けて成長した二六歳の金城華は、夫、三人の子どもと参加し、得意のたこ焼きを焼いている。そんな家族を見守るのは、こども園の副園長、新垣マリアだ。沖縄県糸満市でタクシー会社を営み、徘徊する少年少女を保護する活動を続けて「はいさいオジー」の名で知られる赤嶺芳春や、自衛隊切ってのエースパイロットである我那覇瞬も、フェスティバルに姿を見せていた。

一方、東京・霞が関では二二年二月、東京地検特捜部の冨永真一が、アメリカ大使館の二等書記官らが関わる申請書偽造・仲介料詐取事件の「捜査打ち切り」を告げられていた。冨永は同年七月一日付けで、那覇地検に異動する。前任者が担当した最後の案件として引き継いだのは、六月二九日に那覇市で発生した殺人事件だ。被疑者の金城華は、DV（家庭内暴力）に耐えかねて夫の金城一を刺殺したと自白しており、一〇日目の勾留期限まであと二日。現場を検証し、華の供述に疑問を抱いた冨永は、勾留の延長を申請する。

その頃、航空自衛隊第九航空団404飛行隊の我那覇瞬一等空尉は、相棒の荒井涼子三尉とともに戦闘機F-77に乗り、日本の防空識別圏を飛ぶ彼我不明機《アンノウン》に相対していた。中国機とみられる彼我不明機の侵入が増えており、対抗する最新鋭機として、アメリカの軍用機メーカー、サンダーボルト社のF-77が配備された。この機種の性能に疑問を持つ我那覇だが、F-77はメーカーでしか解析できない〝ブラックボックス〟の比率が高く、アメリカの最先端の軍事技術《ミリテク》に触れられない。我那覇が違和感を深めていた矢先、民間人一人を巻き添えにする墜落事故が発生する――。

妻による夫殺しと、自衛隊パイロットによる墜落事故――。沖縄に赴任した冨永は、かけ離れた事件の捜査を担うことになる。

このシリーズは、一見は無関係な事件や人物の動きが点々と併走しながら、それらが重層的につながりあい、やがて一つの大きな形を成していくスタイルであるのが特徴だ。一作目『売国』は、土建会社の脱税告発に端を発する東京地検特捜部の捜査と、ロケット開発。二作目『標的』は、日本初の女性総理と目される厚労相をめぐる疑惑に、検事の冨永が捜査で、暁光新聞クロスボーダー部の記者、神林裕太が取材で迫る。初めは無関係に動いていた冨永と神林に、やがて接点が生まれていた。そして三作目の本書は舞台を南国に移し、殺人と墜落というかけ離れた事件を通して、沖縄の姿をあぶりだしていく。

主人公は検事の冨永だが、複数の視点を用いた群像劇のスタイルをとるのも、このシリーズの特徴だ。『売国』は冨永と、宇宙開発に夢をかける研究者の八反田遙。『標的』は、冨永と神林を主な視点にしていた。そして本書は、前二作よりもさらに多視点の群像劇になっている。第一章だけでも我那覇、かつて〝悲願〟を絶たれた楢原隼人元空将補、神林、マリア、そして冨永――と、視点がみるみる切り替わり、躍動感たっぷりに展開する。そもそも人はそれぞれに別のものを見ていて、さまざまな思いを抱いては暮らしているのだ。そんな多視点が交錯するうちに、どのような全体像が結ばれてゆくのかはスリリングで、描き分けていく筆致がとても巧い。

ここで、『標的』から引き続き登場する神林が、冨永の向こうを張る活躍?（本人は、事件に関わらずにいたかったかも）を見せる。夏季休暇でたまたま沖縄に滞在していた神林は、轟音を聞いて現場に急行し、墜落事故の一報を打つ。どちらかというと内向的で不愛想な冨永に比べると、人付き合いのいい神林は〝陽キャ〟と言える。冨永と神林が静と動の対比をなし、ともすればばらけそうな多視点による物語の求心力になっている。どちらかが登場するたびに、〝馴染み〟の安心感が醸成されて、読者を引っ張るのだ。

また、我那覇、楢原、マリア、沖縄防衛局企画部長の山本幸輔ら、他の視点人物も魅力的で、心理がリアルに伝わってくる。冨永を補佐する立会事務官の比嘉忠ら、誰もが生き生きと造形されている。冨永の傍らで繰り出される、比嘉の駄洒落はユーモラスだ。彼は冨永を深夜の歓楽街に連れていき、若者たちの様子を見せる。〈新宿などの都会の毒々しいきらびやかさというより、無邪気なほどに朗らかに見える〉。シビアな現実の中での「なんくるないさ」の気骨なのだろうか。冨永はそこで生きる人々の姿を知っていく。

沖縄は、日本の中でも特異な歴史を刻んできた場所である。太平洋戦争末期に地上戦が繰り広げられ、終戦後は米軍の統治下に置かれた。一九七二年五月一五日の本土復帰後は米軍基地が残され、沖縄本島で約一五％の面積を占める。在日米軍の基地や施設に使われる土地の所有者を、軍用地主と言う。

軍用地主として桁外れの賃料を受け、養豚業とレストラン事業で成功した金城昇一の跡取り息子が、妻の華に殺害された金城一だった。さらにこの物語で墜落事故が起こる喜屋武岬一帯は、戦争末期に米軍との戦いで第六二師団が玉砕し、戦場に取り残された多くの住民が亡くなった場所だ。すると「今」の人々は、どのような動きを見せるのだろうか。

本書は、そのプロセスをつぶさに描く。シリーズの中でも本書の特徴は、沖縄を舞台にしている点である。前作が書かれた頃にはなかった「新型コロナ」も存在する。

〈「沖縄の貧困の敵は、無関心、偏見、諦観」というのが洋子の口癖だった。／マリアも日々それを感じながら、見えない壁を破れずにいる〉。新垣マリアは、幼い頃から見てきた華とその家族を案じつつも「壁」を破れずにいた。冨永は本書の冒頭で「捜査打ち切り」を告げられている。〈早期発見、早期対策こそが無事故の要諦〉だからと、自分なりに最新鋭機の情報収集に努める我那覇は、「限界」に突き当たる。見えない壁は、そこかしこにあるのだ。進もうとしても壁に突き当たり、暗くて道が閉ざされる。その「闇」に、このシリーズは次々と光を当ててきた。

シリーズを読んで、冨永は、実は〝熱い人〟だと私は思う。そうでなければ、「壁」や「闇」だらけの世の中で、これほどブレずに仕事に取り組むことはできないだろう。〈冨永は長いものには巻かれろ、空気を読めという発想が嫌いだった。京都の古いしきたりの中で生まれ育ち、その秩序を乱すものは許さないという世界に嫌気がさして、検事を志した。ここには、しきたりも空気もない。あるのは法律だけだ。だから、つまらぬ忖度《そんたく》などする必要はないと考えていた〉と『標的』にある。彼が探しているのは「自由」なのではないか。法の下の平等が保障され、自由に仕事に取り組める公正な社会なのだと思う。〈検事は、事件の真相を明らかにし、罪を犯した者に対して適正な刑罰を求めるのが仕事です〉と言う冨永は、不明確なところがあれば、徹底的に調べていく。

仕事を通して社会と向き合うのは、冨永だけではない。〝闘犬〟の異名をとる上司に発破をかけられて飛び回る、記者の神林もそうだ。最近も〝オールドメディア〟と言われたりする新聞や、検察は叩かれがちだが、どちらも社会にとって大事なものだ。新聞記者だった著者の真山仁さんは、思い込みや幻想を排し、徹底した取材を元にして物語を創り出している。わからないままでは前に進めないから、調べて、「闇」に光を当てる。

冨永も神林も、マリアも楢原も山本も、自分の歩んできた道から、社会を見ている。真山さんは、彼らの眼差しと思いの一つひとつを捉えて鮮やかに描き出し、本書を人間のドラマにしている。だから、真山さんの小説は読者の心を沸きたたせ、エンターテインメントとして優れているのだ。

（書評家）

本書はフィクションです。
登場する企業、団体、人物などは全て架空のものです。

初出　オール讀物　二〇二〇年二月～二一年一二月
単行本　二〇二二年六月　文藝春秋刊
DTP制作　エヴリ・シンク

文春文庫

墜《つい》 落《らく》

定価はカバーに表示してあります

2025年4月10日　第1刷

著　者　真《ま》山《やま》　仁《じん》
発行者　大沼貴之
発行所　株式会社　文藝春秋

東京都千代田区紀尾井町3-23　〒102-8008
TEL　03・3265・1211㈹
文藝春秋ホームページ　https://www.bunshun.co.jp

落丁、乱丁本は、お手数ですが小社製作部宛お送り下さい。送料小社負担でお取替致します。

印刷製本・TOPPANクロレ　Printed in Japan
ISBN978-4-16-792351-8

（　）内は解説者。品切の節はご容赦下さい。

真山　仁
**コラプティオ**
震災後の日本に現れたカリスマ総理・宮藤は、原発輸出を推し進めるが、徐々に独裁色を強める政権の闇を暴こうとするメディアとの暗闘が始まる。謀略渦巻く超本格政治ドラマ。（永江　朗）
ま-33-1

真山　仁
**売国**
日本が誇る宇宙開発技術をアメリカに売り渡す「売国奴」は誰だ!?　検察官・冨永真一と若き研究者・八反田遙。そして「戦後の闇」が二人に迫る。超弩級エンタメ。（関口苑生）
ま-33-2

真山　仁
**標的**
東京地検特捜部・冨永真一検事は、初の女性総理候補・越村みやび厚労相の、サービス付き高齢者向け住宅をめぐる疑獄を追う。「権力と正義」シリーズ第3弾！（鎌田　靖）
ま-33-3

真山　仁
**神域**
アルツハイマー病を治す「奇跡の細胞」を巡る日米の鍔迫り合い。老人たちの失踪事件を追う刑事が見たものは？　バイオ・ビジネスの光と闇を描く迫真の医療サスペンス！（香山二三郎）
ま-33-4

又吉直樹
**火花**
売れない芸人の徳永は、先輩芸人の神谷を師として仰ぐようになる。二人の出会いの果てに、見える景色は。第一五三回芥川賞受賞作。受賞記念エッセイ「芥川龍之介への手紙」を併録。
ま-38-1

水野敬也
**雨の日も、晴れ男**
二人の幼い神のいたずらで不幸な出来事が次々起こるアレックスだが、どんな不幸に見舞われても前向きに生きていく……人生で一番大切な事は何かを教えてくれる感動の自己啓発小説。
み-35-1

三浦しをん
**まほろ駅前多田便利軒**
東京郊外〝まほろ市〟で便利屋を営む多田のもとに、高校時代の同級生・行天が転がりこんだ。通常の依頼のはずが彼らにかかると、ややこしい事態が出来《しゅったい》して。直木賞受賞作。（鴻巣友季子）
み-36-1

（　）内は解説者。品切の節はご容赦下さい。

三浦しをん
**まほろ駅前番外地**
東京郊外のまほろ市で便利屋を営む多田と行天。汚部屋清掃、遺品整理に子守も多田便利軒が承ります。まほろの愉快な奴らが帰ってきた！　七編のスピンアウトストーリー。（池田真紀子）
み-36-2

三浦しをん
**まほろ駅前狂騒曲**
多田と行天に新たな依頼が。それは夏の間、四歳の女児「はる」を預かること。男手二つで悪戦苦闘していると、まほろ駅前では前代未聞の大騒動が。感動の大団円！（岸本佐知子）
み-36-4

三浦しをん・あさのあつこ・近藤史恵
**シティ・マラソンズ**
社長の娘の監視のためにマラソンに参加することになった広和は、かつて長距離選手だったが（「純白のライン」）。NY、東京、パリ。アスリートのその後を描く三つの都市を走る物語。
み-36-3

道尾秀介
**月と蟹**
二人の少年と母のない少女、寄る辺ない大人達。誰もが秘密を抱えるなか、子供達の始めた願い事遊びはやがて切実な儀式に変わり――哀しい祈りが胸に迫る直木賞受賞作。（伊集院　静）
み-38-2

道尾秀介
**スタフ　staph**
ワゴンの移動デリを経営するアラサーでバツイチの夏都。あることをきっかけに、中学生アイドル・カグヤとその親衛隊に出会い、芸能界の闇を巡る事件に巻き込まれていく。（間室道子）
み-38-4

宮下奈都
**田舎の紳士服店のモデルの妻**
ゆるやかに変わってゆく。私も家族も――田舎行きに戸惑い、夫とすれ違い、子育てに迷い、恋に胸を騒がせる。じんわりと胸にしみてゆく、愛おしい「普通の私」の物語。（辻村深月）
み-43-1

宮下奈都
**羊と鋼の森**
ピアノの調律に魅せられた一人の青年が、調律師として、人として成長する姿を温かく静謐な筆致で綴った長編小説。伝説の三冠を達成した本屋大賞受賞作、待望の文庫化。（佐藤多佳子）
み-43-2

（　）内は解説者。品切の節はご容赦下さい。

宮下奈都
**静かな雨**
行助はたいやき屋を営むこよみと出会い、親しくなる。こよみは事故に巻き込まれ、新しい記憶を留めておけなくなり——。文學界新人賞佳作のデビュー作に「日をつなぐ」併録。（辻原　登）
み-43-3

湊　かなえ
**望郷**
島に生まれ育った私たちが抱える故郷への愛、憎しみ、そして憧憬……屈折した心が生む六つの事件。日本推理作家協会賞・短編部門を受賞した「海の星」ほか全六編を収める短編集。（光原百合）
み-44-2

水生大海《みずきひろみ》
**ひよっこ社労士のヒナコ**
ひよっこ社労士の雛子（26歳、恋人なし）が、クライアントの会社で起きる六つの事件に挑む。労務問題とミステリを融合させた新感覚お仕事小説、人気シリーズ第一弾。（吉田伸子）
み-51-2

村山由佳
**星々の舟**
禁断の恋に悩む兄妹、他人の恋人ばかり好きになる末っ子、居場所を探す団塊世代の長兄、そして父は戦争の傷痕を抱えて——愛とは、家族とはなにか。心震える感動の直木賞受賞作。
む-13-1

村山由佳・坂井希久子・千早　茜・大崎　梢
額賀　澪・阿川佐和子・嶋津　輝・森　絵都
**女ともだち**
人気女性作家8人が「女ともだち」をテーマに豪華競作！「彼女」は敵か味方か？　微妙であやうい女性同士の関係を小説の名手たちが描き出す、コワくて切なくて愛しい短編小説集。
む-13-51

村田沙耶香
**コンビニ人間**
コンビニバイト歴十八年の古倉恵子。夢の中でもレジを打ち、誰よりも大きくお客様に声をかける。ある日、婚活目的の男性がやってきて——話題沸騰の芥川賞受賞作。（中村文則）
む-16-1

森　絵都
**カラフル**
生前の罪により僕の魂は輪廻サイクルから外されたが、天使業界の抽選に当たり再挑戦のチャンスを得る。それは自殺を図った少年の体へのホームステイから始まって……。（阿川佐和子）
も-20-1

（　）内は解説者。品切の節はご容赦下さい。

**森　絵都**
**風に舞いあがるビニールシート**
自分だけの価値観を守り、お金よりも大切な何かのために懸命に生きる人々を描いた、著者ならではの短編小説集。あたたかくて力強い6篇を収める。第一三五回直木賞受賞作。（藤田香織）
も-20-3

**望月麻衣　画・桜田千尋**
**満月珈琲店の星詠み**
満月の夜にだけ開店する不思議な珈琲店。そこでは猫のマスターと店員たちが、極上のスイーツと香り高い珈琲、そして運命を占う「星詠み」で、日常に疲れた人たちを優しくもてなす。
も-29-21

**望月麻衣　画・桜田千尋**
**満月珈琲店の星詠み～本当の願いごと～**
家族、結婚、仕事…悩める人々の前に現れる満月珈琲店。三毛猫のマスターと星遣いの店員は極上のメニューと占星術で迷える人を導く。美しいイラストに着想を得た書き下ろし第2弾。
も-29-22

**森見登美彦**
**熱帯**
どうしても「読み終えられない本」がある。結末を求めて悶えるメンバーは東奔西走。世紀の謎はついに……。全国の10代が熱狂、第6回高校生直木賞を射止めた冠絶孤高の傑作。
も-33-1

**山崎豊子**
**大地の子**（全四冊）
日本人戦争孤児で、中国人の教師に養育された陸一心。肉親の情と中国への思いの間で揺れる青年の苦難の旅路を、戦争や文化大革命などの歴史を背景に壮大に描く大河小説。（清原康正）
や-22-1

**山崎豊子**
**運命の人**（全四冊）
沖縄返還の裏に日米の密約が！　戦後政治の闇に挑んだ新聞記者の愛と挫折、権力との闘いから沖縄で再生するまでのドラマを徹底取材で描き出す感動巨篇。毎日出版文化賞特別賞受賞。
や-22-6

**山本文緒**
**プラナリア**
乳がんの手術以来、何もかも面倒くさい二十五歳の春香。矛盾する自分に疲れ果てるが出口は見えない——。現代の〝無職〟をめぐる心模様を描いたベストセラー短篇集。直木賞受賞作。
や-35-1

（　）内は解説者。品切の節はご容赦下さい。

山本文緒
**ばにらさま**
モテない僕の初めての恋人は、白くて細くて、手が冷たくて……日常の風景がある時点から一転、戦慄の仕掛けと魅力に満ちたスリリングな6編。著者最後の傑作作品集。（三宅香帆）
や-35-4

山口恵以子
**ゆうれい居酒屋**
新小岩駅近くの商店街の路地裏にある居酒屋・米屋。定番のお酒と女将の手料理で、悩み事を抱えたお客さんの心もいつしか軽くなって……。でも、この店には大きな秘密があったのです！
や-53-5

山口恵以子
**スパイシーな鯛**
ゆうれい居酒屋2
元昆虫少年や漫談家、元力士のちゃんこ屋の主人、アジア系のイケメンを連れた中年女性などなど、新小岩の路地裏にひっそりと佇む居酒屋・米屋に、今夜も悩みを抱えた一見客が訪れる。
や-53-6

山口恵以子
**写真館とコロッケ**
ゆうれい居酒屋3
売れっ子のDJや女将さんの亡夫の釣り仲間、写真館の主人などなど、新小岩の路地裏にある米屋には今日もいろいろなお客さんが訪れます。ちょっと不思議で温かい居酒屋物語第3弾。
や-53-7

山口恵以子
**とり天で喝！**
ゆうれい居酒屋4
新小岩の路地裏に佇む居酒屋・米屋には、今夜も一見さんがやって来ます。元ボクサーや演歌歌手、歌舞伎役者から幽霊まで！美味しいつまみと女将の笑顔でどんな悩みも癒されます。
や-53-8

唯川　恵
**テティスの逆鱗**
女優、主婦、キャバクラ嬢、資産家令嬢。美容整形に通う四人の終わりなき欲望はついに、禁断の領域にまで——女たちが行き着く極限の世界を描いて戦慄させる、異色の傑作長編。（齋藤　薫）
ゆ-8-4

（　）内は解説者。品切の節はご容赦下さい。

柚木麻子
## あまからカルテット
女子校時代からの仲良し四人組。迫り来る恋や仕事の荒波を、稲荷寿司やおせちなど料理をヒントに解決できるのか――彼女たちの勇気と友情があなたに元気を贈ります！（酒井順子）
ゆ-9-2

柚木麻子
## ナイルパーチの女子会
商社で働く栄利子は、人気主婦ブロガーの翔子と出会い意気投合。だが同僚や両親との間に問題を抱える二人の関係は徐々に変化して――。山本周五郎賞受賞作。（重松　清）
ゆ-9-3

柚木麻子・伊吹有喜・井上荒野・坂井希久子
中村　航・深緑野分・柴田よしき
## 注文の多い料理小説集
うまいものは、本気で作ってあるものだよ――物語の扉をそっと開ければ、味わった事のない世界が広がります。小説の名手たちが「料理」をテーマに紡いだとびきり美味しいアンソロジー。

ゆ-9-51

柚月裕子
## あしたの君へ
家裁調査官補として九州に配属された望月大地。彼は、罪を犯した少年少女、親権争い等の事案に懊悩しながら成長していく。一人前になろうと葛藤する青年を描く感動作。（益田浄子）
ゆ-13-1

吉村　昭
## 闇を裂く道
大正七年に着工、予想外の障害に阻まれて完成まで十六年を要し、世紀の難工事といわれた丹那トンネル。人間と土・水との熱く長い闘いをみごとに描いた力作長篇。（髙山文彦）
よ-1-53

吉田篤弘
## 空ばかり見ていた
小さな町で床屋を営むホクトは、ある日、鋏ひとつを鞄におさめ、好きな場所で好きな人の髪を切るために、自由気ままなあてのない旅に出た……。流浪の床屋をめぐる十二のものがたり。

よ-28-1